审 判

[奥] 弗兰茨·卡夫卡 著

文泽尔 译

天津出版传媒集团

天津人民出版社

果麦文化 出品

目 录

"一个笼子在寻找一只鸟。"

第一章

被捕 - 与格鲁巴赫夫人的谈话 - 然后是布尔斯特纳小姐

有人诬陷了约瑟夫·K.，肯定的。因为，在这天早上，他被捕了——但他什么坏事都没做。每天八点，女房东格鲁巴赫夫人的厨娘，都会按时把早餐给他送过来，可她今天却没来。这样的事情，过去还从未发生过。K.又耐心等待了一小会儿：他靠在枕头上朝外看，发现住在家对面屋子里的那位老太太，正用一种平时完全见不到的好奇目光，隔窗打量着他。又一会儿之后，他觉得事情有些不同寻常，与此同时，肚子又饿，便摇了铃。铃声一响，通往隔壁的那扇门后面，马上就有人敲门回应，然后，一个从来没在这座宅子里见过的男人，从隔壁走了进来。这男人高高瘦瘦，但肌肉又很结实，他穿一套合体贴身的黑色套服——像是旅行时穿的那种全套西服，上面有各式各样的褶线、口袋、金属针扣和普通衣扣，以及一条皮带，东西多到让人搞不清楚，这套看起来似乎很实用的衣服具体是用来做什么的。"你是哪位？"床上的K.半坐起身来，问道。然而，那男人的回答却是："是你摇的铃？"——他直接忽略了K.的询问，仿佛暗示他此刻的现身 K. 必须得学会默默忍受。"安娜本应该给我拿早饭过来的。" K. 说完这句话后，便暂时保持沉默，集中精神，冥思苦想，打算搞清楚这男人究竟是谁。不过，这人却没给 K. 多想的机会，他转身走向通往隔壁的房门，把门打开一条缝，向某个显然就藏在门后面的家伙汇报道："他提要求了，希望安娜给他把早饭送过来。"这句话说完后，隔壁房间立即传来一阵哄笑声。笑声很快停了下来，快到让人无法分辨清楚，那笑声究竟是来自一个人，还是一群人。尽管门后面那个陌生男人不可能预先料到他的这个要求，对此肯定一无所知，却还是用传达官方命令般的口吻回应 K. 道："这是不可能的。""可真是新鲜事啊，" K. 一边说着，一边蹦下床，飞快地穿好了自己的裤子，"我倒要瞧瞧看，隔壁究竟来了什么人，格鲁巴赫夫人到底要怎么为我所受到的这番惊扰负责！"话声刚落，他就意识到，这句话真是不该出口。因为，他这样一说，似乎就意味着，他已经默认了陌生人在此出现的合理性。不过，默认与否，对 K. 而言其实已经不重要了——他怎么想都罢，陌生人就是这么理解的，因为那陌生人立即又回话道："你是不是还是留在这儿比较好？""我不打算留在这里，也不打算再多说一句话——如果你们不跟我解释清楚。""已经解释得够清楚的了……"陌生人说，然后又自作主张地打开了通往隔壁的房门。K. 主动走进了隔壁房间：一眼看去，这房间里的情况，跟昨晚也没什么不同。隔壁房间是格鲁巴赫夫人的起居室——这个摆满了家具、装饰品、瓷器和照片的房间，今天似乎比以往要稍微宽敞些。但这也不是进去的时候就能马上看出来的，尤其是最明显的变化在于有个男人正坐在开着的窗户旁看书。看书的男人此时已抬起头来，他看了 K.一眼，说道："你应该待在自己的房间里！弗兰茨没跟你说过么？""他说过，不过，你们到底想干吗？"K.一边答着话一边把自己的目光，从这个刚见面的人身上，移向那个叫弗兰茨的家伙——弗兰茨仍旧站在门边。然后，他又把目光移回到看书人身上。通过那扇开着的窗户，K.又看见了住在对门的那位老太太：这时，老太太已经转移到了正对着隔壁房间的那扇窗户前面，为了满足自己作为老年人特有的强烈好奇心，她打算把这里发生的一切，看个一清二楚。"我想见格鲁巴赫夫人。"K.说着，同时扭动了一下身体，仿佛打算甩开缠着他的这两个人，然后赶紧离开——尽管那两个人实际上离他远得很。"你不能见她。"坐在窗前的那人答道。他把书扔到一张小桌上，站起身来，说："你也不能离开，因为你被捕了。""看这架势，我好像真是被捕了。"K.说，"可我为什么会被捕呢？"他追问看书人道。"我们没有得到允许，不能告诉你原因。回你房间去，在那儿等着。现在已经在走正式的诉讼程序，在合适时候，你会知道一切的。要知道，我这么亲切友好地跟你对话，已经超出了我的职权范围。除了弗兰茨以外，我希望自己刚才说的话，没有被任何人听见——实际上，就连弗兰茨自己对你也挺亲切的，这同样违反了各项规定。如果在确定之后的看守时，你的运气还是这么好的话，那你多少也可以安心了。"K.打算坐下来，不过这时他却发现，在这整个房间里，除了窗边有把扶手椅外，再没有任何可以坐的地方了。"认清现实：这里发生的一切都是确凿无疑。"弗兰茨说，他和另外那个男人同时朝着 K. 走了过来。两人都比 K. 高，尤其是后者，明显比 K. 高大许多：走近之后，他不停地拍打着 K. 的肩膀。两人检查了 K. 穿着的睡衣，对他说，他现在必须马上换上一件比这件睡衣质量差得多的衬衣；他们还告诉他，换下来的睡衣，还有他的其他衣物，他们都会负责妥善保管，如果案子的审判结果不坏，他就能取回这些衣物。"把东西交给我们保管，比交到仓库里要好。"他们说："因为，仓库里时常会有侵吞私用的情况出现。除此之外，每过一段固定时间，那里的人就会把所有寄存的东西统统卖掉，压根儿不考虑相关的诉讼流程是不是已经完结。要知道，像这样的程序，可是要走很久的——尤其最近这段时间，比以往拖得更久了。虽然在整件事尘埃落定后，仓库会给你退些钱。不过，这笔钱首先就很少：毕竟，在卖出东西的时候，决定最终售价的，并非公平拍卖的最高价，而是行贿数额的最大值；况且，根据经验，卖掉东西后得来的钱，在一次又一次的转手，一年又一年的等待当中，还会进一步减少。"K. 对这一劝告几乎毫不在意——对于那些未来仍有可能属于自己的东西，K. 尚且不至于过高估计自己对其所拥有的支配权。对于他而言，相比之下更重要的，是弄明白自己目前的处境；但是，面对着这两个人，他根本没办法思考。第二个看守（没错，他们只可能是看守）的肚子一直抵着他，简直太亲昵了。只要稍一抬眼，K. 马上就能看到一张与这肥胖身材完全不匹配的脸——干巴巴的、瘦骨嶙峋，上面长着一只肥厚的、歪向一边的鼻子——

正越过他本人，跟另一个看守挤眉弄眼，悄悄交换看法。这些家伙究竟是什么人？他们说的都是些什么？他们究竟属于哪个部门？无论如何，K. 倒确实是生活在一个法治国家，到处都是一派安定祥和的景象，所有法规运作正常，谁又胆敢在他的住所里直接逮捕他？一直以来，K. 都倾向于对周遭一切尽可能采取乐观态度，只有当最坏的事情闯到眼前时，他才愿意相信这果然是最坏无疑，否则，无论将要面对什么，他都不对未来加以评断。然而，此时此刻，这种方式对 K. 而言，似乎不太可行：诚然，把这一切视作玩笑——视作一个粗鄙的、因为种种目前尚未知晓的原因（或许因为今天刚好是他三十岁的生日）、由他在银行里的同事们筹划的玩笑——这当然也是有可能的；或许他只需要以某种特定方式，当着这两个看守的面开怀大笑就行了。或许，这两个看守的真实身份，不过是大街角落上随便找来的杂役苦力而已，他们看起来也和杂役没什么两样——尽管不能肯定，但这一次，K. 第一眼看见那个看守弗兰茨时，便已经明白无误地决定，绝对不将自己面对这些人时所拥有的、哪怕最微小的优势拱手让人。因为，一旦他放弃了，人们以后或许就会说，K. 这个人，根本不懂开玩笑这回事。K. 留意到了一种很微小的危险——他回忆起（尽管从既往经验中学习，绝非他的习惯）过去，哪怕是在一些看似无足轻重的状况下，自己的朋友们也不会对各种可能的后果放松警惕，遗漏哪怕最微小的可能；反观他自己，因为做法跟他们不一样，事情的结果往往就会惩罚他。这种情况不应该再出现了，至少这次不行：如果这是一场喜剧，他也应该主动参演。

他还是可以自由行动的。"请你们让一下。"K.一边这样说着，一边快速从两个看守中间穿过，回到了自己的房间里。"他看起来还挺冷静的。"K.听到身后有个看守这样说道。回到自己房间后，他立即拉开写字台抽屉——抽屉里的一切都放得规整有序，然而，因为心情太过激动，那些K.很想找到的、可以证明自己身份的文件，一时之间反而找不到。终于，K.找到了自己的自行车证：他本想马上拿着这证件去找那两个看守理论，但转念一想，区区这张证件也太微不足道了，便继续寻找起来。最后，他终于翻出了自己的出生证明。当他重新回到隔壁房间时，正对着的那扇门打开了，格鲁巴赫夫人想要从那边进来。不过，能够见到她的机会，也只在眨眼之间：因为她才刚一认出K.，马上就表现出显而易见的尴尬，她一边向房间里的人们请求原谅，一边从他们眼前离开，并且还格外小心地关上了房门。"你大可以进来的。"K.刚才完全可以这么说。但是，他此刻却呆站在房间正中位置，手里拿着证明自己身份的文件，眼睛一直看着那扇房门——门并没有再度打开。直到坐在敞开窗户下方小桌旁的看守喊了K.一声，他才回过神来。与此同时，K.也看到，两个看守正在大嚼本应属于他的早餐。"她为什么不进来？"他问道。"她不可以进来，"高个子看守说，"因为你毕竟已经被捕了。""我怎么可能被捕？怎么可能以这种方式被捕？""现在你又想从头再来一遍，"其中一个看守一边说着，一边把一片黄油面包放进小蜂蜜罐里蘸了蘸。"这类问题，我们是不会回答的。""你们必须回答这些问题，"K.说，"这里有一些我的合法证件，现在，轮到你们把对应的证件展示给我看看了——首先是逮捕令。""天知道你是怎么搞的！"看守说，"竟然连自己目前的状况都拎不清，还跟我们不断进行全无用处的较量，一点不愿消停——要知道，我们现在很可能是这世上与你最亲近的人了。""千真万确，你还是相信这番话为好。"弗兰茨说，他手里端着咖啡杯，不过并没有放到嘴边喝，而是用一种耐人寻味，或意味深长的目光，仔细打量着 K.。与此同时，K. 也不由自主地与弗兰茨进行起沉默的眼神交流来。尽管如此，他还是拍了拍自己找出来的那些证件，说："这些，就是能够证明我身份的证件。""你觉得我们会在乎这些？"高个子看守忍不住喊了起来。"你此刻表现得比一个小孩子还恼怒。你到底想怎么样？以为跟我们这些看守讨论讨论身份证明和逮捕令，就能够让你这见了鬼的诉讼官司赶紧收尾吗？我们只是系统里的底层员工罢了，对于辨别身份证明这样的事情，根本就不熟悉；除了每天负责看押你十个小时，以此来换取薪水外，对你的案子也根本没有太多想法。以上就是关于我们的一切。尽管如此，我们还是有本事看出来，我们效劳的那些高级机构，在下达这次逮捕命令时，肯定已经有了充分的逮捕理由，犯人的情况，也早就调查得一清二楚。在逮捕你这件事上，是没有任何差错的。我们的那些机构，就我对他们的了解——噢，我也只了解其中那些级别最低的成员而已——就他们来说，是从来不会在普通民众当中寻觅罪行的，而是正如法规中宣称的那样，是由罪行所牵引，必须派我们这些看守过去：这就是法律。这其中怎么可能会有错呢？""这样的法律，我可不知道。"K.说。"那样的话，对你而言就更糟糕了。"看守说。"很可能仅仅存在于他们的脑袋里。"K.说——他试图通过某种方式去揣摩看守们的想法，以便令他们对他稍微让步些，或者使自己适应他们的节奏。可是，看守依旧执拗地说："你将会为这件事吃不少苦头。"弗兰茨插话道："瞧瞧，威廉姆，他已经承认，自己不知道相关法律，可他同时又宣称自己无罪。""你说得很正确，但他却完全没办法理解。"另一个看守说。K.没有继续回应了。他心想：难道我就必须被这两个最低等的官僚走狗——他们甚至连自己都承认，自己是最低等的——嘴里的无稽之谈搅得晕头转向吗？不管怎么样，他们嘴里谈论的东西，就连他们自己都不能理解。他们的可靠，仅仅在他们愚蠢的护航之下，才变得可能。与其跟这些人进行冗长至极的交涉，还不如去找个跟我智力相当的人，说上寥寥数语，一切就都能水落石出。K.在房间里能够走动的空间里来来回回走了几遍，又看见了对面屋子里的那位老太太，她正把一个比她还要老得多的老人扯住，将他拽到窗前。K.必须得让这出闹剧收个尾了。"把我带到你们上司那儿去。"他说。"那得等到他愿意见你才行，不会提前的。"那个被另一个看守称作威廉姆的看守说道。"还有，现在我劝你，"他补充道，"回你自己的房间去，安安静静待在那儿，耐心等待，看看等着你的将会是什么。我们奉劝你，别被那些一点用处都没有的胡思乱想给弄晕了头，集中精神，好好考虑清楚——很快就会有人向你提出不少麻烦要求。你对待我们，并不像我们对待你那么热情周到。你忘了，无论我们是什么人，至少此刻，相比你而言，我们完全是自由身——这可是个不小的优势。尽管如此，如果你有钱的话，我们还是很乐意给你从对面的咖啡馆带一小份早餐过来的。"

K.一言不发地伫立片刻，对这个提议不置可否。要是他此刻马上去打开隔壁房间，或者甚至是通往客厅的门，没准那两个看守也不敢来阻挠他——或许这才是将整件事推向高潮、一举解决的最简单办法。可是，他们也可能会直接逮住他，而且，一旦他此刻处在了下风，自己截至目前费尽心思保有的一切优势，也就消耗殆尽了。因此，K.便将解决方案的稳妥摆在首位、视作优先：一切务必顺其自然才好——他回到了自己的房间里，无论是他，还是看守，都没有再多说一句话。

他一下子躺倒在自己的床上，从盥洗台上拿过一只漂亮的苹果，这是他昨天晚上为今天早餐准备的。现在，这苹果就成了他唯一的早餐食物了。无论如何，当他狠狠咬下一大口时，便十分确定，这苹果可比脏兮兮的、通宵经营的咖啡店里能够提供的早餐要好得多了——就连那样的早餐，他还要靠那两个看守的怜悯恩赐，才可能买到呢。此刻，K.感到心满意足，满怀信心，尽管今天上午银行里的工作会被耽误，但他在那儿的职务相对比较高，很容易就能被原谅。到时候应不应该说出旷工的真正原因呢？他认为，自己需要这样做。如果银行里的人们不相信他的话（在此种特殊情况下，这也是可以理解的），他可以让格鲁巴赫夫人为自己作证，或者也让屋子对面那两个老人帮忙——他们现在可能又挪回到这个房间对面的窗户那儿了。K.觉得很奇怪，至少，那些看守的思维方式就已经让他感到困惑不已：他们居然让他回自己房间，并且放任他一个人在这里待着。要知道，他要是想在房间里自杀，可是有很多办法的。不过，与此同时，他也扪心自问：以自己的思维方式，他会因为怎样一种原因，才可能去做那样的事。仅仅因为隔壁房间的那两个家伙坐在那里，剥夺了他的早饭吗？自杀，实在是太没有意义了，即便他真想要自杀，也会因为这件事本身的无意义而无法成行。要是那两个看守智力上的局限性并没有那么明显，那么，他们也就能够确定，因为完全相同的理由，放任他独自待在这房间里，是不会发生任何危险的——他们现在要是想看的话，完全能看到房间里发生了什么：K.走向一个小壁橱旁边（他之前在壁橱里存放了一瓶上好的烈酒），先倒上一小杯，一饮而尽，以此来替代没来得及吃的早餐，然后又倒上一小杯，给自己鼓劲，最后一小杯，仅仅是为了以防万一——这也是理所应当的。

就在这时，隔壁房间突然传来一阵喊声，吓了K.一跳，连牙齿都磕在了杯子上。"监督官传唤你了。"这是喊声的内容，作为命令而言，K.是相当欢迎的。使他感到吃惊的，反而是叫喊本身：这种急促、顿挫，如军队口令般的喊声，K.根本就不相信这居然会是从看守弗兰茨口中发出来的。"终于来了。"K.也用喊声回应道。他立即关好壁橱，急忙赶回到隔壁房间里。两个看守站在那儿，一看到他，马上又把他攥了回去，那态度就仿佛毋庸置疑、根本无须解释一样。"你是怎么想的？"他们叫嚷道，"只穿一件睡衣，就想去见监督官了？他会痛揍你一顿的，连我们也要遭殃。""就让我这个样吧，见鬼，"K.大喊大叫，不过此时，他已被撵到了自己房间的衣柜前，"既然把我从床上折腾起来，也就别指望让我西装革履了。""这样说也没用。"看守们说。只要K.一叫嚷，他们马上就噤声屏息，甚至看上去都有些可怜了——他们希望通过这种方式，把K.彻底弄糊涂，或者多少让他恢复些理智。"荒谬的形式主义！"K.依旧咕哝不停，但已经顺从地从椅子上拿起一件外套，两手撑开摆弄了一小会儿，仿佛是想让看守们替他决定该不该穿。看守们不约而同地摇摇头。"必须穿上一件黑色的外套。"他们这样说。K.把手里的外套扔在地上，说（他自己也不知道，他为什么会鬼使神差地说出这么一句话）："这又不是审判。"看守们微微一笑，但仍旧坚持道："必须穿上一件黑色的外套。""如果这样做是为了让事情能够处理得更快些的话，我可完全没意见。"K.说罢，便主动打开衣柜，在一大堆衣服里面找了半天，最后挑选出自己最好的一件黑色衣服：一件西服上衣，其腰身剪裁之精妙，连熟人们见了，几乎都要赞叹不已。除了这件外套，K.还专门找了件衬衣，小心仔细地穿起来。K.私下里想着，自己在加快案子处理速度这件事上，已经完成得够多了，看守们到底还是棋差一着，忘记强行让他去洗个澡了。想到这里，K.暗中观察了他们一会儿，看他们是不是有可能想起来：但是，他们显然并没有想起这点，与此相对的，威廉姆倒是没有忘记让弗兰茨去给监督官带个消息，说K.此时正在换衣服。

穿戴完毕后，威廉姆便在身后紧紧跟着，K.不得不跟他一起穿过此刻已空无一人的隔壁房间，进到紧邻的另一个房间里：通往这个房间的两扇门板，已经被提前打开了。就跟 K. 所了解的一样，这边这个房间，不久前住进了一位名叫布尔斯特纳的小姐，她是个打字员，每天很早就去上班，很晚才回。K. 跟她之间，除了简短的问候话语之外，再没有多说过什么话。此刻，布尔斯特纳小姐的床头柜已经被人从床边拖到了房间正中间，当作审讯桌使用——监督官本人就坐在桌子那一边：双腿交叉，一只胳膊靠在椅子背上。

房间一角站着三个年轻人，正在看布尔斯特纳小姐的一些照片。这些照片全部插在一块挂在墙面上的板子上。敞开窗子的把手上，挂着一件白色的女式衬衣。对面屋子的窗户那里，又出现了之前那两个老人，不过现在，围观群众的人数已经增加了，因为，在他们后面还站着另外一个身形远远大过他们的男人。那男人胸口处的衬衣完全敞开，并且用手指不停摁压、旋拧着自己略带红色的山羊胡子。"约瑟夫·K.？"监督官开口发问了——没准只是想把 K. 那心不在焉的目光吸引到自己身上来。K. 点了点头。"你对今天一大早发生的一连串事情，应该感到挺惊讶的，对吧？"监督官一边提问，一边伸出双手来，摆弄床头柜上放着的一些物什：蜡烛跟小火柴，一本书，以及一个针垫——看他那样子，仿佛这些物什就是审讯时必须使用的物品似的。"显然如此。"K. 回应道。他为自己终于能够面对一个通情达理的人，并且有机会跟他谈谈自己这件事而倍感欣喜。"我当然感到惊讶，不过，也不算是十分惊讶。""不算十分惊讶？"监督官继续问道。他把蜡烛放到了床头柜正中间，然后又把其他一些东西排列在了蜡烛的周围。"你或许是误解我了。"K.赶紧补充道。"我的意思是——"说到这里，K.突然停了下来，环视四周，希望能找到一把扶手椅。"我能够坐下来吗？"他问道。"通常是不能这样的。"监督官答道。"好吧，我的意思是，"K.说了下去，不再为别的事情停顿了，"我固然觉得十分惊讶，可是，当一个人在这世界上生活了三十年，不得不单打独斗，对付自己所遭遇到的一切事情之后，面对原本应该是令人讶异的种种事情时，多少就有些麻木不仁，不会看得太重了。尤其是今天这样的事情，更不会太在意——而我，正是这样的一个人。""为什么今天这样的事情，你会更加不在意呢？""我也不是在说，自己把这整件事都视作有人在跟我开玩笑，因为，如果是开玩笑，那为这玩笑所做的一切准备工作，实在太过充分了：这座膳宿公寓里的全部人员都得参与进来，还包括你们所有这些外来的人，这已经超出开玩笑所能达到的范围了。因此，我不会判断说，这只是在跟我开玩笑。""完全正确。"监督官一边说着，一边看了看装小火柴的盒子里面一共有多少根火柴。"不过，从另一方面讲。"K.继续说道。他环视房间，注视每个人，想把所有人的注意力都集中到自己这边来——甚至也包括照片那边的三个人。"另一方面，我所面对的这起事件，应该也不是一起多么重要的大事件。我推理出这点的理由是：自己虽然受到了控告，但却根本找不出哪怕最轻微的、足以让人专门来控告我的罪责。不过，就连这个问题，其实也是无足轻重的：最重要的问题应该是——到底是谁指控了我？这整件事该由哪个机构来负责？你们确实算是执法人员吗？你们没有哪一个人身上穿着正式制服。"说到这里，K.特地把脸转向弗兰茨，"除非你身上穿的那套行头，也能被称为制服——但它实际上更像是旅行者们穿的那种全套西服。总而言之，在这些问题上，我要求你们做出明确的解释。我相信，等到问题全都解释清楚后，我们彼此之间就可以真诚告别，再也不见了。"监督官把火柴盒扔到了桌上。"你犯了一个很大的错误，"他说道，"这里的先生们，还有我本人，在你这件事上，都是无关紧要的——可以说，我们对此甚至就是一无所知。没错，我们确实可以穿上最正式的制服到这里来，然而，这也不会让你案子的情况变得更糟糕些。同样，我也没办法确凿无误地向你保证，你确实受到了指控；或者，更进一步说，我不知道你是否真是被指控的那个人。反正，你被捕了，这是没错的，别的我统统不知道。或许看守们曾经说过些不着边际的闲话，但那也不过是闲话罢了。虽然我此刻没办法回答你提出的那些问题，但我还是可以向你提个建议：少想些关于我们的事情，少想些将会发生在你身上的事情，多自省一下为好。还有，别为了宣扬自己的无辜感，四处吵吵嚷嚷，这将败坏你在其他方面给人留下的还不坏的印象。除此之外，在谈话过程中，你要懂得适时闭嘴，不要太过莽撞；要知道，你刚才讲得差不多每一句话，都是可以大做文章的。哪怕你只说少少几句，人们都可能从中揣摩出你的态度来。话说得太多，对你压根儿没什么好处。"

　　K.死盯着监督官，心想：这种小儿科的东西，莫非他还需要从这个或许比自己还年轻的人这儿学习吗？自己说话开诚布公，难道就需要被训斥一通，以示惩罚吗？还有，关于被捕的理由，关于此事的罪魁祸首，他就什么具体情况都没办法获知吗？

他多少有些情绪激动，开始在房间里走来走去。没有任何人阻止他这样做，于是，他干脆把自己衬衣的袖口挽了起来，一只手放在胸口上，另一只手把头发一抹，走到那三个人旁边，说："简直是无稽之谈。"听到K.这样说，他们便转过脸来，用殷勤客气，但又十分严肃认真的态度打量他。最后，K.又走回到监督官把持的桌子前面，说道："哈斯特勒尔检察官是我的好朋友，我能跟他打个电话吗？""当然可以，"监督官说，"不过，我不知道你打这通电话能有什么意义，除非你有什么私人事务，需要跟他聊聊。""什么意义？"K.喊出了声，相比发怒而言，他更感到震惊。"你们到底是什么人？你们试图为我打电话这件事找个意义，自己却在做着世上最没有意义的事情——这岂不是荒唐透顶？你们这帮先生，先是突然侵入了我的家，现在又在这里聚集，或坐或站，让我在你们面前疲于奔命。既然据你们所说，我已经被捕了，那我跟一位检察官打电话，又有什么意义呢？很好，既然这样，我还是不打电话了。""还是打吧，"监督官一边说，一边伸手指了指门厅，电话就在那里，"请打电话吧。""不，我不再要求打电话了。"K.说罢，走到了窗户边。对面屋子里的那群人，现在还守在他们窗前围观。K.此刻陡然出现在自己窗前这件事，在这群原本很安静的观众中，引发了一阵小小的骚动。老人们跃跃欲试，想要挺直身体，看个究竟，后面那个男人却安抚了他们，请他们稍安毋躁。"对面还有这种看热闹的人。"K.用很大的声音朝着监督官吼叫，伸出食指，指了指窗外。"那边的，走远些吧。"他朝着对面喊道。对面的三个人马上后退了几步，前面的两个老人甚至躲到了那个男人后面，让他用自己魁梧的身体保护他们。那男人嘴唇翕动，远远地说着些从这边看去不能明白的话语。他们并没有就此从窗前消失，似乎正在等待，等到K.不再在意他们之后，再向窗口靠近。"纠缠不休，一帮冷酷无情的人！"转身回房间时，K.如此评价。他瞥了监督官一眼，心想，监督官或许也同意这番说法。不过，他或许根本就没听到这些话——这也很有可能，因为，监督官此刻正将一只手紧紧摁在桌面上，似乎正在专心比较自己每根手指的长短。两个看守坐在一只盖了装饰花布的箱子上，各自用手揉搓着膝盖。三个年轻人把手背在身后，漫无目的地四处张望。现在这种情况，就仿佛置身于某个被人遗忘的办公室里一般。"好啦，我的先生们，"K.大喊道，有那么一小会儿，他甚至觉得此处的一切重担，都扛在了自己一个人的肩膀上。"你们看起来似乎已经决定好，认为我这起事件可以就此终结了。我的意见是，最好的办法，就是不再去考虑你们的这些行为究竟是合法合理，还是非法失当，让整件事以一次面对面的握手言和，愉快收尾就好。如果你的看法也跟我一样的话，那就请——"K.走到监督官的桌前，向他伸出了一只手。监督官抬起眼睛，咬了咬嘴唇，看着K.伸过来的那只手。直到此刻，K.依然相信，监督官是会选择跟他握手言和的。哪里知道，那家伙却站起身来，拿起布尔斯特纳小姐床上放着的一顶硬质圆帽，就像人们在试戴新帽子时会做的那样，双手齐用，很小心地将帽子戴到了自己头上。"你把一切都看得太简单了！"在做这件事的同时，他对K.说道："我们理应以一种平和的方式来结束这件事——你是这样想的，对吗？不对，不对，这件事真不会这样发展。不过，从另一方面讲，我也绝对不会宣称，你应该对此感到绝望。不会，怎么可能会呢？你不过是被捕了而已，除此以外，就没其他的了。而我，也已经将此事告知于你：我完成了自己应做的工作，也见到了你本人对此事的反应。就这样，今天所做的事情已经够多的了，我们可以互相道别了——虽然只是暂别而已。你应该很愿意现在就去银行的，对吧？""去银行？"K.问道，"我还以为，我已经被捕了呢。"K.的这番反问，语气当中明显包含着一种赌气的意味，尽管他之前主动提出的握手道别的请求，并没有被对方接受，但他仍旧感觉到——尤其是现在，当那位监督官起身后——自己跟所有这些人都越发地不相干了。他正在捉弄他们。如果他们这就要走的话，K.甚至有紧紧跟在他们身后，一直撵到门口，主动请求他们逮捕自己的打算。于是，他把刚才的话又重复了一遍："我既然被捕了，又怎么可能到银行去呢？""原来你是这个意思啊，"已经走到门口的监督官说道，"我看，你是对我之前所说的话产生了误解：没错，你确实被捕了，这是毫无疑问的，不过被捕这件事，并不妨碍你去上班，去完成你平日的工作。你的日常生活同样不会受到干扰。""如果是这样的话，那这个被捕状态也不算太坏嘛。"K.一边说着，一边走到了监督官身旁。"我对此从来都没有异议。"这位监督官回应道。"既然如此，特地过来给出逮捕通知，看来似乎很没有必要吧。"K.继续说，而且还走得离监督官更近了些。不只K.，其他人也都聚了过来。现在，这里的所有人，都聚集到门口这一处狭窄的空间里了。"这是我的职责。"监督官说。"一项蠢不可及的职责。"K.不屈不挠地说。"或许吧，"监督官说，"我们倒也没必要为此争论，浪费我们彼此的时间。我刚才提出，你应该很愿意到银行去的。既然你如此咬文嚼字，那我也对刚才的话进行些补充好了：我并没有强迫你到银行去，我只是提出一个假设，认为你应该会很想去。而且，为了让你去银行这件事变得更容易些，到达银行后也尽量不会受到什么阻碍，我还特地安排了这三位先生——也是你的同事——随时供你差遣。""怎么可能？"K.大喊一声，万分惊讶地注视着那三个人——三个个性如此不鲜明的、缺乏血气的年轻人。K.一回忆起他们，马上便想到他们聚在照片前的那幕画面——他们确实是在K.那间银行里工作的员工，但却并非他的同事。监督官称他们为他的"同事"，有些太过了。如此一来，监督官那"无所不知"的光环上，便出现了一个缺口。但是，无论如何，他们始终都是银行里的低级员工，这点是没有错的。K.刚才怎么会看漏了这一点呢？或许是因为，他刚才不得不拿出全部精力，专注于监督官和两个看守的动向，乃至没机会去辨认这三个人了。不苟言笑、双手摆动个不停的拉本斯泰勒；金发的库里希，他眼窝深陷；卡米勒的脸上，因为患了某种慢性的肌肉痉挛症，长期挂着让人无法忍受的微笑。"早上好啊！"K.稍微停顿了片刻后，开口向他们说道。几位先生以无可指摘的标准姿势向他鞠躬致意，他则朝他们伸出了手，逐一握过去。"我完全没有认出你们来。那么，现在我们就要一起去上班了，不是吗？"这些先生微笑着点头，态度十分殷勤，仿佛他们在这里等待了这么长时间，就仅仅是为了等 K. 说出这句话似的。K. 惦记起放在自己房间里的帽子，想要折回去拿，哪里知道，他们竟然抢在他前面，一个紧接着一个地跑了过去。不管怎么说，那场面看起来都使人觉得尴尬。K. 静静站在门边，透过那两扇开着的门板观察他们：跑在最后的，当然是凡事都采取漠不关心态度的拉本斯泰勒，他迈着优雅的小碎步，一路踏了过去。随后，卡米勒郑重其事地把帽子递了过来。接帽子的过程中，就跟以往在银行时也常常出现的情况类似，K. 不得不提醒自己，卡米勒的微笑并不是故意的——没错，他根本就没办法不露出微笑。客厅里，格鲁巴赫夫人为众人打开了公寓大门，她看上去并没有因为此事太过自责。和往常一样，K. 低头看了一眼格鲁巴赫夫人的围裙带：围裙带毫无必要地紧紧系进她那壮硕的身体里。下楼之后，K. 把怀表拿到手里看了看时间，决定直接叫一辆汽车去上班——目前已经迟到半小时，时间再拖长的话，那就太没有必要了。卡米勒跑到街角拦车，其他两个年轻人显然试图让 K. 觉得开心些，因为库里希突然指了指对面屋子的大门，之前那个留着金色山羊胡子的大个子男人也现身了。那男人第一眼看到他们时，显得稍微有些不知所措，因为此刻，他把自己整个人都暴露在了他们面前。所以，他赶紧退了回去，靠在墙边。至于那两个老人，可能还在下楼梯呢。K. 对库里希的行为感到恼怒，因为这家伙居然想指挥他，让他赶紧把注意力放到对面那个男人身上，可实际上，K.本人其实早就已经看到那男人了——甚至还对此有所期盼。"别往那边看！"K.情绪激动地对库里希吼道，完全没有意识到，自己用这种下命令般的说话方式对成年男人讲话，是件多么引人注目的事情。不过，此刻倒也没有必要再去额外提醒些什么了，因为汽车已经开过来了。一行人坐下之后，车就直接开远了。直到这时，K.才想起来，自己并没有看到监督官和那两个看守离开公寓。之前，因为监督官的存在感太强，使他没有留意到这三个银行职员，现在，却又因为这些银行职员，让他忽视了监督官。这种行为可称不上有多沉稳——因此，K.决定，今后一定要在这方面多集中注意力，观察得更仔细些。尽管已经下了决心，K.还是不由自主地转过身去，从汽车后车厢那边往后面张望，希望还能再看到监督官和看守们。但他又马上回转身来，很舒服地靠在车厢一角，再也不想去寻找任何人了。然而，就是在这样一个时候，没有任何征兆的情况下，他又觉得，再跟人聊聊天是很有必要的。不过，身边这些先生，此刻看起来又都很疲惫：拉本斯泰勒正在望着汽车右边窗外，望左边的是库里希，只有卡米勒，始终保持着自己那个露齿微笑的状态——很可惜，对此开玩笑却是有悖人性的。

今年春天，K.习惯于用以下方式来消磨夜间时光：下班以后，只要时间允许（大部分时候，他都会在办公室里坐到九点），他都会独自——或者跟其他银行职员们一道，散一小会儿步，然后去一家啤酒馆，在一张固定的桌子上，跟年龄大部分都比他要大的一些先生们一起，消遣到十一点。这一雷打不动的习惯性安排，偶尔也有例外的时候：比如，K.有时也会受到银行行长（他对K.的工作能力，以及可信赖程度大加赞赏）邀请，一起坐车外出，或者到他的乡间别墅共进晚餐。除此之外，K.每周都会去拜访一个名叫艾尔莎的未婚女子：每天晚上到清晨，她都会在一家酒馆里当女招待；白天，她就只在床上接待拜访者们。

不过今天晚上（白天的工作十分忙碌，还有很多人真诚友好地向他道贺，祝他生日快乐。因此，一天很快就过去了），K.打算马上回家。白天上班的每一次短暂的休息时间，K.都在想这件事：他也不清楚自己具体在想些什么，只是隐隐约约感觉到，今天早上那一系列事件，给格鲁巴赫夫人的整间公寓都带来了大麻烦，把一切都弄得乱糟糟的了——自己有必要让一切重新恢复秩序。只要能够使秩序恢复，这些事所留下的每一项蛛丝马迹，都将一扫而空，所有事情也会继续如往常般顺利运转。今天那三个银行职员尤其如此——根本就没什么好担心的：他们又重新融入银行那庞大的职员系统当中去了，从他们身上完全觉察不出任何变化。今天，K.故意多次把他们单独或者一起叫到自己的办公室里来，没有别的目的，就是想要好好观察他们。结果，每一次让他们出去时，他都对他们的表现感到满意。

晚上大约九点半，他回到了自己所住的那栋屋子前，结果在屋子门口遇到一个年轻小伙子。这小伙子双腿叉开站在那里，嘴里抽着一支烟斗。"你是谁？"K.立刻开口问道，同时把脸凑近小伙子：廊道里晦暗不明的光线，看什么都不大清楚。"我是公寓管理员的儿子，尊敬的先生。"小伙子答道，同时把烟斗从嘴里拿出来，让到一旁。"公寓管理员的儿子？"K.一边反问，一边很不耐烦地用手杖敲了敲地板。"尊敬的先生，需要什么东西吗？需要我把父亲叫过来吗？""不用，不用。"K.说。他回应的语气中夹带着某种宽恕的意味，就仿佛这小伙子做了某件错事，但他已经原谅了他。"这样就行。"他又补充了一句，然后就继续走自己的路了。不过，当他上楼梯的时候，又特地向后扭头看了一眼。

他本想直接去自己的房间，但他又想跟格鲁巴赫夫人谈谈，于是，他便前去敲了敲她房间的门。格鲁巴赫夫人正坐在桌边缝缝补补，桌子上还放着一大堆旧袜子。K.有些心不在焉地向她致歉，说自己过来得太晚了，但格鲁巴赫夫人十分友善，说自己根本不需要听什么抱歉的话，无论什么时候，只要他愿意，随时都可以过来跟她聊。K.知道得很清楚，自己是她最优秀，也是最喜爱的公寓租客。K.环顾了一下房间，这里的一切都恢复了之前的状态：之前放在窗边小桌上的、早餐使用的那些餐具，也已经清理干净了。女人的巧手，总是能在不知不觉间做好很多事情，K.心想，如果换了他自己，很可能就把这些餐具当场摔得粉碎了，显然不可能拿出去逐一洗好。他满怀感激之情地看了看格鲁巴赫夫人。"你为什么这么晚还在做事？"他问道。此刻，他们一起坐在了桌子旁，K.时不时把一只手埋进那袜子堆里。"因为有很多事情需要做，"她说，"白天，我是属于租客们的；如果想把自己的事情做顺，那就只能利用晚上的时间了。""可是今天，我反而还给你增添了些额外的事情做。""为什么这样说？"格鲁巴赫夫人问道。对于K.的这句话，她显得有些过分热心，连手里的活儿都停了下来，把正在织补的旧袜子放在自己膝盖上。"我是指今天早上来这里的那些男人。""噢，原来如此，"她一边说着，一边恢复了之前平静的神态，"那也没给我添多少麻烦。"K.看着格鲁巴赫夫人，一言不发，看着她再度把旧袜子拿了起来。"我说起这件事的时候，她表现得似乎有些过分惊讶了，"K.心想，"看她那样子，似乎认为我重提这件事是不正确的。既然如此，我就更应该继续提这件事——这比我原本认为的还要重要。毕竟，我也只能跟这么一位老妇人讲这件事情了。""没有的事，显然给你添了麻烦，"他这样说道，"不过，这样的事情以后都不会再发生了。""是的，以后再也不可能发生了。"她十分肯定地重复道，同时给了K.一个几近哀愁的微笑。"你真是这样想的吗？"K.问格鲁巴赫夫人。"是的。"她轻声答道，"无论如何，你首先不要把这件事看得太重。已经发生过的事情，并不代表就是一切！既然你愿意如此诚恳地同我交谈，那么，K.先生，我也可以向你坦承，之前我躲在门背后时，多少听到了些相关的细节，那两个看守也跟我讲了一点儿。这整件事关系到你未来的幸福，因此，我对它确实很上心，或许已经超出了我的本分，毕竟实际上，我也只不过是你的房东而已。老实说吧，我确实听说了一些事情，但我不能对你讲，因为那都是些很糟糕的事。不能讲的。可以肯定的是，你确实是被逮捕了，但那却跟一个小偷因为偷东西被捕不同。当某人因为当小偷被捕时，确实也挺糟糕的，然而，今天这种形式的逮捕——在我看来，却有些令人难以捉摸……如果我所说的话，你认为愚不可及，那我愿意向你致歉。反正，至少对我而言，是难以捉摸的，虽然我不理解，但似乎原本也没有必要去理解。"

"格鲁巴赫夫人，你说的话根本就不是愚不可及，至少，我也部分同意你的观点，唯一的不同是，我认为，这整件事比你所想的还要更严峻得多：根本不是什么难以捉摸的情况，而是纯粹的无中生有。我对此感到震惊，就是这样。如果我今天醒来后，没有被安娜的无故延误所迷惑，而是马上起床，不招惹任何在半路上遇到的人，直接到你这边来，破例在厨房里吃一次早饭，然后，再请你到我房间里给我拿出门的衣物过来的话……总之，要是我当时能够把事情办得更冷静些，也就不会再有任何后继的麻烦了，此后一切将要发生的事，都将被一举掐灭。只可惜，当时的准备实在太不充分了。举个例子，比如在银行时，我就会提前准备好——如果是在那里，这样的事情根本就不可能发生。在银行里，我有一个专属助理，普通电话和办公室内部专用电话就摆在我面前的办公桌上，面前不断有人来来往往，包括客户和职员。除了这些之外，最重要的一点是，在银行里时，我一直都保持着对工作的专注，对发生的任何事情都全神贯注：如果是在那儿发生了一件这样的事情，对我而言，简直就是轻松消遣。不过现在，整件事早已经翻篇了，我也根本就不想再去多提它。我只想听听你对这起事件的评判。要知道，我是很想知道一位睿智夫人将会给出的评判的，如果我们能够就此达成共识，那我可真是太高兴了。现在，你必须得跟我握握手才行：既然我们之间形成了如此高度的共识，那就必须得通过握手来确认。"

"她会伸出手来跟我握手吗？在这之前，那个监督官就没有向我伸过手。"K.在心里想着，看眼前这位夫人的目光，也跟之前不一样了——相比之下要更加审慎些。格鲁巴赫夫人站了起来，因为对面坐着的K.已经先她一步站起来了。她显得稍微有些拘谨，因为她并没有完全听懂K.所说的话。不过，也正是得益于这一拘谨，她说出了一些自己原本不想说的话，同时也是一些在现在这个场合并不合适的话："别把事情看得那么重了，K.先生。"她说，语带哽咽，自然也忘记了握手这件事。"我把这件事看得太重了吗？怎么连我自己都不知道？"K.说着说着，心中突然涌上一种疲惫无力感，同时看清了一项事实：眼前这位女士，无论是否跟他达成共识，这共识实际上都毫无价值。

走到门边时，K.又问道："布尔斯特纳小姐在家吗？""不在。"格鲁巴赫夫人说，在给出这个干巴巴的答复后，她又挤出了一个微笑，以此表达自己对此事迟到的关心，合情合理。"她去戏院了。你找她有事吗？需要我跟她转达些什么吗？""哎呀，我只是想跟她说两句话而已。""很遗憾，我不知道她什么时候会回来。每次她去戏院，通常都回得很晚。""完全无所谓的，"K.说道，他此刻已经低着头，转身朝着门的方向走去，他打算离开了，"我只是想跟她道个歉，今天跟那些人谈话时，我占用了她的房间。""没有必要的，K.先生，你考虑得真是太过周到了——对于今天这件事，那位小姐可是毫不知情，她今天一早就不在家里了，房间里的一切，现在也都已经恢复原貌，你可以自己去看看。"说罢，她打开了通往布尔斯特纳小姐房间的房门。"谢谢，我相信，事实恰如你说的那样。"K.虽然这样说，但还是走向了那扇打开的房门，往里面张望。月光静静照着暗无灯光的房间。一切视所能及的地方，东西确实都已经归位，连那件女式衬衣也不再挂在窗子把手上了。床上摆着的靠垫，部分沐浴在月光里，看上去高得惊人。"那位小姐经常很晚回家的。"K.说。他望向格鲁巴赫夫人，仿佛因此而归咎于她。"年轻人不都是这个样子！"格鲁巴赫夫人用辩解的口气说道。"确实如此，确实如此，"K.回应道，"但这也很可能会带来麻烦。""真有可能的，"格鲁巴赫夫人说，"你所说的一贯很正确，K.先生，或许这件事上更是如此。我当然不会去说布尔斯特纳小姐坏话，她可是个善良又可爱的女孩，友善、体面、守时、勤勉，我对她所拥有的这一切品质都很欣赏，不过，有一点倒是确凿无疑：她应该表现得更矜持些、对外更冷淡些才对。就是这个月里，我已经在外面大街上看见过她两次了，每次都是跟不同的先生在一起。这件事使我多少感到有些不快，全知全能的上帝作证，我真的只把这件事告诉了你一个人，K.先生，可是，现在看来已经没法视而不见了——我稍后也会亲自去找这位小姐谈谈的。况且，使我对她人品产生怀疑的，并不仅仅只有这一件事。""你可真是大错特错，"K.怒斥道，他甚至快没办法掩饰住自己的怒气了，"不只大错特错，你显然也误会了我对那位小姐的看法——我们说的根本就不是一回事。我甚至还要衷心告诫你，你说自己打算跟那位小姐谈谈，这也是绝对错误的，因为，我很清楚那位小姐的品行，你刚刚所说的、那些关于她的话语，没有丁点是真的。即便如此，我却还是要说，或许我确实是管得太宽了，因此，我是不会阻止你的，你想说什么，就去对她说吧。晚安。"K. 先生，"格鲁巴赫夫人一路恳求着，紧跟在 K. 的身后，一直来到他所住房间的房门前——他此时已经打开了房门，"我暂时还是什么都不会跟那位小姐说的，理所当然，在恳谈之前，我还会好好观察一段时间。我只信赖你，只跟你一个人商讨过此事。可是，如果以后还想继续保持这栋膳宿公寓的纯粹性，到了最后，每位租客都必须了解此事：我这么费心，其实不为别的，也都是在为公寓着想。""纯粹性！"K. 透过门缝大喊道，"如果你真那么想保持这栋膳宿公寓的纯粹性，那就必须先把我的租约给解除掉。"说罢，他摔上了房门，没有再去理会随后传来的那一阵轻柔的敲门声。

可是，因为他现在完全不想睡觉，便决定继续保持清醒，并且也趁此机会来确定一下，布尔斯特纳小姐究竟什么时候回来。或许，等布尔斯特纳小姐回来之后，尽管有些不合时宜，也可以有机会跟她聊上几句。他靠在窗边，摁揉着疲惫的双眼，有那么一小会儿，心里甚至冒出这样的想法，希望能够想办法教训一下格鲁巴赫夫人，并且劝说布尔斯特纳小姐，跟自己一起解除租约。K. 马上意识到，这些想法实在太过恐怖了，他甚至开始怀疑，自己之所以想要从这里搬出去，换个地方住，恰恰是因为今天早上发生的事件——再没有比这更不理性的事了，这一切实在太无意义、太卑鄙无耻了。

　　守望外面空荡荡的街道这件事令 K. 感到厌烦后，他便直接把通往客厅的门稍微打开了一些，然后就躺在了房间里的长沙发上。这样一来，任何人走进公寓，他都能从长沙发上看到。一直到十一点左右，他都安安静静地躺在长沙发上，吸着雪茄烟。但自那以后，他就没办法继续赖在沙发上了，干脆起身进了客厅，稍微走了几步，仿佛这样做可以加速布尔斯特纳小姐的到达。实际上，他也并不太渴望见她，此刻，他甚至没办法准确回忆起她的长相来，但就是想跟她谈谈。一想到布尔斯特纳小姐的晚归，将会在今天这一整天的烦躁无序即将收尾之际，再添上额外一笔，他便多少有些迁怒于她。不仅如此，布尔斯特纳小姐在另两件事上也难辞其咎：K. 今天没有吃晚饭，而且，原本计划好去拜访艾尔莎小姐的，现在也只好搁置。就是这两件事，他现在仍旧有办法弥补——只需现在立即动身前往艾尔莎小姐当女招待的那家酒馆即可。不过，K. 还是决定晚些再去，在那之前，还是要先跟布尔斯特纳小姐谈谈。

　　十一点半刚过，楼梯间传来一阵脚步声。K. 沉浸在自己的思考当中，在客厅里走来走去，误把那里当作自己的房间了。一听到人声，他吓得马上躲回到自己房间的门后面。来者正是布尔斯特纳小姐，锁门的时候，她冷得瑟瑟发抖，赶紧拿起一袭真丝披巾，围在自己瘦削苗条的肩膀上。做完这件事的下一刻，她肯定就会回自己的房间去了。现在深更半夜的，K. 当然不好随便闯进女士的闺房。因此，他必须现在就跟她搭上话，然而不幸的是，因为他自己房间的电灯并没有拧开，搭话这件事，也就不得不被耽搁一小会儿：如果自己从漆黑一片的房间里突然现身，那简直跟拦路抢劫没什么两样；即便不是，至少也会吓她一大跳。绝望无助之下，又没有任何时间可以浪费，K.迫不得已，只得透过门缝低声喊了声："布尔斯特纳小姐。"这声音听起来像是在恳求，而不是寻常的呼唤。"有人在吗？"布尔斯特纳小姐问道，同时瞪大了双眼，四处张望了一番。"是我。"K.一边说着，一边从门后边走了出来。"哎呀，是K.先生啊！"布尔斯特纳小姐微笑道。"晚上好。"她主动向他伸出了手。"我想跟你说几句话，你允许我现在就同你聊聊吗？""现在吗？"布尔斯特纳小姐问，"必须得现在吗？这可有点不同寻常，不是吗？""自九点钟开始，我就在等你了。""这样啊，我之前在戏院里，完全不知道你在等我。""我想跟你讲话，是今天才发生的一些事情。""原来如此，我原则上倒不怎么反对，但现在，我可真是要累得瘫倒在地上了。要不这样，你到我房间里来吧，就几分钟。无论如何，我们也不能直接在这里聊天，那会把所有人都吵醒的——相比被吵醒的邻居们，这反而更让我感到难受。你先在这里等一会儿，等我先把房间里的灯打开，然后，你就可以把你这边的灯关掉了。"K.按照布尔斯特纳小姐的嘱咐做了，然后，一直等到她在自己的房间里轻声呼唤，请他过去了之后，才走过去。"你请坐。"她一边说着，一边指了指旁边放着的沙发凳，自己却端端正正地站在床脚处。尽管她刚才说自己已经很累了，此刻，却连头上那顶以大量花卉装饰的圆帽都没有取下来。"你究竟想说什么呢？我真的挺好奇的。"她稍微交叉了双腿。"你或许会说，"K.开始说了起来，"这件事想必并没有那么紧急，并不是非得现在说不可，但实际上——""开场白我从来都是直接跳过的。"布尔斯特纳小姐说。"这样的话，我这方面倒是轻松多了。"K.说，"今天一大早，你的房间稍微被人弄乱了些，某种程度上讲，是我的责任。做这件事的，是一群陌生人，他们违背了我的意愿，但是，就跟刚刚说过的一样，这依然是我的责任。因此，我希望能够请求你的谅解。""我的房间？"布尔斯特纳小姐问道，但她并没有环顾自己的房间，反而以审视的目光看了一眼 K.。"正是。"K.说。直到此刻，他们俩的眼神才第一次相遇。"当时事件的形式和细节，完全没有哪怕多说一个字的价值。""但其中有意思的部分，还是值得讲讲的。"布尔斯特纳小姐说。"不必了。"K.重申道。"既然如此，"布尔斯特纳小姐说，"那我也不愿过多刺探秘密。如果你坚持认为它一点意思都没有，那我也一点都不会反驳你。你向我请求的谅解，我也很乐意给你，尤其是在我根本就找不到哪怕一丁点儿房间被人弄乱迹象的前提下。"她在房间里走了一圈，平展的双手，放在自己的臀部下方。最后，在挂着照片的那块板子前面，她停下了脚步。"不对，你看看这儿，"她高声喊道，"我的照片确实被人弄乱了。这可真令人讨厌。这也证实，确实有人在未经通知的情况下，到过我的房间。"K.点了点头，心里暗自诅咒那个叫卡米勒的职员，那人从来都没办法抑制住自己做无意义事情的无聊热情。"这可真稀奇，"布尔斯特纳小姐说，"看来，我不得不强行禁止你去做一些你原本就必须阻止自己去做的事情了，也就是说，在我不在的时候，不得擅自进入我的房间。""我已经跟你解释过了，小姐，"K.说罢，也走到了那些照片前，"弄乱你照片的人并不是我。不过，既然你不相信我，那我反而必须要向你坦承：调查委员会带了三个银行职员过来，这些职员当中的一个，也许曾把你的照片用手取下来过。下次我一找到机会，就会把这个人从银行开除。""没错，今天确实有一个调查委员到这里来过了。"这时，因为布尔斯特纳小姐正用疑惑的眼神看着他，他只好重复道。"是因为你的缘故才来的？"这位小姐问道。"是的，"K.回答说。"不是的。"她大声否定，并且笑了起来。"是真的，"K.说，"你这样说，是因为相信我是无罪的，对吗？""好嘛，无罪。"这位小姐说："我可不想马上就说出一个或许将牵涉甚远的结论，况且，我实际上也不怎么了解你。无论如何，既然已经到了把调查委员会派到眼皮底下来的程度，那它所针对的，肯定就是某个严重犯罪者了。可是，你现在却又保持着人身自由——至少，从你此刻心平气和的样子来判断，你并不是刚从监狱里逃出来的——由此观之，你也不可能是我所说的这类重犯。""没错，"K.说，"况且，调查委员会反而还有可能调查到，我其实是无罪的，或者至少所犯的罪不像他们原本认为的那么重。""显然如此，这也是有可能的。"布尔斯特纳小姐回应得十分认真。"你看看，"K.说，"其实你对法律方面的东西，也没有太多经验。""是的，这方面我确实没有太多经验，"布尔斯特纳小姐说，"我也常常为此感到懊恼，因为我什么都想知道，和法院相关的东西，我尤其感兴趣。法院有一种很独特的吸引力，难道不是吗？幸好，我在这方面的知识很快就将得到完善了，因为下个月，我就将以文书的身份，到一家律师事务所里工作了。""这真是太好了，"K.说，"如此一来，你就可以给我的案子稍微帮帮忙了。""这是可行的，"布尔斯特纳小姐说，"为什么不呢？我很愿意运用我新学到的知识。""我提这个要求也是完全认真的，"K.说，"要么至少也有一半是认真的，就跟你所认为的一样。这案子实在微不足道，不值得专门牵扯一位律师进来，不过，我却很需要一位合适的法律顾问。""对的，但是，如果想让我来做这个法律顾问的话，我就必须知道，这一切究竟是怎么回事。"布尔斯特纳小姐说。"这恰恰是整件事的难点，"K.说，"具体怎么回事，连我自己都不清楚。""你这样说的话，就是在跟我开玩笑了。"布尔斯特纳小姐极为失望地回应道，"挑这么个深夜时分，来开这样一个玩笑，当真是全无必要。"说罢，她从他们已经一起站了好久的那些照片前面走开了。"可是，我的这位小姐啊，"K.说，"我并没有开任何玩笑。你为什么就是不相信我呢！我所知道的内容，已经全都跟你说过了，甚至比我本身知道的还要多，因为根本就不存在什么调查委员会，我这样称呼这帮人，是因为找不到其他名字来描述他们了。根本就没有调查，我仅仅是被逮捕了，但却是被某个委员会逮捕的。"布尔斯特纳小姐坐到沙发凳上，又笑了起来。"那么，这个委员会又是什么情况呢？"她问道。"恐怖。"K.评价道，可他现在的心思，完全不在对话上，反而全神贯注地盯着布尔斯特纳小姐看——她用一只手撑住脸庞，手肘支撑在沙发凳的靠垫上，与此同时，另一只手轻轻抚摸着自己的臀部。"这描述也太宽泛了。"布尔斯特纳小姐说。"太宽泛是什么意思？"K. 提问道。说完这句话后，他重新回过神来，又问了一句："我应该跟你把整件事的经过都讲一遍的，可以吗？"他想活动活动身体，但又不想离开现在站的这个位置。"我已经很累了。"布尔斯特纳小姐说。"你回来得太晚了。"K. 说。"怎么说到最后，反而变成指责我了？当然，这也合情合理，因为我本就不该让你进来。照目前的情形看，你急着进来跟我交谈，其实也没有任何必要。""确实很有必要，我现在跟你具体说说，你就清楚了，"K. 说，"我可以把你床边放着的那个床头柜挪到这边来吗？""你这是什么意思？"布尔斯特纳小姐说，"当然不行的！""如果不这样做的话，我就没办法展示给你看了。"K. 情绪激动地说，仿佛对方的拒绝给自己造成了无法估量的伤害一般。"好吧，如果你这样做是展示需要的话，那就尽管把床头柜挪过去好了，"布尔斯特纳小姐说道。过了一小会儿，她又轻声补充道："我实在是太累了，只要是你觉得没问题的事，就随便去做吧，我都同意。"K. 把床头柜挪到了房间中央，然后坐到了床头柜后面。"在我开始展示之前，你必须先了解一下当时的人物位置安排，这可是很有趣的：我是监督官，那边的箱子上面，坐着两个看守，照片前面站了三个年轻人。那边的窗子把手上，我只是顺带提一下——那边挂着一件白色的女式衬衣。好的，那我们现在就正式开始……啊，对了，我差点忘记了，还有个最重要的人物，就是我自己，我就站在这儿，床头柜前面。监督官坐得不知道有多舒服，双腿交叉，一只胳膊靠在椅子背上，简直跟个地痞流氓没有什么两样。然后，现在真的要开始讲了：监督官大吼大叫，仿佛必须要把我从梦中唤醒似的，他简直就是在号叫。很遗憾，为了让你理解当时的情境，我恐怕也必须学他那样号叫。不得不说，他虽然号叫成那样，但他喊出来的，也不过是我的名字而已——"这时，一直笑着听他讲述的布尔斯特纳小姐，赶紧伸出食指，放在他的嘴唇上，以防他当真号叫出来。然而，一切都太迟了，K.讲得实在太过投入，竟然慢慢喊出了那声："约瑟夫·K.？"幸好，喊声并不似他之前所描述的那样，声音没有那么大。然而，这喊声却在突然发出之后，逐渐增强，最后竟在整个房间中回响起来。

就在这时，隔壁房间的门突然被人敲响了，敲门声响亮急促，富于节奏。布尔斯特纳小姐的脸色瞬间变得苍白，伸手捂住了心口。K.所受的惊吓尤其强烈，因为他的神智完全沉浸在其他事情上：今天早上发生的那起事件，以及眼前这位姑娘——自己才刚在她面前出了出风头。K.呆若木鸡了好一会儿才回过神来，然后，他一下子跳到布尔斯特纳小姐身边，抓住她的手，轻声说道："你什么都不必怕，我会让一切都恢复正常的。不过，敲门的会是谁呢？隔壁的那个起居室，根本就没人睡在那儿啊。""有人的，"布尔斯特纳小姐在K.的耳边低语道，"从昨天开始，格鲁巴赫夫人的外甥，一个上尉军官就睡在隔壁起居室里。因为，目前再没有其他房间空余了。这件事连我都忘记了。都怪你，为什么非要那样大喊大叫！我真是受你牵连，太倒霉了。""没理由为这种小事烦心的。"K.一边说着，一边吻了吻布尔斯特纳小姐的额头。此刻，她已经向后倒卧在垫子上了。"走吧，走吧，"她对K.说道，自己又迅速从沙发凳上坐了起来，"你还是得走，还是必须走，你到底想怎么样。要知道，他躲在那扇门背后，什么都听得一清二楚。你可真能折腾我！""等你心情稍微平复些，我再走。"K.说，"你走到房间的那个角落去，他听不到我们在那边的声音。"就这样，布尔斯特纳小姐被他引到了房间的对角。"你没有仔细考虑啊，"K.说，"虽然这件事给你带来了些许不愉快，但绝对不会有什么危险。今天这件事应该如何处理，最终是由格鲁巴赫夫人来决定的——既然那个上尉是她的外甥，那就更是如此。你知道，格鲁巴赫夫人有多么尊敬我，无论我说什么，她都毫无保留地相信。不仅如此，她本身就有求于我，因为她从我这儿借了很大一笔钱。我们俩此刻在一起这件事，无论你提出怎样的解释，我都会全盘接受，哪怕是听起来几乎没办法令人信服的解释都行。我可以向你保证，格鲁巴赫夫人绝对会接受你的解释：不仅仅是表面上接受，而且是真心实意、毫无疑虑地相信。你完全没必要体恤我。如果你打算添油加醋，说我侵犯了你，在这种情况下，格鲁巴赫夫人听后，同样也会相信，但却不会失去对我本人的信任——她就是有这么依赖我。"布尔斯特纳小姐低头看着眼前的地板，一言不发，意志有些消沉。"再说，格鲁巴赫夫人又怎么可能会相信，我竟然把你给侵犯了呢。"K.补充道。他看了看她的头发：疏开成两边、纹丝不乱的红发，下端扎得鼓鼓的。他还以为，布尔斯特纳小姐会把目光转向他，但她却始终保持着那个姿势，说道：

"原谅我，我其实是被那突如其来的敲门声吓到了，至于那个上尉躲在门后面偷听会造成的后果，我倒不是太担心。刚才，你吼了一声之后，房间里霎时间变得很安静，接着突然就是敲门声。于是，我就被吓坏了，我当时坐得离门很近，敲门声几乎就在我身边响起……你给我提的那些建议，我很感激，但我并不打算接受。我愿意为我房间里发生的任何事情负责，无论面对的是谁，都没有问题。可是，你竟然没有意识到，你的建议里暗藏着怎样一种对我的侮辱，我对此感到很诧异。自然，我也清楚，你这样做原本是出于好意——这点我无疑是承认的。但是，现在你还是走吧，让我一个人待着，相比刚才，我现在更想一个人待着了。你之前向我请求，让我给你几分钟时间，但现在已过去半个小时了，而且还将花费更多时间。"K.一把抓住她的手，然后又握住她的手腕。"你没有生我的气吧？"他说。布尔斯特纳小姐挣脱开他的手，答道："没有，没有，我从来都不会对任何人生气。"他再次握住她的手腕，这下子，她没有再尝试挣脱了，而是趁此机会，把他往房门的方向引去。K.已经下定决心要离开了，可是，当他真正走到门前时，却停顿了下来，布尔斯特纳小姐抓住这一时机，挣脱了K.，打开房门，逃到客厅里，在那边轻声对K.说道："你直接过来吧，现在，求你了。你看——"布尔斯特纳小姐指了指上尉房间的门，门下面透出了一道光线，"他开了灯，正打算拿我们取乐呢。""我这就过来。"K.说。他跑到客厅里，紧紧抱住布尔斯特纳小姐，吻了她的嘴唇，然后又亲吻了她的整张脸庞，如同一只饥渴的野兽，在一处好不容易找到的泉水旁，伸出舌头贪婪痛饮。最后，K.吻到了她的脖子上，吻到了她的咽喉位置，嘴唇贴在上面，吻了很长时间。这时，上尉房间里发出的一声响动，惹得他抬起头来，朝着那边张望。"现在我真要走了。"他说。此刻，他想轻呼布尔斯特纳小姐的教名，但却不知道是什么。她疲软无力地点了点头，侧过身子，伸了手过去，任由他亲吻，仿佛对这里发生的一切浑然不觉，最后低头回了自己的房间。这之后不久，K.也躺回到自己的床上。他很快就睡着了。不过，在入睡之前，他思考了一会儿自己刚刚的所作所为——他对自己的行为感到满意，但同时也为自己没有感到更满意些而奇怪。因为那个上尉的缘故，他很为布尔斯特纳小姐担心。

第二章

初次调查

　　K.接到电话通知，下个星期天将会针对他这起事件，进行一场小型调查。这使他注意到，从现在开始，这类调查将会是常态了，即便或许不是每周一次，调查本身也会变得越来越频繁。一般来说，将诉讼过程快速推进，尽早结束，对大家都有好处——这是一方面。可是，从另一方面讲，调查过程又必须得彻查每一种可能状况——恰恰由于此种程度的调查太过辛苦，诉讼也不应该持续太久。如上所述，人们找到的解决方法是，选择快速密集但持续时间很短的调查模式。将调查时间定在星期天，是因为他们不想干扰到K.的本职工作。他们预先假定K.会同意这样的安排，如果他想要选择其他时间来参与调查，他们也会尽力满足他的要求。比如，调查也可能在深夜进行，虽然在此种情况下，K.的大脑很可能不够清醒。无论如何，只要K.不提出什么反对意见，他们就还是把初次调查的时间定在星期天。到了那时候，K.必须得到场，不需要再经由任何人额外提醒，这也是理所当然。他们告知了K.他应该去的那栋建筑物的门牌号，这地方在郊外很偏远的一条街上，K.之前从未去过。

得到这则通知后，K.便挂断了电话，没有给话筒那边任何答复。他当即决定，星期天就到指定的地方去，这显然是必要的，诉讼进入正轨，他也必须得全力以赴，让这初次调查成为最后一次。挂断电话后，他依旧站在电话机前，若有所思，就在这时，他听到身后传来银行副行长的声音——副行长想打电话，但K.正好挡在他面前。"是坏消息？"副行长漫不经心地问了一句，实际上并不想知道什么具体消息，只想让K.赶快离开电话机。"不是，不是。"K.一边说着，一边走到了一旁，但却并没有走开。副行长拿起话筒，趁着电话正在接通的等待时间，隔着听筒对K.说道："K.先生，提个问题可以吗？这个星期天上午，你愿不愿意到我的帆船上来参加一场聚会呢？很多人都会到，其中当然也有不少你的熟人。比如哈斯特勒尔检察官。你会来吗？你一定要来！"K.试着集中注意力，听清楚副行长都在讲些什么。这件事对他而言，并非无关紧要，因为副行长（K.跟这位副行长之间的关系，从来都没有很好过）的这次邀请，从他那方面而言，代表着一次怀柔尝试，这表示K.在银行里已经变得有多重要，银行里职位第二高的人物，又是多么看重跟他之间的友谊，或者至少是看重了他保持中立的态度。此次邀请对于副行长本人而言，已属于一种屈辱，他恐怕也只会在等待电话接通的空当里，隔着听筒说出这样的话。然而，K.却不得不让第二次屈辱紧随其后，降临到副行长身上，他说："十分感谢！不过，很可惜，这个星期天我没时间，有件事情必须要去做。""太遗憾了。"副行长说罢，便转头进行电话交谈了——因为电话刚刚接通了。对方这次电话交谈的时间不短，但K.仍旧全程守在电话机旁，保持着他那心不在焉的状态。副行长摁了挂断电话的铃声，把守在一旁的K.吓了一跳，赶紧开口说话，为自己毫无意义地站在这儿浪费时间这件事，做出一点辩解："我刚才其实接到了电话通知，说是需要我到某个地方去，但却忘了告诉我，应该几点钟过去。""那你就再问一次吧，"副行长说。"没事，事情并没有那么重要。"K.回应道，尽管他这样一说，自己之前那本就差强人意的拒绝理由，也就变得更加不堪一击。离开的时候，副行长还讲了些其他事情。K.也强迫自己逐一回应他，但心里想的首先还是：星期天上午最好九点钟就到，因为在工作日里，所有法院都是在这个时候开始上班的。

这个星期天是阴天。K.感到疲惫不堪，前一天晚上，啤酒馆里他那张固定桌的酒友们举办了一场庆祝活动，一直折腾到很晚，弄得K.早上差点睡过头。连一点思考的空间都没有，上周费尽心思想出来的各种应对策略，也没时间再去梳理了。他急匆匆地穿好衣服，早饭也顾不上吃，就跑出了门，前往郊区的指定地点。虽然他沿途根本没有时间左顾右盼，但还是看到了跟他案子相关的那三个银行职员，即拉本斯泰勒、库里希和卡米勒——这实在太奇怪了。前两位坐在一辆有轨电车上，从K.途经的那条路上横穿而过。至于卡米勒，则坐在一家咖啡馆的阳台上，K.从咖啡馆下走过时，他还特意从阳台护栏那儿探出身来看他，表现出好奇的样子。这三个人似乎都在盯着他看，想知道他们这位上司究竟要去哪里。出于某种抗拒心理，K. 刻意回避坐车过去——他厌恶来自与此案相关的任何人的帮助，即便是与他几乎毫不相关的陌生人也不行；他也不愿意跟任何人说话，即便对话中所提及的，根本就是完全无关的话题。按时来到调查委员会面前，并因此而显得自己低人一等，他更是一点兴趣都没有。话虽如此，他现在还是一路小跑，希望尽量在九点钟时到达——哪怕实际上并没有任何人告知他准确的到达时间。

他曾经设想过，自己要去的那栋建筑物，想必隔了很远就能看到某个标志，但具体是什么标志，他又没办法想象出来；或者，那里的入口位置人头攒动，从远处就能辨认出来。然而，K. 在尤利乌斯大街（那个地址理应在这条街上）的起始处站了一小会儿，情况却跟他设想得大不一样：这条街的两边都是形状几乎完全相同的建筑物——庞大而灰暗的、供穷人们居住的廉租屋。现在是星期天的早晨，大部分窗口都看得到人，穿衬衣的男人们斜靠在窗边吸烟，或者细心温柔地扶着坐在窗沿的小孩。没人的窗子则被挂着的被褥占据，被褥上方，偶尔会匆匆闪过头发蓬乱的女人脑袋。楼里的人们隔着街道，互相喊话，K. 头顶正上方的这样一轮呼喊，便引来了一阵哄笑声。长长的街道上，每隔一段差不多远的距离，就能看到一家入口处在街道水平面下方、往下走几级台阶便能进入的小杂货铺，里面贩卖的是各种不同的食物。女人们进进出出，或者站在杂货铺外的台阶上闲聊。一个水果贩子推着自己的小车，沿街朝上方的窗口叫卖。他跟 K. 一样心不在焉，面前推着的小车差点把 K. 撞倒在地上。与此同时，一台曾经在更高级街区服役过的留声机，开始演奏起要人命的旋律来。

K.在这条大街上越走越深入。他走得很慢，仿佛自己此刻时间很充裕，又或者是希望看到预审法官[1]从这里的某扇窗子后面现身：这样一来他也就知道，K.确实已经到场了。看现在的时间，九点刚过。K.要找的建筑物坐落在相当远的地方，它的体量大得有些不正常，尤其是大门入口处，既高且宽，显然是为了方便卡车出入而专门定制的。大门后通往不同的库房，这些库房分布在巨大的内院四周，现在全都锁着门，贴着对应的公司标签，其中一些公司的名字，K.在银行业务中也曾经见到过。这一次，和他平时的习惯不同，K.对于所有这些琐碎的细节都格外感兴趣，他甚至为此专门在内院入口处站了一小会儿。在他旁边的一只箱子上，坐着一个光脚的男人，正在读一张报纸。两个男孩站在一辆手推车上，摇来晃去地做游戏。有个柔弱无力的年轻女孩，上身穿着一件宽大的男式睡衣，正用水泵往自己的壶里灌水，同时还转头盯着K.看。在内院的一个角落里，有人在两扇窗户间系了根绳子，绳子上已经挂了些洗好的衣服，等着晾干。绳子下面站着个男人，时不时喊上两声，指挥上面的人挂衣服。

---

1 法院接受一个案件后，由预审法官先进行审阅，看案件是否符合标准，是否应当正式立案。

K.转身朝着楼梯走去，打算到预审调查室去，但走了几步后便停了下来，因为，除了这处楼梯间外，他看到内院里还有其他三处不同的楼梯口，除此之外，内院尽头处还有一条窄小的过道，似乎是通往第二处内院的。那些人并没有确切告诉他，需要去哪个房间，他因此相当恼怒：这可是一项很严重的疏忽，又或者是刻意而为的冷漠。K.心中已经盘算好了，他稍后一定要为这件事提出明确具体的抗议。不过最后，他还是踏上了最开始看到的那处楼梯，脑袋里同时回响起看守威廉姆曾经说过的话，法律是由罪行所牵引的。既然如此，预审调查室肯定就在K.随意挑选的这处楼梯上面了。

在上楼过程中，他打扰到了一群正在楼梯上玩耍的孩子，当他从孩子们中间走过去时，那些孩子全都气鼓鼓地瞅他。"如果下次我还要从这里走过，"他在心里对自己说道，"我要么带些糖果过来赢得他们的喜爱，要么干脆带着大棒来，把他们狠狠揍上一顿得了。"快要走到二楼时，他甚至不得不驻足等待一小会儿，直到一颗玻璃球从上面彻底滚落下来，才继续往上走。等待的时候，两个长了一副成年恶棍般狰狞面相的小男孩拽住了他的裤腿，K.想一下子把他们甩开，但那样一来，肯定会弄痛他们。K.怕他们到时候会死命哀号，只得作罢。

抵达二楼之后，正式的找寻开始了。因为他没办法直接问别人调查委员会在哪儿，便虚构了一个名叫兰茨的细木匠（他之所以会想到这个名字，是因为格鲁巴赫夫人的那个外甥就叫这个名字），然后敲开每家住户的门，问他们这儿是不是住着一个名叫兰茨的细木匠，同时趁此机会看一眼房间里面。不过，大部分房间是不需要多做任何事情就可以随便窥探的，因为实际上，差不多所有的门都是敞开的，孩子们四处跑进跑出。这些通常来说仅有一扇窗户的小房间，连做饭烹饪也是直接在房间里完成的。妇女们把嗷嗷待哺的婴儿抱在怀里，另一只空出来的手还在炉灶上忙活。正值青春期的、表面上看来似乎只穿了一件围裙的女孩子们疲于奔命，忙前忙后。所有房间里的床都还占用着，上面躺着病人，或没睡醒的人，或和衣而卧的人。如果房间的门关着，K.就会去敲门，询问里面是否住着细木匠兰茨。开门的大部分都是一名妇女，听他问完后，便转过身去问房间里某个刚从床上坐起身来的人："这位先生问，这儿是否住着一个名叫兰茨的细木匠。""细木匠兰茨？"床上的那人会这样提问。"没错。"K.则会这样回答，尽管他此时已经毫无疑问地知道，调查委员会不在这里，自己来这个房间的使命已经完成了。很多人都相信，找到细木匠兰茨这件事，对于K.而言十分重要，他们寻思良久，最后好歹说出个细木匠，但那细木匠却不叫兰茨，或者提起某个跟"兰茨"有着很牵强的相似性的名字，又或者跑去问邻居，甚至带K.去更远的人家里询问，那边的人会说，这样一个男人，有可能是以临时租客的身份租住在这里的，或者告诉他们，某处有另外某个人，相比他而言，那人应该能够给他们提供些更确切的消息。最后，K.甚至都不用自己亲自去问了，而是通过被人带来带去的方式，把各个楼层都跑了一遍。他为自己的计策懊恼不已，尽管刚开始时它似乎挺行之有效的。快到六楼时，K.终于决定放弃这个搜寻计划，他向一个亲切友好、打算继续引着他上楼见其他人的年轻工人道别，独自下了楼。下到一半，他又为自己辛苦做的这整件事完全徒劳无功而恼怒，便折返回去，敲开了六楼的第一扇门。K.在那小房间里看到的第一样东西，是一只巨大的壁钟——钟上显示的时间，已经是十点了。"有个叫兰茨的细木匠住在这里吗？"K.开口问道。"请进。"一个长着一对闪闪发亮黑眼珠的年轻女人说道。这女人正在一只矮木桶里洗着孩子穿的衣服，她腾出一只湿漉漉的手，指了指通往隔壁房间的敞开房门。

K.相信，自己应该是闯入了某处正在举行集会的现场：形形色色的一大群人挤在这里，没有任何一个人在意这个刚刚进来的家伙。他们挤满了这间中等大小、开着两扇窗子的房间。接近天花板位置，有一圈高高在上的回廊，回廊上同样也挤满了人：人们只能弓着腰站在上面，脑袋和后背都顶在天花板上。房间里那种空气，对于K.而言，霉味实在太重了点，于是，他又从里面退出来，对外面那位可能错误理解了他意思的年轻女人说道："我在找的是一个细木匠，这个细木匠的名字叫兰茨，我刚才是这样问你的吗？""对啊，"女人回应道，"你请进去吧。"如果那女人没有走到他身边，抓住门把手，嘴里说着"你进去后我就得关门了，不能再让更多人进去"的话，K.没准不会按她的吩咐去做。"合情合理，"K.这样说，"这里面现在已经人满为患了。"说完，他就又进到了那个房间里。

这时，站在门旁边聊天的两人中（其中一个人双手向前伸出很远，做出像是要付钱的动作，另一个则对他怒目而视）有一人伸出一只手来，抓住了K.。伸手的是个双颊绯红的年轻人，他说："你过来，你过来。"K.便任由他牵引着自己前行了。看起来，挤得水泄不通的人群当中，似乎存在一条狭窄的小路，可能正是这条小路，将人群分为了两个不同阵营。K.在这条小路右边和左边的第一排位置上，几乎看不到任何一张朝他看过来的脸，看到的差不多只有人们的背脊，两边的人都只跟自己这边的人说话——这就更说明这里存在两个阵营了。大部分人都穿着黑色的衣服，套着老式的、典礼时才会穿的宽松长外套，衣摆一直拖到地上。这种服装是唯一令K.感到困惑不解的地方——如果不是因为他们都穿着这种衣服，K.应该就会觉得，这些人不过是在参加一次区域性的政治集会罢了。

K.被领到了大厅的另一端，在这里，一处低矮的、同样也被人挤得满满当当的讲台上，横向摆放着一张小桌子。桌子后面，也就是讲台的边缘位置，坐着一个肥胖的、不停喘着粗气的小个子男人——他正在跟后面站着的某个人聊天（对方手肘撑在扶手椅椅背上，两腿交叉），两人之间时不时爆发出一阵大笑。小个子男人偶尔会把胳膊高高挥起，似乎是在以报纸卡通漫画的形式，模仿某个人的神态。领着K.过来的那个年轻人付出了很大努力，想要告知众人K.的到来。有这么两次，他已经踮起脚尖站好，打算开口说些什么了，但讲台上面那个男人却完全没有注意到他。直到讲台上另外一个人注意到年轻人后，男人才把脸转向他，俯下身听他小声向自己汇报。听罢，男人取出自己的怀表，很快地看了 K. 一眼，说道："你应该在一小时又五分钟前就到这里的。" K. 刚想回应点什么，但却没时间了，因为那男人刚说完话，大厅右半边的人群便传来一阵嗡嗡隆隆的抱怨声。"你应该在一小时又五分钟前就到这里的。"那男人抬高声音，又重复了一遍这句话，同时匆匆环视了一眼整个大厅。抱怨声立即变得越来越强，直到那男人不再多说一句话，才逐渐平息下来。此刻，大厅里比 K. 刚刚进来的时候要安静得多了。只有回廊里的那些人还在吵个不停，纷纷发表自己的见解。虽然回廊里光线昏暗、尘烟弥漫，但还是可以看得出来，上面这些人比下面的人穿得要差一些。其中有部分人随身带了靠垫，方便垫在自己的脑袋跟大厅天花板之间，免得一不小心把自己给挤伤了。

K. 暗自决定，少说些话，多观察观察情况。因此，他干脆放弃为那人所主张的"来得太晚"申辩些什么，仅仅说了句："我来得是否太晚又如何，反正此刻我在儿。"话声未落，一阵鼓掌喝彩声便随之响起，又是来自大厅右边那一半人的。"很容易赢得支持的一群人。" K. 心想，于是，他现在就只为大厅左边这半人的沉默感到心烦意乱了——这些人目前就站在他身后，从那边只传来了一两声零星的掌声。K. 开始思考，自己究竟应该讲些什么，才能把所有人全部争取过来。如果这点不可能做到的话，那么至少也得把目前还不支持自己的人暂时争取过来。

"确实如此，"那男人说道，"但我现在已经没有继续听你讲下去的义务了。"随后又是一阵喧哗声，不过这一次，喧哗的意图却很模糊。那男人摆了摆手，示意人们安静下来，然后接着说道："今天，我尚可以将此作为例外来处理。像这样的一次迟到，今后不可再犯。现在，你给我上前一步！"讲台上的某个人跳了下来，以便为 K. 腾出一个位置。就这样，K. 上了讲台，身体紧挨着桌子站定，挤在他身后的人实在太多，使他不得不用力撑住桌子：他可不想让预审法官的桌子，甚至或许还包括预审法官本人被挤下讲台。

不过，预审法官对此却并不在意，反而舒舒服服地坐在自己的扶手椅上，对身后的男人说完最后的话后，便拿起一册小记事本来——而这小记事本，就是桌上放着的唯一东西了。这是一册学生练习簿式样的本子，很旧，其中许多页纸都已不再平整，面目全非。"那么……"预审法官说着，翻了翻那册记事本，转过头来，用一种确定无误的语调向 K. 确认："你是个粉刷匠？""不是，"K. 说，"我是一家大银行的首席机要秘书。"这个回答令右边那部分人随之发出一阵笑声，那笑声如此真诚，使 K. 也不由得跟着他们笑了起来。人们笑得上气不接下气，不得不用双手撑在膝盖上，身体抖动不止，仿佛突然猛咳的病人一般。甚至连回廊里，也有几个人跟着笑了起来。预审法官恼羞成怒——他似乎已经完全丧失了对下面那些人的约束力，无奈之下，只得转而向回廊上的人们寻求补偿。只见他一蹦三尺高，恐吓回廊上的人，眼睛上面那两道平常状态下不怎么引人注意的眉毛挤成一团，显得又浓又黑，相当显眼。

可是，大厅左边那半人却一直都没什么动静。那边的人们站得整整齐齐，面朝讲台，聆听上方的言语交锋。另外一群人发出喧闹嘈杂的声音时，他们也同样保持着安静。这些人甚至容许自己队伍中的几个人偶尔离开自己这边，到对方的人群里去，跟对方打成一片。左边这一派人，尽管他们人数上相对较少，可能相比右边这群人而言，本身也确实是无足轻重的，但他们坚持隐忍的行为，却使他们显得反而比右边人更重要些。此刻，当 K. 终于开始讲话时，他已深信不疑，相信自己就是代表左边这一派人发言的。

"你之前的问题，预审法官先生，问我是否是一名粉刷匠——更确切地说，你根本就不是在提问，而是劈头盖脸地认定我就是如此——这恰恰也是施加于我身上的、这起诉讼的完整特征。你大可以提出反对意见，说这完全不是一起诉讼。没错，你真是太对了，因为，只有在我本人承认这是一起诉讼时，这才当真是诉讼。不过，我此刻却愿意暂时承认它就是诉讼，虽然很大程度上不过是出于同情。如果想让人真正注意到它，除了对其表示同情之外，就再无法可想了。我并不是在说，这起诉讼是潦草无稽的，但是我却很乐意提供这项描述，让你有个自我认知。"

K. 停顿了一下，朝下看了看整个大厅。他刚才所说的话很尖锐，尖锐得超出自己的预期，但始终是正确的。这番话的好几处都值得一番热烈掌声，然而，此刻大厅里却完全静了下来，人们全神贯注，显然是在紧张等待着他继续说下去，一片沉默当中，或许正在酝酿着爆发，这爆发或将终结一切。哪里知道，就在这时，现场却突然受到了干扰——大厅尽头的门被打开，之前那个年轻的洗衣女人闯了进来，她的衣服大概已经洗完了。尽管她进来得十分小心，却还是将大厅里一部分人的目光吸引到了她身上。无论如何，那位预审法官的表现，都让K.感到由衷的开心，因为他刚才所说的话，立即在法官身上起了作用：到目前为止，法官一直都站在那儿听K.讲话，他之前还在斥责回廊上那群人，现在却已经是呆若木鸡的状态了。仅仅趁着这次干扰造成的间歇，法官才有机会重新坐下来，而且，他的动作很慢，仿佛不想引起任何人注意似的。或许是为了平复自己的心情，他再次拿起了那册小记事本。

"无济于事，"K.接着说道，"预审法官先生，就连你的小记事本都会印证我所说的话。"能够让自己镇静自若的话语，在这样一处全然陌生的集会上起作用，这件事使K.感到心满意足，他甚至敢于不假思索地从预审法官手中直接夺过那个本子，然后，仿佛对这一物什有所忌惮似的，他用两根手指的手指尖捏住当中的一页纸，高高举起，以便让本子两边那些写得密密麻麻、污渍斑斑、边缘泛黄的页面翻垂下来，昭示于众人面前。"这些就是预审法官的调查档案了。"K.一边说着，一边松开手指，让那本子落回到桌面上。"你只管安安稳稳地继续翻阅，预审法官先生，这本记满过错的欠债本子，我可一点都不惧怕。尽管如此，我却没有翻阅它的资格，因此，我只会用两根手指的指尖拿捏一下，但不会把它攥在自己手里。"K.的行为象征着一种深刻的羞辱，或者至少也必须被这样理解，当小记事本落到桌上后，预审法官马上把它给抓了回来，稍微平整了一下页面，然后又把它放到面前，读起里面的内容来。

身处最前排的那些人，他们的脸齐刷刷地朝着 K.，因此，K. 也低头看着他们，看了好一会儿。这些全都是上了年纪的男人，无一例外，有些连胡子都白了。要知道，K. 即使已经羞辱了预审法官，也没办法改变他们无动于衷的状态：自从 K. 开始讲话起，他们就是这样了。他们果真是能够影响到大厅里全部人士的决定性力量吗？

"在我身上所发生的事情，" K. 继续讲了下去，声音比之前稍微轻柔一些，说话的同时，目光也一直关注着最前排那些人脸上的表情，这使得他此时的陈述，多少带着些漫不经心的感觉。"在我身上所发生的事情，显然只是个例，这件事本身并没有多紧要，我本人也没有太把它当一回事。然而，它却是某种特定程序的象征——这一程序，已在很多人身上重复过了。我正是为了这些人，才会站在这里，而不是为了我自己。"

不知不觉间，K. 又把自己说话的声音抬高了。某处有人高举了双手，热烈鼓掌，并且高声叫好："太好了！怎么可能不是这样？说得太好了！真的是太好了！"听到这番话，最前排陆续有几个人伸手抓了抓自己的胡子，但没有任何一个人因为这喝彩声而回头张望。即便是 K. 本人，也不认为这件事有什么实际意义，但他却因此而振奋。此刻，他觉得再去争取所有人的欢呼鼓掌，已经没什么必要了，只要能让普罗大众开始对这一状况有所反思，偶尔能说服一两个人同意自己的主张，就足够了。

"我所想要的，并非雄辩家式的成功，"经由这番思考，K. 说出了自己的结论，"况且，我也不可能真正达到雄辩家的水准。预审法官先生讲起来，没准比我好得多，毕竟，这也属于他职业当中的一部分。我真正想要的，不过是在此公开场合下，表述某种公共的弊端而已。你们听我说：大约十天前，我被捕了，那次被捕的事态，连我自己想起来都觉得好笑，不过，此时此地随意大笑，却并不合时宜。那天一大早，我是在床上被他们突然袭击的，这帮人或许接到了命令，要去逮捕一名和我一样无辜的粉刷匠，但却阴差阳错地选择了我——根据预审法官说过的话来推测，并不能排除这种可能性。我隔壁的房间被两个粗枝大叶的看守占据。即便我是个危险的江洋大盗，也不会遇到比这更严密的防范措施了。不仅如此，这两个看守还是那种道德败坏的恶徒，他们絮絮叨叨的声音充斥着我的耳朵，他们希望有人可以给他们行贿，他们企图用花言巧语骗走我的内衣和外套，他们当着我的面，毫无羞耻心地吃掉了本属于我的早餐，然后，又以帮我买早饭为借口，想直接找我要钱。还不仅仅是这些呢。随后，我被领到第三个房间里，来到监督官的面前。那房间属于一位女士，我本人很尊敬她，然而，我当时却不得不眼睁睁地看着这个房间因为我的缘故，虽然并非我的责任，由于那两个看守和监督官的到来，被捣鼓得乱七八糟了。见到这样一幕场景，还继续保持镇定，这可并不容易。但我还是做到了，我用完全平静的语气问监督官——如果他此刻身在这里的话，理应当场为此作证——我为什么被捕了？你们知道这个监督官是怎么回答这问题的吗？他那副嘴脸，如今我都还历历在目：他坐在我前面提到过的那位女士房间里的扶手椅上，完全符合一个愚钝至极、自大狂的形象。我的先生们，他根本什么都没回答，或许他确实什么都不知道。他逮捕了我，并对此深表满意。除此之外，他甚至还做了另外一件事——把三个在我银行里工作的低级员工，带到了这位女士的房间里。他们在那儿都做了些什么呢？他们随便乱动那位女士私有的照片，把摆放顺序弄得乱七八糟。让这些员工在场，当然还有另外一个目的——就跟他们对我的女房东，还有女房东手底下的女用人所怀有的目的一样——想让他们四处散布关于我被捕的消息，以此来损坏我的公共名誉，尤其还要在银行里动摇我的地位。可惜现在，这些目的完全没有达到，他们哪怕连最微小的成功都没获得，即便是我的女房东，这位相当单纯质朴的人——在此，我要满怀敬意地说出她的名字，她叫格鲁巴赫夫人——即便是格鲁巴赫夫人也足以看出，这次逮捕行动，并不比那些缺乏教养的男孩子们在胡同小巷里搞的恶作剧一般的突然袭击强得到哪里去。我重复一遍，对于我而言，这整个事件仅仅令我感到些许不适，以及稍纵即逝的恼怒，仅此而已，但它难道不应该招致某些更严重的后果吗？"

K.讲到此处，突然停顿下来，朝着沉默不语的预审法官看了一眼。他觉得，自己此刻刚好看到预审法官对人群中的某人使了个眼色，发出了某个信号。于是，K.马上微笑着说道："就在刚才，我旁边的这位预审法官先生，还给你们当中的某人传递了一个秘密信号呢。也就是说，你们当中有人是被这上面的人操纵的。我可不知道，刚才这个信号是要求现在马上发出嘘声呢，还是应该热烈鼓掌。既然我已提早暴露了这个真相，那么也就意味着，我也主动放弃了探寻这个信号意义的可能性。当然，我对此根本就毫不在意，而且，我还要在此公开授予预审法官先生权力，允许他直接用言语大声驱使他安排在这下面的、付钱雇来的人们，没必要再搞什么秘密信号了。比方这一次就说：现在发嘘声，然后下一次再说：现在鼓掌。这样就行了。"

因为尴尬，又或者是因为不耐烦，预审法官在自己的扶手椅上动来动去，坐立难安。站在他后面的、那个之前已经跟他讲过些话的男人，此刻再次弯下腰，要么是打算给他说些鼓劲加油的套话，要么就是正在给他出什么主意。下面的人们交头接耳，声音很轻，但讨论得却很热烈。之前尚且态度分明的两派人，看起来似乎混合到了一处。有些人伸出手来，对K.指指点点，另有一些人则对预审法官指指点点。房间里越发烟尘弥漫，简直令人无法忍受，烟尘甚至阻碍了那些站得稍远些的人，使他们根本没办法看清这边发生的事情。回廊里那些出席者受到的干扰尤其严重，尽管他们时刻不停地睨视着预审法官，却还是不得不轻声向下面的集会参与者们询问事态，以便紧跟事态的发展。为了不走漏风声，给他们的回答也是先用手遮住嘴后，才同样用很轻的声音说出的。

"我马上就讲完了。"因为桌子上并没有放铃铛，K.一边说着，一边用拳头捶了下桌子。预审法官和他那位参谋被K.捶桌子的声音给吓了一跳，原本凑在一起的脑袋立即分开了。"这整件事和我没什么关联，因此，我反而可以心平气和地去评判它。在确实重视

54

这个所谓法庭的前提下，只要你们能够好好听我陈述，相信就会大有裨益。至于针对我此番陈述的反对话语，我恳请你们，还是将它推迟到以后吧，因为我没有时间，而且很快就要离开这里了。"

人们立即安静了下来，K.已经完全掌控了这群人，人们不再像开始时那样，彼此之间大呼小叫，也不再鼓掌喝彩了，不过，他们看起来已经被说服，或者离被说服也只有一步之遥了。

"毫无疑问。"K.用很温和的声音，继续说了下去。他这么和气，是因为所有人都在聚精会神听他讲话，这使K.感到十分高兴。在如此静谧之下，耳边能够听得到一种十分轻微的嗡嗡声，这比最热烈的掌声还要振奋人心。"毫无疑问，在眼前这个法庭的表象背后——于我的情况而言，乃是指针对我的逮捕行为，以及今天在此举行的大规模调查集会——在这些背后有一个组织，这个组织里不只有受贿的看守、愚蠢的监督官和最大优点唯有谦虚的预审法官在忙前忙后，其中肯定还囊括着十分高阶，乃至最高阶的法官团队，配备有数之不尽、不可或缺的杂役、文书、警察，以及其他各色打下手的人物，甚至可能还包括刽子手——我可不会在这样的词面前退缩。这个组织的存在意义是什么，我的先生们？它的建立，是为了逮捕无罪的人们，引导他们接受毫无意义，并且绝大部分时候都是徒劳的诉讼——就跟我目前所面对的情况一样。在这一切的无意义当中，对官僚系统糟糕透顶的腐败状况，又怎么可能视而不见呢？不腐败根本就是不可能的，即便最高阶的法官，也完全没办法独善其身。上行下效，看守们自然会想方设法去窃取那些被逮捕者的贴身衣物，监督官自然会非法闯入陌生人的住所，无罪之人自然会受到羞辱，而不是在广大陪审团面前接受合理的审讯。看守们曾经提到过关于仓库的事情，在那些仓库里，被逮捕者的私人财产暂时寄存其中，我倒很想亲眼看看那些保管财物的地方，看看被逮捕者们辛苦挣来的财物，在那里面是怎样败坏掉的——只要它们还没被偷窃成性的官员们提前盗取。"

K. 的讲演被大厅尽头处的一声尖叫给打断了。浑浊的阳光弥散在大厅空气里的烟尘之中，使烟尘化为闪亮耀目的白茫茫一片，K. 不得不用手遮挡光线，才方便循声看过去：是之前洗衣服的那个女人，她一进到大厅里，K. 马上便把她视为此处最大的干扰因素。此刻，刚才那叫声是否真是她的过错，已经无从分辨了。K. 只看见有个男人把她拽到门边的一个角落里，并且还在跟她搂搂抱抱。可是，尖叫的并不是她，而是那个男人，他嘴巴张得很开，眼睛望着天花板。一小群人逐渐聚到了他们周围，附近回廊里的出席者们对此感到很兴奋，因为 K. 为集会带来的严肃性，如此便被消解掉了。K. 的第一反应是马上跑过去，他同时还想着，在场所有人应该都希望恢复那边的秩序，或者至少把那两个人给撵出大厅。哪里知道，K. 面前第一排的那些人竟然坐得稳如泰山，不仅自己纹丝不动，也不给 K. 让路。与 K. 的想法相反，他们故意阻碍他——某处伸出一只手来，从后面抓住了 K. 的衣领（他没有时间回头看了），老家伙们则把胳膊横在他面前。此时，K. 其实已经无暇再去考虑那两个人的事情了，他觉得自己的人身自由受到了限制，似乎人们对逮捕他这件事突然变得认真起来，于是，他不顾一切地从讲台上跳了下去。现在，K.挺然而立，与面前的人群对峙。他对这些人的判断难道不对吗？莫非他高估了自己这番讲演的效果？他刚才讲话时，这些人难道只是在伪装，等他快要讲出最终结论时，他们才终于对伪装这件事感到厌烦了？瞧瞧此刻围在他身边的这群人吧，他们都是一副怎样的面容啊！黑色的小眼珠子，眼神飘忽不定；脸颊上的死肉垂下来，跟那些长期酗酒者没什么两样；长长的胡子硬茬茬的，生得又稀疏，要是伸手过去捏住这些胡子，那感觉估计像是抓住一大把鸟爪子一样，而不像是在捏真正的胡子。不过，藏在那些胡子下面的，才是K.的真正发现——这群人外套的衣领上，全都别着一些不同大小、不同颜色的徽章。放眼望去，每个人都有这种徽章。所有人都是一伙的，虽然表面上看去似乎分成左右两派。K.猛一回头，发现连那预审法官的外套衣领上，竟然也戴着同样的徽章：他正把双手放在膝盖上，悠然自得地看着下面发生的这一切。"原来如此啊，"K.怒喝道，他双臂高举，用力挥舞，为自己突如其来的发现腾出空间，"你们全部都是公职人员，照我看来，你们正是我方才提到的腐败团伙。你们赶到这里聚集，当听众，当探子，故意组成区分明显的派别，让一派人鼓掌叫好，就是为了拿我做测试，因为你们想调查清楚，究竟该怎样去诱骗无罪之人。无论如何，你们终究不是白白聚集到这里来的，我希望，你们已经在'某人渴望从你们那里争取无罪辩护'这件事上，收获了很大乐趣，又或者——放开我，否则我要打人了。"K.突然朝身边一个颤巍巍的老人怒喝道，这老人紧挨着 K. 站着，故意不停推搡他。"又或者你们其实还是真正学到了些东西的。那么，我为此衷心祝愿你们，在你们的职业道路上，能够一帆风顺。"K. 很快地拿起自己放在桌边的帽子，趁着所有人静默无声的间隙（这肯定是由于极度惊诧造成的哑口无言），一路挤到了大厅出口处。然而，预审法官的动作似乎比 K. 还要快，因为他居然已经在进出大厅的那道门旁边等着 K. 了。"稍待片刻。"他对 K. 说道。K. 停下了脚步，但没有去看预审法官，而是看着门。此刻，K. 的手已经攥在了门把手上。"我只是想要提醒你一下，"预审法官说，"或许你此刻还没有意识到，就在今天，你主动剥夺了一场审讯调查本应给被逮捕者带来的好处。"K. 面朝大门笑了起来。"你们这帮无耻之徒，我会送你们所有人去接受审讯的。"他大声说道，同时打开大门，飞快地下楼。在他身后，集会者们的嘈杂声再度活跃起来，开始以研究者的方式，讨论起本次审讯调查中发生的种种意外。

第三章

在空集会室内 - 大学生 - 办事处

接下来的一周里，K.日复一日地等待着新一轮的通知，因为他并不敢完全相信，那帮人真会从字面意思上去接受自己所说的"放弃审讯调查"。预期的通知，果真直到星期六都还没来，于是，K.认为，这表示对方已默认传唤过了，因此，自己需要在与上次相同的时间、到同一栋房子里出庭，继续接受审讯调查。就这样，到了星期天，他便主动前往那里。这次，K.直接上下楼梯，往来过道，很快便找到了正确的那道门——途中，几个尚且记得他的人在自家门口向他问好，不过，他也已经不需要再去询问任何人，让任何人来为他指路了。K.才刚一敲门，门马上就打开了，进去后，他连看都懒得多看站在大门边的、那个自己已经熟识的女人一眼，打算直接进到隔壁房间里去。"今天不开会。"那女人对他说。"为什么，不是应该开会的吗？"他问道。他根本不愿意相信女人的这个说法，可是，女人终究还是说服了他：她把隔壁房间的门打开了。房间里确实是空的，因为空无一人，这个房间看起来比上个星期天还要凋敝惨淡。讲台上那张完全没有任何变动的桌上，摆放着几本书。"我能瞧瞧那些书吗？"K.问她。实际上，他会这样问，并非出于什么特别的好奇心，而是不希望自己来到这里这件事，徒劳无功。"不能，"那女人一边说着，一边重新关上那道门，"这是不被允许的。那些书是属于预审法官的。""原来如此，"K.说，同时点了点头，"那些书应该是法规方面的书籍，其中所涉法规，不只能给无罪的人判刑，甚至能让人在毫不觉察的情况下获罪。""或许是这样。"女人应付道，她并没有确切理解K.的意思。"既然如此，那我还是走吧。"K.说。"需要我给预审法官留个什么消息吗？"女人问他。"你认识他？"K.问。"当然，"女人说，"我的丈夫正是法院的杂役。"直到此时，K.才注意到，这个上次过来时只放了一只洗衣桶的房间，现在竟然已经是个配备完善的起居室了。女人留意到了他的讶异，旋即开口道："没错，我们在这里有免费的房子可住，不过，每次遇到开会的日子，就必须把房间给彻底清空。我丈夫的这个职位，确实是有些缺点。""对于这房间的情况，我倒也不是特别吃惊，"K.用恶作剧般的眼神看着她说，"比房间问题要吃惊得多的反而是——你竟然已经结婚了。""你这样说，大概是在暗指上次开会时发生的那次意外吧，就是因为那次意外，打扰到了你的演讲。"女人问道。"当然，"K.说，"那时我简直要暴跳如雷，不过，到了今天，这件事早就过去了——我几乎要忘掉它了。而且，你自己刚刚也说，你已经是个结了婚的女人了。""打断你的演讲，对当时的你而言，并不是件坏事。你走之后，人们还对这场演讲下了些非常不利的论断呢。""或许如此吧,"K.心不在焉地说,"但即便如此,你也难辞其咎。""认识我的人都知道,我是无辜的。"女人说,"那时候,那个对我搂搂抱抱的男人,他已经追求了我相当一段时间了。在通常情况下,我是属于并没有什么吸引力的那类女人,可是,对那个男人而言,却并非如此。也正因为我没有普遍的吸引力,所以我根本受不到任何保护,即便是我丈夫,也已经接受这件事了:如果他想保住自己的职位,那他就必须隐忍,因为追求我的那个男的,他是个大学生,将来有很大可能成为有权势的人物。他经常缠着我,老是跟在我屁股后面——今天他才刚刚走,就在你过来之前。""你讲的这些,跟这里发生的其他所有事情,倒是挺般配的。"K.说,"反正一点都不令我惊讶。""或许,你多多少少是想要让这里的一些状况得到改善。"那女人缓慢而审慎地说道,仿佛她正说着的,是一些会让她自己和K.都陷入危险的话语,"关于这点,早在之前听你演讲时,我就已经听出来了。你的那次演讲,就我个人而言,还是挺喜欢的。不过,我只听到了其中的一部分内容,开始部分错过了;讲到结尾时,我已经跟那大学生一起躺在了地板上——这地方就是这样,令人作呕。"停顿片刻之后,她突然伸出双手,抓住了K.的手,对他说道:"你真的相信,自己能够成功改善这里的状况吗?"K.微微一笑,把自己那只被抓住的手,在女人柔软的双手里稍微动了动。"实话实说,"他开口道,"跟你表述的不一样,我并没有想改善这里状况的打算。如果你把刚才对我说过的话,再跟其他人——比如跟预审法官讲一遍的话,想必会受到耻笑,或者甚至受到惩罚。

事实上，如果是出于我本人的自由意志[1]来考虑，那我根本就不会搅和到这些事情当中去，这个法庭的改善需求，也绝对不可能干扰到我的正常睡眠。但是，我此刻却不得不介入到这当中来，因为你们声称我被逮捕了——没错，我被捕了——我会这样做，也是为了我自己。不过，在这一过程中，如果我也同时能够给你带来某种程度的协助，那我当然也是十分愿意的。这可不仅仅是出于慈悲博爱的考量，除此之外还因为，你应该确实也可以帮到我。""我要怎么做，才能够帮到你呢？"女人问。"比如，你可以现在就让我看看放在里面房间桌子上的那些书。""那当然没问题。"女人一边喊着，一边用最快的速度拉着他走到了桌子旁。那都是些被人翻得磨损严重的旧书，其中一本的硬壳封面，几乎都要从书脊中间断开来了，整本书只靠区区几根线牵连在一起。"这儿的一切可真脏啊！"K.摇着头说道。为了方便K.伸手去拿，女人用自己的围裙擦了擦那些书，至少是把表面上的浮灰给抹干净了。就这样，K.打开了最上面放着的那本书，一幅有伤风化的插画随即映入眼帘：一个男人和一个女人赤裸着身体，坐在长沙发上。从这幅画当中，插画师无耻下流的创作意图表现得十分明显，然而，这位画师画技上的不高明

---

1 aus freiem Willen。自由意志作为一个哲学概念，理解为意识选择做什么的决定，也就是意志的主动性。K.在此套用此概念，意图强调自己并非主动想跟法院有所牵连。

之处同样也很突出。整幅画太过强调肉欲，这就导致画中能够清晰分辨的，也唯独只有那一个男人和一个女人。两个人坐得过于笔直，而且，由于透视错误，他们的动作，看上去仅仅像是在费尽全力向对方靠近，仅此而已。K.没有继续往后翻，转而选择继续翻开第二本书的扉页，这是一部小说，标题为《格蕾特自丈夫汉斯处所受的折磨》。"搞了半天，这里的人们刻苦钻研的法规书籍，就是这么一回事。"K.说，"我就是被这样一伙人审判的。""我会帮你。"女人说，"你想要我帮你吗？""那么，你是当真能够帮到我，同时又不会把自己置身于危险当中吗？要知道，你刚才可是跟我说过，你丈夫是很依赖他那些上级的。""就算这样，我也会帮你，"女人说，"你跟我来，我们必须就此好好聊一聊。别再提我会遇到什么危险了，我只在该畏惧危险的时候，才会去畏惧危险。跟我来吧。"她指了指讲台，请求他跟自己一道，坐到通往讲台的台阶上去。"你长了一双好看的深色眼睛，"两人双双坐下后，女人好好端详了一番K.的面容，说道，"也有人说我的眼睛好看，不过，相比之下，你的眼睛要好看得多。顺带一提，当你第一次到这里来时，你那双眼睛就已经吸引了我。也正是因此，我稍后才会进到集会室里来。要知道，如果不是因为你，我根本就不会这样做。不妨直接告诉你好了，我这样做，一定程度上甚至是被禁止的。""这应该就是她愿意为我尽力去做的全部事情了，不过如此。"K.心想，"她本人也跟此处曾经聚集的所有人一样，受到了侵染，变得堕落了。她已受够了法庭的那些官员，这点是显而易见的，因此，面对随便哪个陌生人，她都会说关于对方眼睛的恭维话。"K.默然无语地站起身来，仿佛他已经把自己的想法大声讲了出来，借此把自己的态度原原本本解释给这女人听过了似的。"我不相信你有本事帮我，"他说，"如果真想帮助我，必须得跟那些高阶官员有关系才行。而你，显然只认识些下等雇员，他们在此处被呼来唤去，随处可见。你跟这些下等雇员的关系，想必相当不错，他们确实也能给你做成一些事——关于这点，我毫不怀疑。然而，借由那些人能够促成的最大成果，相对审判的最终结果而言，完全是微不足道的。况且，你还会因此而失去几个朋友。我可不想你为我做到这一步。所以，你还是继续保持目前跟那些人的关系吧，照我看来，这样的关系到底还是不可或缺的。我会对你说出这样的话来，其实也是不无遗憾。不过，为了多少回应一下你对我的恭维，我这就告诉你，我也很喜欢你——尤其是当你像现在这样，用如此悲伤的眼神盯着我看的时候，更是如此。额外提一句，对你而言，摆出这样的表情，实在没什么必要。你到底还是属于我必须要与之交战的那群人的，更何况，身处那群人中间，你还挺怡然自得——你甚至爱上了那个大学生，即便你不爱他，那你至少也把他的地位，摆在了你丈夫前面，从你所说的话语当中，很容易就能判断出这点来。""不对。"她大喊道，仍旧坐在那里，伸出手抓紧了 K. 的手。K.缩回手的速度不够快，没办法抽出自己的手来，只得任由她抓住。"你不能现在就走，你不能带着对我的错误评判离开。你真会这样做吗，现在这样的情况下，说走就走？对你而言，我就真这么没价值，你连一点忙都不情愿帮，不肯在这里再逗留哪怕一小会儿？""你误会我了，"K.一边说着，一边又坐了下来，"如果你是真心希望我留下来，那我是相当愿意的。我本来就有大把时间——我原本是抱着今天将会举行公开审理的期待来的。至于之前说过的那些话，我只想请求你一件事，就是——在整个审判过程中，请不要为我做任何事。不过，你也绝对不要为此感到委屈，你只需想想看：我对这场审判的结果，根本毫不在意，最后的定罪宣判来了，我都只会一笑而过。当然，这一切的前提是——这场审判确实能有一个名副其实的最终结果。然而，对于这点，我是十分怀疑的。我宁愿相信，因为懒惰，抑或健忘，或者可能甚至是因为对整套官僚系统的恐惧，整件案子已经被撤销了——要么就是即将被撤销。另外一种情况也是有可能的：随着诉讼过程在表面上的深入，这些人指望着能够逮到某个机会，索要一笔更高数额的贿赂。可惜这完全是徒劳的，因为我不会去贿赂任何人——就跟我今天已经说过的一样。无论如何，这里倒确实有件事情，是你可以帮我做的。只要你能够去告知预审法官，或者除他之外任一位愿意传播这则重要消息的人士：我绝对不会走上行贿这条路，不管什么手段都不能唆使我这样做——尽管这些唆使行贿的手段，这里的先生们或许确实十分在行。无论如何，行贿这类事情，在我这里是完全不必指望的，你可以明明白白跟他们讲。更何况，他们自己或许早就已经注意到这点了，即便事实并非如此，那他们现在也该知道了——无论怎样都好，我反正也不是太在乎。总之，明白了这点，这些先生办起事来只会更省事些，尽管这也会给我自己造成一些麻烦……不过，这种类型的麻烦，我反而会欣然接受，因为我清楚，除了贿赂之外，每个麻烦同时也是造成其他麻烦的原因，它们是一环套一环的，这样一来，我就有办法去逐个击破了。你确实认识预审法官吗？""当然，"女人说，"当我说要帮助你时，我甚至第一个想到的就是他。我之前还不知道预审法官只是个低阶官员而已，不过，既然你都这样说了，那或许就真是如此吧。可是，就算这样，我仍旧觉得，他向上头呈交的那份报告，多少还是有些影响力的。他毕竟要写那么多的报告……你曾说官员们懒惰，但显然不是每个官员都懒惰，尤其这个预审法官，更不能说他懒，因为他写的东西实在是太多了。举例而言，上个礼拜天的那次会议，一直开到傍晚时分。所有人都走了，预审法官却还留在大厅里，天色已晚，我不得不给他拿一盏灯过去照明。我手头只有一盏很小的、厨房用的煤油灯，就是这样的灯，他都觉得很满意，并且马上开始了他的案头工作。与此同时，我的丈夫也来了——那个星期天他刚好放假。我们去取了家具，重新把房间布置妥当，邻居们稍后也过来了，我们还点了一根蜡烛，一起聊天呢。这之后不久，我们彻底忘掉了预审法官，自顾自地回床睡觉去了。哪里知道，深夜里突然出了事——那肯定已经是夜里很晚的时候了——当时，我突然被一阵动静给惊醒了，醒来一看，发现预审法官就站在床边，他腾出一只手来遮掩煤油灯的光线，以免光照到我丈夫。这属于毫无必要的慎重，因为我丈夫睡起觉来，即便光照到他脸上了，也不会惊醒。可是，我当时却受到了很大惊吓，几乎要失声大喊，但那预审法官，他人却相当客气，告诫我深夜里要注意安全，然后又在我耳边低语，说他一直写到了现在，此刻是要来找我还煤油灯的。他还跟我说，当他发现我正在睡觉时，那惊鸿一瞥，此生都不会忘记……嗯，我把这些讲给你听，不过是想告诉你，预审法官确实写了很多报告，尤其是关于你的，因为，在之前那次为期两天的集会中，针对你的传讯显然是重要议题之一。他所写的那些篇幅冗长的报告，无论如何，都不可能完全没有意义。不过，除了报告之外，从我所提及的那次深夜意外中，你也能够看出，预审法官其实正在追求我——他肯定是当下才刚刚开始注意到我的，因此，我目前也就恰好处在被男人追求的第一阶段上，有能力对他施加很大的影响。不仅如此，我还有其他一些证据可以证明，预审法官正对我魂牵梦萦。昨天，他通过那个大学生给我送来一双丝袜作为礼物——那个大学生他十分信任，本身也是他的同僚——据他所说，送这双丝袜给我，是因为我费力打扫了集会室。可是，这终究也不过是个借口罢了，因为打扫本身就是我的分内事，况且，做好这项工作，他们还会付我丈夫钱呢。丝袜本身倒是很漂亮，你看看——"女人伸直双腿，把长裙撩到膝盖位置，不只让K.去看，连自己也欣赏起脚上穿着的那双丝袜来。"丝袜本身倒是漂亮，但实在太高档了，不适合我。"

她突然中断了讲述，仿佛想要使K.安心似的，把自己的手放在了他的手上。做完这一切后，她又小声呢喃："安静下来，贝托尔德正在看着我们呢。"K.慢慢将视线往上移：在集会室的门口，站着一个年轻男人，他个头很小，腿不太直，蓄着短而稀疏的红色络腮胡，用手指不停搓捻胡子，让仅有的胡须变得蓬松，以便使自己看起来更威严些。K.有些好奇地打量着他，某种程度上而言，这个人是K.至今为止亲眼见到过的、首个修习法学专业的大学生——这样的人，对于K.而言是全然陌生的，他以后或许也确实会成为一名高阶官员吧。与K.的反应正好相反，大学生本人明显不在意K.，他把原本一直用来搓捻胡须的手指暂时腾出来，朝女人摇了摇，打了个招呼，然后就走到窗边。女人躬身，凑到K.的耳边，向他耳语道："你不要生我的气，我由衷地请求你，别把我想得那么坏，现在，我必须到他身边去了，到那个令人作呕的男人身边去，你只需瞧瞧他那两条直不起来的腿，就知道那是个什么样的人。我虽然不得不去，但也很快就会回来，回来之后，我就跟你走。只要你愿意带我离开，你去哪里，我就愿意跟你到哪里。你可以随心所欲，对我做任何你想做的事，只要我能够离开这里，离开足够长的时间，我就感到很幸福了——当然，最好还是能永远离开这里。"说罢，她再次抚摸了K.的手，然后一下子跳起来，奔向窗边。K.不由自主地伸出手，向虚空中追逐她之前伸出的那只手。这女人确实诱惑到了他，经过一番全方位思考后，K.竟也找不出任何站得住脚的、不能向这一诱惑缴械投降的理由。这女人没准是法院专门派来缉捕他的——这个在脑海中匆匆闪过的反面意见，很容易就被他否决掉了。她又怎么可能缉捕得了他呢？他岂不是一直都能游刃有余、立竿见影地击溃整个法院系统，或者至少和他相关的那部分系统吗？莫非他就没办法为自己保有这少许的、信任他人的余地吗？况且，她那

68

主动提出的、自愿效劳的请求，听起来可是真心诚意，或许也并非完全没有价值：由他亲自把这个女人从预审法官和他那帮手下那儿抢走，并且收归己有，可能再没有比这更好的、针对预审法官及其党羽们的报复手段了。如此一来，在费尽辛劳地撰写关于 K. 的、谎话连篇的那堆报告之后，预审法官一旦再次在深夜里来到女人床边，就会发现女人已经不在床上了。而她之所以不在床上，恰恰是因为她已经属于 K. 所有了——因为这个此刻正站在窗边的女人，这具丰满、妖娆、温润，裹在深色粗呢连衣裙之下的胴体，已经彻底归 K. 所有了。

摆脱掉脑海中跟这个女人相关的、这样那样的想法后，K. 开始觉得，他们在窗边轻声对话的时间未免也太长了一点，于是，他先是用手指关节骨敲了敲讲台，然后又直接用拳头捶了捶。听到这边的响动，那个大学生的视线越过女人的肩膀，飞快地瞟了 K. 一眼，不过，他原本的行动仍旧没有受打扰，不只不受打扰，甚至还向她靠得更近了些，并用双手环抱住她。女人低垂下头，似乎打算用心听大学生讲话，那大学生却趁着她低头的机会，吻了她的脖子，声音很响。吻归吻，但也并没有停下嘴里正说着的话。K. 由此断定，女人之前对这个大学生的抱怨确实属实——他对她十分暴力专横。K. 站起身来，在房间里走来走去。他一边斜眼偷瞄大学生，一边在心里盘算着，自己究竟应该怎样去做，才能尽快摆脱掉他。来回踱步一段时间后，K. 的步伐越来越沉重，最后发展到每一步都是跺脚，大学生显然被 K. 的行为给吵扰到了，开始对此表示抗议，这反而正中 K. 下怀，大学生说："如果你等得不耐烦了，大可以直接离开。实话实说，你之前就该走了，没人会惦记你的。没错，早在我进来的时候，你就得走，而且还应该拔腿就跑，用最快的速度离开才对。"他提这个意见的时候，把全身上下所有能够用到的、表达怒气的情绪全都调动了起来，看他那神态，多多少少包含着未来的法院官员所特有的那种傲慢，就像是在跟一个不讨人喜欢的被告说话一般。不过，K. 不只没走，反而还站在离大学生很近的地方，面带笑意地说："我确实觉得不耐烦，千真万确。不过，结束这种不耐烦状态的最轻松方式，就是你现在马上离开我们这儿。但是，如果你专程来此，是为了学习的话——我听说，你是个大学生来着——如果那样的话，我倒很愿意为你腾出空间来，而我，则会跟这个女人一起离开。顺便提一下，在你真正成为法官之前，确实还有很多东西必须学习。虽然我对于你所学习的法学内容了解得并不太具体，但还是可以给出一些合理推测。至少，对于粗言秽语这项技能而言——尽管你刚刚已经厚颜无耻地好好展示了一番，但那想必是跟法学毫不相关的。""本来不应该让他自由在外，四处活动的。"大学生说道，仿佛打算针对 K. 的这番侮辱，给女人一个解释，"这是个失策之举。我之前已经跟预审法官提过这点了。在每次审讯之间的时间里，至少也应该把他限制在自己的房间里。预审法官的想法，有时真令人难以捉摸。""毫无用处的一席话，"K. 如此评价道，同时向那女人伸出手，"你跟我来吧。""原来如此，"大学生说，"不行的，不行的，你得不到她的。"他使出一股任何人都意料不到的力

70

气，伸出一只手去，把她整个人给搂在了胳膊下，然后，一边温柔地看着她，一边弯腰曲背地朝着门的方向跑去。如此情况下，任谁都能很轻易地看出，大学生对 K. 明显怀有畏惧，不过，尽管如此，他却依旧试图去激怒 K.——他用自己空出来的那只手，不停抚摸、揉捏女人的手臂。K. 小跑几步，来到他身边，做好了随时擒住他的准备，如果有必要，他还打算掐住他的脖子，就在这时，女人突然开口："这样做无济于事，是预审法官本人派他来接我了，我不能跟你走，而这个小怪物——"她一边说着，一边用手捂住大学生的脸，掌控他前进的方向。"这个小怪物不会让我跟你走的。""原来如此，就连你自己，都不希望被人从这一切当中解救出来。"K. 高声喊道，并将自己的手放在了大学生的肩膀上，大学生竟然转头用牙齿去咬 K. 的手。"不是这样的，"女人大叫，双手不停挥动，阻止 K. 凑过来，"不是，不是，绝不是这样，你怎么能这样想呢！这简直要毁了我。噢，你就由他去吧，求你了，你就由他去吧。他也不过是在履行预审法官的命令，要把我带到他身边去而已。""既然如此，就由得他走吧，至于你——我以后再也不想见到你了。"在失望驱使下，K. 愤懑难平地说道，并且还使劲在大学生背后推了一把。这一下使大学生踉跄了片刻，但却并没有跌倒，反而马上以比踉跄时大得多的幅度，连带着胳膊下搂着的女人一道，一蹦老高，那样子看起来滑稽极了。K. 慢悠悠地跟在他们后面走，他总算意识到，这件事对于自己而言，乃是毋庸置疑的失败——自己第一次败在了这群人手里。不过，当然也没有理由为此担忧惧怕：之所以会遭遇失败，仅仅是因为他主动求战而已。要是他好好待在自家的圈子里，过着习以为常的生活，那他可比这些人当中的无论哪个都要强上千倍——管他是谁，只要敢挡在自己面前，都可以一脚踹开。他开始想象那个在假设当中可能会发生的、极端可笑的场景，比如，要是这个可悲可叹的大学生、这傲慢虚浮的孩子、这扭曲的虬髯客匍匐在艾尔莎床前，双手交叠，乞求她的恩许……要是那样将会如何？K.对于这番想象中的场景心驰神往，乃至于当即决定，只要能逮到机会，就要想方设法把这大学生带到艾尔莎那里去。

出于好奇，K.还是加紧脚步走到了门前，他想看清楚，看那女人究竟被驮去了哪里。无论如何，那大学生估计是不会用胳膊搂着她走在大路上的。实际情况也是如此，看来，他们走的路比K.所认为的还要短上不少。正对着起居室屋门的，是一段狭窄的木质楼梯，大概是通往阁楼的，楼梯上方有一段转了方向，因此，从这边看不到楼梯顶端的情形。大学生此刻正驮着女人爬楼梯，上去的速度很慢，每走一步都气喘吁吁，因为之前那好一番折腾，削弱了他的气力。女人向下面看着的K.挥手致意，试图通过肩膀的上下耸动向K.表示，对于这场劫持事件，自己是全然无辜的，但是，她的举动看上去却也并不显得有多么遗憾。K.面无表情地注视着她，仿佛在看一个陌生人。他既不想表露出自己的失望之情，也不想表露出自己拥有能够轻易克服失望之情的能力。

那两个人已经消失不见了，K.却依旧站在门口。此刻，他不得不接受这样的现实：女人不只欺骗了他的感情，就连她之前的说法，说自己是要被驮去预审法官那里，也是撒了谎的。预审法官可不会守在阁楼里等她。不管盯着那木质楼梯看多长时间，楼梯本身都不能解释任何问题。不过，K. 倒是在楼梯口旁边，发现了一张小便条。于是，他走上前去，读了读上面那行写得跟小孩子似的、由完全没有练过字的人所写的文字："法院办事处由此上楼"。如此说来，这栋出租屋的阁楼就是法院办事处？如此的机构设置，显然没办法引起人们太多关注，对于被告而言，倒也是令人感到安心的事情：租住在这里的这群人，本身就已属于最贫穷的阶层了，他们尚且将自己没用的杂物往阁楼里扔。因此，将办事处设置在这样的地方，作为被告的人自然会觉得，这个法院能够支配的经费简直少得可怜。但是，却也不能排除这样一种推论，那就是法院其实有足够的钱，但却全都投在官僚系统中，鲜少运用到与法庭直接相关的领域上。根据 K. 迄今为止的经验来判断，这种推论甚至还是相当有可能的。对于被告而言，法院如此堕落，诚然令人感到痛心，但相比面对一贫如洗的法院而言，反而还要更安心些。此刻，K. 也终于能够理解，在首次审讯时，那帮人为什么会选择在他家里纠缠他，却羞于把他带到这阁楼上来。因为，跟躲在阁楼里的法官相比，K. 所拥有的都是怎样的条件啊——在银行里，他独自一人占有一个带接待室的大房间，透过巨大的玻璃窗，市中心生机勃勃的繁忙景象一览无余。尽管他没有诸如收受贿赂或贪污公款带来的额外收入，也没办法派奴才去把哪个女人用胳膊一搂，驮到自己的办公室来——但这些对于 K. 而言，至少这辈子是宁可放弃也不想要的。

当一个男人从下面走上来时，K.仍旧站在楼梯口张贴的那张便条前。这男人透过开着的房门往起居室里窥视，越过这间起居室，也可以看见后面集会室里的情况。最后，男人问K.，他刚刚在这里是否见过一个女人。"你是法院的杂役，对吗？"K.问道。"是的，"男人说，"啊，原来是这样，你就是被告人K.吧，我才认出你来，很欢迎你来这里。"说罢，他出乎意料地向K.伸出手。"不过，今天可没说要开会呢。"见K.沉默不语，法院的杂役接着说道。"我已经知道了。"K.开口了，同时打量了一眼法院杂役身上所穿的常服外套，外套上除了一些普通扣子外，还有两枚镀金纽扣，看起来像是从一套旧的军官制服上拆下来的——这也是他身上唯一能够看出其官差身份的标志。"刚才，我跟你妻子说过话。她现在已经不在这儿了。那个大学生把她驮到预审法官那里去了。""你瞧瞧，"法院杂役说，"总有人把她从我这儿弄走。今天是星期天，我本来没义务去做任何事情的，但还是有份无足轻重的通知递到了我手上，仅仅是为了支开我，让我离开这里。可是，他们却又偏不派我到太远的地方去，这是为了让我有个念想，自以为只要腿跑得足够快，或许就能及时赶回来。因此，我便也按着他们的设计，尽自己所能，全速奔跑。抵达派遣我过去的那处机关后，我上气不接下气地朝着门缝里大喊一通，复述了一遍通知的内容，然后就马上跑回来了——机关里的人恐怕根本就没听明白我到底喊了些什么。哪曾料到，那大学生赶得比我还急。自然，他到这里来所需走的路，和我相比也短些：他只需要从通往阁楼的楼梯上下来就行了。嗨，如果我不是那么依赖于自己目前的身份，早就把那大学生拍死在这面墙上了。就在这里，在这张便条纸旁边。我总是梦到这件事：就是这个位置，稍微高过地面的地方——他被活活打死在那儿了，双臂摊开，十指扭曲，那两条直不起来的腿，弯成一个圆形，四周全是飞溅的血迹。可惜，直到目前为止，那也不过是梦罢了。""就没别的办法可想了吗？"K.微笑着问道。"就我所知是没有了，"法院杂役说。"而且，现在的情况比之前还要恼人，截至今天，那大学生也不过是把她带去自己那儿而已，可现在，他又把她带去预审法官那儿了——我倒是早就料到，会有这一天的。""事已至此，你的妻子本人难道就没有一点过错吗？"K.又问他。提出这个问题的时候，K.不得不强忍住自己的情绪，因为他此刻正感到无比嫉妒。"她当然有错，"法院杂役说，"不只有错，她的罪过恰恰是最大的。要知道，她可是自己主动黏上他的。至于他，只要是个女的，他都会去追。仅仅这栋楼里，他就因为企图非法潜入，而被五户人家给赶了出来。我的妻子是整栋楼里最漂亮的女人，偏偏她的丈夫是我，面对这样的情况，完全没办法自卫。""这种情况下，确实是没办法应付。"K.说。"为什么这种情况就没办法应付呢？"法院杂役反问道，"那个大学生，他实际上就是个胆小鬼，当他打算碰我妻子的时候，必须得狠狠揍他一次，揍到他再也没胆量做这种事就行了。可是，我却没办法去揍他，其他人也没办法帮我这个忙，因为所有人都惧怕他所掌握的权力。只有一个像你这样的男人，才能去做这件事。""为什么我反而能去做？"K.略显讶异地问道。"你是个被控告了的人啊。"法院杂役说。"是的，"K.说，"可是，正因为我是被告，反而更应该怕他，即便他或许没能力影响最终的审判结果，但却有可能影响到预审过程。""没错，确实如此。"法院杂役说，仿佛K.的看法跟他自己的看法一样准确无误。"不过，就通常规律而言，我们从来都不会将审判引向绝路。""我可不这么认为，"K.说，"但是，这也不妨碍我找机会去收拾那个大学生。""你真那样做了的话，我会十分感激的。"法院杂役略有些做作地回应，他看起来似乎并不相信自己这个最大的愿望真能实现。"或许不只是他，"K.继续说道，"就连你们其他那些官员，甚至或许连你们整个系统里所有的人，都应该一视同仁地被收拾掉。""是啊，是啊。"法院杂役应和道，似乎K.所说的，其实是某项不言而喻的常识。说罢，他又用信任的目光看了K.一眼——尽管在此之前，他在所有方面都对K.十分友好，但却没有这样做过。接着，他又补充道："终归是要反抗的。"可是，这场谈话终究令他感到有些不自在了，因此他专门说了这样一番话，以便终止谈话："现在，我必须到办事处去报到了。你想跟我一起来吗？""我到那儿去也没什么事可做。"K.说。"你可以参观一下办事处。没有人会在意你的。""那么，办事处有什么值得参观的地方呢？"K.有些迟疑地问道，话一出口，他心里倒也就有了强烈兴趣，想要跟他一起去看看了。"怎么说呢，"法院杂役说，"照我看来，你会感兴趣的。""那好吧，"K.最后说，"我就跟你一起走一趟吧。"说完，他直接跑上了楼梯，速度比法院杂役本人还要快。

进去的时候，K.差点摔跤，因为门后面竟然还有一级楼梯。"他们没太考虑参观需求。"K.评价道。"他们根本就不考虑任何需求。"法院杂役说，"你只消瞧瞧这间等候室。"法院杂役所说的，是一条长长的走道，走道上分布着一些用木条粗糙打制的门，这些门通往阁楼的各个部门。尽管没有直接的光源照进走道里，但走道上也并非是完全黑暗的，因为有些部门跟走道之间，并非是用一整面木板墙隔开的，而是直到天花板都像木栅栏般稀稀落落，留有大量空隙，从这些空隙间有光线流泻出来，人们同样可以透过空隙看到里面的一些公务员，看到他们正在办公桌前写东西，或者甚至直接站在空隙旁边，观察走道里的人们。或许因为今天是星期天，走道里的人很少。这些人的模样，看起来十分卑微。他们坐在走道两侧安装的木质长凳上，彼此之间保持着几乎完全相同的间距。所有这些人，身上穿的衣服都很不起眼，尽管如此，从他们脸上的表情、行为举止、蓄胡须的样式，以及其他很多微不足道的细节中却足以看出，其中大部分人都属于上流阶层。因为这里并没有安装衣钩，他们全都把自己戴的帽子放在了长凳下面——这大概是依次根据自己前面人的放法做所导致的最终结果。坐得离办事处大门最近的那几个人看到K.和法院杂役进来，马上站起来向他们行礼，后面那些人看到前面的人起了，觉得自己也必须跟着行礼，所以，当K.和法院杂役走过他们身边时，所有人都起身向他们行了礼。他们绝对不会完全站直身体，背脊一直都是弯着的，膝盖曲折，站姿跟街上的乞丐没什么两样。K.等稍微落在自己后面的法院杂役赶上来后，便对他说道："这些人可真是毫无尊严可言啊。""没错，"法院杂役说，"他们是被告，你在这里看到的这些人，全是被告。""原来如此！"K.说，"照此说来，他们全都是我的同僚了。"说罢，他便朝着离自己最近的那个被告转过脸去，十分礼貌地问道："你在这里等待些什么？"这是位个子高高，身材瘦削，头发差不多已经全部变成灰白色的男士。K.突如其来的提问，令他感到迷惑不解——尽管从外表上看去是位精于世故的人物，是那种在除了此处之外的其他场合游刃有余的角色，本来不会轻易放弃自己千锤百炼后好不容易得来的优越感，却还是在此露出了一副尴尬为难的表情。此时此地，这样一个简单的问题，他竟然不知该如何回答才好，只好望向身边其他人，仿佛他们有责任帮助他，仿佛一旦自己从他们那里得不到任何帮助，那么任何人也就别指望从他这儿得到任何回答。为了安抚这男人，给他些信心，法院杂役上前一步，对他说道："这位先生只不过是问你在等待些什么而已。只管回答就好。"法院杂役的声音，对于这个男人而言，或许十分熟悉，因此也确实起到了效果："我是在等——"他开口了，但马上又停滞下来。显然，他选择了这四个字来开头，确实是想要准确回答K.所提出来的问题，但话一出口，却又不知该怎么说下去了。其中几个等待者见状，便也聚拢过来，围在他们身边，法院杂役对他们喊道："走开，走开，保持走道畅通。"这群人稍微后退了一点，但却并没有退回到他们原来所在的位置。不过，就在这一进一退之间，被问到的那个男人已经重新打起精神，又开始回答起来，他的脸上甚至还带着些许微笑，

78

"一个月前，我准备了几份和我自己案子相关的举证申请书，目前正在等待办理。""看起来，你为这件事操了很多心啊。"K.评价道。"是的，"那男人说，"这毕竟是我自己的案子嘛。""每个人想法不同，不会都跟你一样的，"K.说，"比如我本人，我也是被告，但却连一张举证申请书都没准备过，也没有张罗任何类似玩意儿的打算，这可是千真万确。不过，你觉得做这样的事是必要的吗？""我也不太清楚。"男人又用之前那种完全不确定的语气回答。他显然认为，K.说这些话，是在拿他开玩笑，因此，由于害怕再犯什么新的错误，他大概觉得自己最好还是把之前的回答推倒重来为妙。可是，看到K.此时正用不耐烦的目光打量着自己，他只好改口道："在我身上发生的事情就是这样，我就是交了举证申请书。""你不相信我是被告？"K.问他。"噢，请别这样，我显然相信你。"那男人说，同时稍微向旁边挪了挪步，但在他的回答中听不出相信，仅仅只能听出恐惧。"如此看来，你确实是不相信我了，对吗？"K.问道。受那男人恭顺态度的莫名驱使，K.竟鬼使神差地伸出手抓住了他，似乎要强迫他认同自己所讲的话。K.并不想弄痛对方，手上用力也很轻，尽管这样，那男人还是叫唤了起来，仿佛K.不是正在用两根指头，而是在用一把烧得通红的钳子夹住了他似的。男人这番可笑的叫唤终于令K.感到厌烦了，他心想：对方不相信我是被告反而更好，没准他甚至会认为我是法官呢。K.仅仅在决定要跟这人分道扬镳时，才真正用力去捏住他，把他直接推回到长凳上，继续走了起来。"大多数被告都这么敏感。"法院杂役说。此刻，在他们身后，差不多所有等待着的人都聚集到了那男人身边。男人已经不再叫唤了，那帮人看起来似乎正在详细询问他，之前的意外究竟是怎么回事。这时，有个守卫迎面朝着 K. 走了过来——之所以判断此人是守卫，主要是因为他佩戴了一柄军刀，这柄军刀的刀把，至少从颜色上来判断，是用铝制成的。K. 对此感到惊叹，甚至还伸出一只手去摸了一下刀把。守卫是因为之前那阵叫唤声才过来的，他开始询问这边究竟发生了什么事。法院杂役试图以寥寥数语蒙混过关，但守卫坚持必须亲自去看看情况，再行判断。他向法院杂役行了军礼之后，便迈着快速但又极短的步伐离开了——大概是因为他患有痛风才这么走的。

K. 没有多去在意守卫和走道里那群人，尤其是当他走到大约一半位置时，发现走道上有个没有装门的岔路口——这个岔路口为他提供了向右拐弯的可能性。他转头询问法院杂役，这是不是该走的路，法院杂役点了点头，K. 果真拐了弯，朝着那方向走去。有件事令 K. 觉得十分讨厌，那就是，自己不得不一直走在法院杂役前面一两步。K. 认为，至少在这个地方，这种状况会让看到的人觉得，自己是被捕之后，在被人押着走。因此，K. 多次驻足等待法院杂役，但杂役却始终走在他后面。最后，为了结束自己的不自在状况，K. 对杂役说："我已经看过这里是个什么样子了，现在我想走了。""你还没有看过全部地方呢。"法院杂役以完全没有恶意的口吻说道。"我并不想看完全部地方"，K. 说，而且，他的确感到很累了，"我要走了，出口应该怎么去？""你不会已经迷路了吧，"法院杂役略带惊讶地问，"从这里一直走到拐角处，然后右拐，沿着走道一直走，就能走到大门。""你跟我一起走吧，"K.说，"给我指路，我自己估计会走错的，这里的路实在太多了。""明明只有一条路啊，"法院杂役此刻倒换上了责难的口气，"我不能再跟你倒着走回去，我必须把消息带到——我已经在你身上耽误了很多时间。""跟我来吧。"K.又重复了一遍，觉察到法院杂役正在说谎之后，K.现在说起话来的语调，变得比之前要高。"你不要这样吵闹，"法院杂役低声说道，"这里到处都是办公室。如果你不愿意独自往回走，那就再跟我往前走一小段路，或者你干脆在这里等着，消息带过去后，我很愿意再跟你一起返回。""不行，不行，"K.说，"我不等，你必须现在就跟我一起走。"直到附近围绕着的许多扇木门当中的其中一扇打开后，K.才开始打量起自己四周的情况。他望向那扇打开的门，一个显然是被K.喧闹的说话声吸引过来的女孩从门里走了出来，问道："这位先生想干什么？"在她身后较远的地方，半明半暗之间，依稀可以看到有个男人也在朝这边走来。K.瞪了法院杂役一眼，这家伙之前还说，不会有任何人在意他的，而此刻一下子就来了两个人，只需再过一小会儿，这套官僚系统就会向他投来殷切关怀，询问他在此逗留的理由了。到那时，唯一说得过去、可以接受的理由就是——他是个被告，想要知道自己下次接受审讯的日期。但是，这样一个理由，K.却并不打算说出口，尤其在它本就不符合事实的情况下，更是如此。因为，他仅仅是出于好奇，才会到这里来的，或者说，他是希望能够找机会证实，这套法院系统的内部，也跟它的外部一样令人厌恶——这反而更不可能当作理由。然而，照现在的情况看来，这个理由恰恰是正确的。他不打算再深入调查了，到目前为止所看到的东西，已经足够使他喘不上气了。K.现在心情低落，完全不在状态，一个可能从任何一扇木门后面现身的高阶官员，他都已经没办法应付了。他想跟法院杂役一起离开这里，或者独自一人离开——如果必须得这样的话，那也没有问题。

可是，K.此刻默然伫立的样子，显然很引人注目，女孩和法院杂役都瞧着他这副模样，仿佛认定下一分钟他身上就会出现某种天翻地覆的转变，而他们一点都不想错过观察这一转变的机会。K.刚才依稀看到的那个男人，此时也已出现在门口，他双手撑在下面那半扇木门[1]的横梁位置，脚尖踮起，身体微微摇晃，十足一个没耐心的看客模样。倒是女孩最先发现，K.会有如此举动，是因为他身体上有些许不适所致，于是，她便搬了一把靠背椅过来，问道："你不想先坐一会儿吗？"K.马上坐了下来，并且，为了坐得更稳当些，他还把手肘支撑在椅子靠背上。女孩问K.："你现在有一点点头晕，是吗？"此刻，女孩的脸庞近在K.的面前，她脸上的表情颇为认真，就跟那些正值最美好青春年华的女人所应具有的表情一样。"你不需要对此顾虑太多，"她说，"头晕目眩，在这里并不是什么稀罕事情，差不多每个人第一次来这里时，都会出现此

---

1 战前常见的木门样式，分为两段，可以上下分别打开。

种状况。你是第一次到这里来吗？是的话就对了，这不是什么稀罕事情。太阳此刻正热火朝天地炙烤，在我们头顶的房梁上，被烤得滚烫的房梁木，使阁楼里的空气变得压抑又沉闷。因此，这个地方并不太适合作为办公场所，虽然除此之外，它也能提供几项很显著的优点。至于空气是这样一种状况，在人来人往、熙熙攘攘的日子里——换句话说，在差不多每一天里，几乎都让人无法呼吸。如果你再考虑另外一点，考虑到这里也需要晒挂各种各样洗好的衣物、等待晾干的话——租户们在阁楼晾衣服这件事，是没办法完全禁止的——你就不会再因为自己有一点点头晕恶心感到奇怪了。无论如何，这里的人最终都能够很好适应这里的空气。当你第二次，或者第三次过来时，甚至都不会察觉到这里实际上有多么憋闷了。噢，已经觉得好些了吗？"K.没有回应，他为自己突如其来的虚弱不堪，居然就这样展示在这些人面前感到难堪，除此之外，他虽然已经知道自己不舒服的原因，但身体并没有好起来，反而还变得更难受了一些。女孩马上看出了这点，为了让K.透一口气，她取来旁边墙上靠着的一柄晾衣钩，用它顶开了K.头顶上正对着的一扇小天窗，想让户外的新鲜空气进来。哪里知道，外面瞬间涌进来大量煤烟，女孩不得不马上用晾衣钩合拢天窗，并且取出手帕，把沾到K.手上的煤烟清理干净——因为K.实在是太疲累了，自己根本没办法弄。K.很想就在这里安静地坐上好一会儿，直到蓄足力气，然后再离开。越少人过来干扰他，他就能越快恢复。不过，女孩现在却说："你不能在这里逗留，我们聚在这里，会妨碍别人走路的。"听到女孩的话，K.用眼神反问她，自己到底是怎样妨碍到了别人走路。"如果你愿意，我可以把你带到医务室去。""请你帮帮我。"她对站在门口的那男人说道，对方也马上走近了。但是，K.并不想去医务室——这仅仅是因为他极力想避免被带到更远的地方去：去的地方越远，肯定会遇到越多恼火事。因此，K.回应道："我已经可以自己走了。"他才刚刚坐舒服些，此刻只好踉踉跄跄地站起来，但却没办法挺直身体。"还是不行啊。"K.一边摇头一边这样说，叹了口气，又坐了下来。这时，他想起了那个法院杂役，虽然出了这样的事，但他应该还是能够很轻松地把他给扶出去，可是，法院杂役似乎早就走掉了。K.眼睁睁地望着女孩跟男人之间空出来的那个位置，从他们之间再往远处张望，却根本没办法找到法院杂役了。

"我认为吧，"男人开口道。这位男士身上的衣服穿得十分精致，一件灰色的西服马甲尤为引人注目，马甲下摆收成又长又尖的燕尾服后摆样式，"这位先生的不适，实为此处的空气状况所致，因此，当下最佳的处理办法，绝非首先将其送往医务室，而是要当机立断，将他送出办事处为妙——连他本人，恐怕也是最希望如此。""正是，"听到这番贴心话语，K.心中一阵狂喜，干脆大喊一声，直接打断了男士的话，"那样的话，我肯定马上就能好转，实际上，我的身体根本就没那么虚弱，只需要有人在两边稍微扶我一把，不需要费太多力气，再说，路程本身也不是很长，你们只要能把我带到大门口，然后，让我在台阶上坐一小会儿，我就能马上复原。我从来都没遇到过这种不适症状，甚至连我自己都感到很吃惊。我本人也是个坐办公室的，对办公室空气算是很适应了，但即便这样，这里的空气状况似乎也太恶劣了点，你们自己也是这样说的。那么，你们是否能发发善心，多少扶着我走一会儿——我现在整个人都昏昏沉沉的，仅凭自己的力气，很难站起身来。"说罢，他抬起自己的双臂，好方便那两个人过来扶他。

哪里知道，那位男士却并不打算回应 K. 的请求，依旧将双手安安稳稳地插在自己的裤子口袋里，大声笑了起来。"你瞧瞧，"他对女孩说，"我的推测果然正确。这位先生只有在此处才会感到不舒服，并不是在所有地方都会如此。"女孩也微微一笑，但却用手指尖轻轻碰了碰男士的胳膊，似乎是在向他暗示，这样取笑 K. 有些过头了。"好吧，就这样吧，"男士始终还是笑着回应道，"我会切切实实地帮忙，把这位先生给扶出去。""这样不是挺好。"女孩说罢，将自己俏丽的小脑袋侧向 K. 这一边。"他刚才那样笑，并没有什么恶意，你不要太当回事。"她向 K. 解释道。不过，K. 此时已再度陷入到难受的情绪当中，眼睛盯着前方空无一人处，看起来似乎并不需要任何解释。"这位先生——我可以介绍一下你吗？"（那男士向女孩摆了摆手，表示同意。）"这位先生是问讯处的接洽员，负责接受等待在这里的人们所需的一切咨询。因为普通民众并不太清楚我们法院这套系统的运作，所以，就会向我们提出大量问题。而无论什么问题，他都知道一个对应的答案：如果你有兴趣的话，不妨提些问题考一考他。不过，这并不是这位先生唯一的优势，他的第二项优势，恰恰是那身精致的穿着。我们——也即整个办事处的职员们一致认为，到这里来的人们，不得不经常来问讯处，向接洽员询问各种问题，因此，他也总是最先跟这些人接触。为了给人们一个庄严体面的第一印象，他无论如何都得穿得精致些。至于我们其他人——你现在看我一眼就知道，我们穿得很差劲，衣服样式也很老旧，真是令人遗憾。不过，话说回来，在衣服上浪费钱，确实没什么意思，因为我们的全部时间，几乎都花在这个办事处里，我们甚至都睡在这里。但是，就跟我刚说过的一样，对于问讯处接洽员，我们一致认为，他穿漂亮衣服是很有必要的。可是，管理处在这件事的处理上，却很有些特立独行——他们并不提供接洽员所需的衣物，于是，我们只好为此发起募捐——甚至连那些诉讼当事人都跟着缴了些钱——就这样，我们给他买了这套漂亮衣服，还有其他一些衣物品。本来一切准备就绪，可以给人们留下一个好印象了，哪里知道，他又用自己那种特有的大笑声，反过来摧毁了这一切良苦用心，还把人们给吓着了。""确实如此，"那位男士嘲讽道，"不过，我没办法理解的是，小姐，你为什么要向这位先生细讲——或许用'灌输'这个词更恰当些——灌输我们内部的私事呢，因为他本人根本就不想听。你瞧瞧，他坐在那儿，分明正忙于处理自己的事情。"对于接洽员的责难，K.连一点反驳的兴趣都没有，女孩的用意兴许是好的，她大概只是想用随便说话的方式，让 K. 稍微分一下心，或者给他创造一个为自己鼓劲的机会，可惜方法错了。"我必须向他解释一下你刚才的大笑是怎么回事，"女孩说，"那是明确无误的侮辱行为。""照我看来，只要我最终能把他从这儿弄出去，哪怕是再令人难堪的侮辱，他也能够轻易原谅。"K.一言不发，甚至都没有抬头看上他们一眼，他默默忍耐着，忍耐这两个人把他当作一件物品来对待，K.甚至认为，这样做才是最好的。可是，这时他突然感觉到，接洽员的手已经扶起了他的一侧胳膊，女孩的手则扶住了他的另一侧胳膊。"起来吧，你这个弱不禁风的男人，"接洽员说。"真是太感谢你们两位了。"K.喜出望外地回应道，同时慢慢站起身来，亲自把这两位陌生人的手调整到自己认为最需要搀扶的位置上。当这一行人走近最开始的走道时，女孩轻声在K.的耳边说："在你看来，我刚才说话时似乎付出了不少心力，希望能够在你那里为接洽员留下一个好印象，可是，你最好还是相信，我所说的不过是真实情况而已。他并不是个铁石心肠的人。实际上，他并没有义务扶身体不适的诉讼当事人出去，但他还是这样做了，你也看见了。或许，在我们当中，没有任何一个人是铁石心肠的，我们很愿意帮助所有人，但是，作为法院系统内的公务员，我们很容易造成一种刻板印象：仿佛我们这里每个人都是铁石心肠，不愿意去帮助任何人。这真是太令我难过了。""你不想在这里稍微坐一会儿吗？"接洽员问K.。此刻，他们已经回到了最开始的走道上，面前坐着的恰恰就是之前跟K.说过话的那个被告。在此人面前，K.几乎感到无地自容：刚才，K.曾经在这个被告面前站得笔直，然而现在，他却不得不由两个人搀扶着走路。K.的帽子被接洽员拿在手上，接洽员用伸开的手指维持着帽子的平衡，不让它掉下来。K.的头发湿漉漉地披散在满是汗水的额头上，发型完全毁了。不过，之前那个被告对这一切似乎浑然不觉，他在完全忽视自己存在的接洽员面前，卑微地站起身来，试图为自己今日的到访辩解。"我很清楚，"他这样说，"我的申请书今天还没办法处理好。不过，我还是到这里来了。我想，我应该可以直接在这里等待结果——今天是星期天，我有足够的时间，也不会打扰到别人。""不必为此多加辩解，"接洽员说，"你的忧虑之心值得嘉奖，然而你在此处多占一个位置实无必要。尽管如此，只要你不给我惹麻烦，我也绝对不会干扰你及时、准确地跟进自己案件相关的进程。一旦见识过那些有本事将自己应尽的职责无耻抛弃的人，就能学会去容忍像你这样的人了。你坐下吧。""他真是太会跟诉讼当事人沟通了。"女孩低声说道。K. 点了点头，但随后却突然受了一番惊吓，因为接洽员很快又问了他一遍："你不想在这里坐一会儿吗？""不必，"K. 答道，"我不想休息。"他用尽可能坚定的语气说出这句话，虽然实际上，他其实还是很愿意坐下来休息的。K. 现在的状况，就跟晕船类似，觉得自己仿佛正置身于某艘船上，而这艘船此刻正在巨大的海浪中航行。在 K. 的感觉中，海水仿佛直接冲撞在走道两侧的木墙上，走道深处似乎正有一波巨浪呼啸而来，走道本身也在不停摇晃，坐在两侧长凳上等待的被告们随着海浪起伏，也跟着浮浮沉沉。K. 的幻觉越强烈，扶着他前行的女孩和那位男士的镇静自若，也就变得越发难以理解。K. 现在的行动，完全任由他们摆布，一旦他们把 K. 抛下，他肯定就会跟一块厚木板一样栽倒在地。他们左顾右盼，眼睛里投射出敏锐的目光，K.能够感觉到他们匀速前行的步伐，但自己却没办法跟上，因为他现在几乎已经是被他们一步一步架着走了。最后，K.注意到他们正在跟他讲话，但他完全听不懂他们在讲些什么，他的耳中只听得见嘈杂声，在各种各样充斥耳间的声音中，有一个很尖的声音，声调一成不变，响动一刻不停，就像是防空警报拉响了一般。"更大声些。"他把脑袋低垂下来，喃喃自语。K.感到羞愧，因为他很清楚，他们说话的声音已经够大了，可即便这样，他还是完全听不明白他们在说些什么。最后，他们面前的墙仿佛裂成了两半，一股清新的空气朝着他涌上来，他听到身边有人说："他一开始是说想走的，但是在那之后，哪怕再跟他说一百遍，说这里就是出口，他都没有任何反应。"这时，K.终于意识到，自己现在正站在出口大门前——门是女孩打开的。就这样，他全部的力气好像瞬间回来了，为了赶紧品尝一下重获自由的乐趣，他立即踏下一级台阶，站在那里，跟扶他一路过来的两位同行者道别。他们则站在上方，低着头听他讲话。"万分感谢。"K.反复说了好几遍，一次又一次地跟他们握手，直到他明确无误地看出，他们这两个已经完全适应了办事处空气的公务员，呼入从楼道里涌入的、相对更新鲜些的空气后，会感觉不舒服时，才停了下来——他们此刻已经没办法回他的话了，要不是K.赶紧把办事处大门合上了，那个女孩恐怕都要当场晕倒了。门关好后，K.又在那里独自站了一小会儿，借助口袋里装着的小镜子的帮助，他重新把自己的头发梳理得整整齐齐，捡起了掉在前面楼梯拐角处的帽子——应该是接洽员把它扔在那儿的——然后，他便精神抖擞地奔下楼梯，每一步都跨得很大，就连他自己，几乎都要被这种身体状态的骤变吓得后怕起来。他一贯十分强健的健康状况，从来没给他造成过像这次这样的意外。他的身体大概希望发起一次革命，再给他张罗一次全新的审判，毕竟，目前这场审判带来的一切麻烦，他都轻而易举地承受住了。一找到合适机会，就马上去医生那儿检查看看：K.并不完全排除这样的可能性。不过，无论如何，他还是希望未来的每一个星期天上午，都比今天上午过得更好——在这点上，他还是可以自己做主的。

第四章

布尔斯特纳小姐的女性朋友

接下来的一段时间里，K.发现，即便是跟布尔斯特纳小姐讲几个字都不太可能。他尝试用各种各样的办法去接近她，但她永远都懂得该怎样回避。办公时间结束后，K.马上就回家，驻留在自己的房间里，连电灯都不旋开。他坐在长沙发上，一门心思观察客厅里的动静，其余什么事都不做。在这期间，偶尔会有类似女用人这样的人路过，顺手关掉这个貌似没有人的房间的门。一旦遇到这样的情况，他便重新站起来一会儿，再把门打开。相比过去，他在这段时间里都会早一个小时起床，希望自己这样做有机会碰见早起去上班的布尔斯特纳小姐。然而所有这些尝试，无一例外都失败了。接下来，他给她写了一封信，同时寄往她的办公室和家里，尝试在信中再一次为自己的行为辩解，主动提出愿意付出任何代价来赔罪，并向她许诺，以后再也不去做她明确规定不能越界的事情，如此种种，只为了请求她再给自己一次机会，能够再跟她好好谈一次。因为，如果他不能跟她提前商量，那自然也就没办法与格鲁巴赫夫人共同推进任何事情。在这封信的末尾，K.告诉她，下个礼拜天，自己将全天守在房间里，等待她向自己抛出橄榄枝——可以如信中所说，满足他的请求，或者至少解释一下在他都已经答应满足她一切条件的前提下，为什么还不愿意接受他的区区请求。哪里知道，到了星期天，他竟然得到了一则相关的信息，这则信息的明确程度，相比自己原先的设想而言，也算是足够的。那天一大早，K.透过锁孔，看到客厅里有某种不寻常的异动。异动的原因很快就弄清楚了，那是一位法语教师，是德国人，名叫蒙塔格[1]——一个身体虚弱、面色苍白、走起路来稍微有些跛的女孩。她之前都是单独住在一个房间里的，现在却要搬到布尔斯特纳小姐的房间里，跟她合住了。接连好几个小时，都可以看到她在客厅里拖着跛脚来回穿梭——总是会再忘掉一件内衣，或者一块小餐巾，或者一本书，必须再专程跑回原来的房间去取，再带到新住所里。

当格鲁巴赫夫人过来给K.送早餐时（自从她上次将K.惹得勃然大怒后，哪怕是最细微末节的服务，她都不愿意让女用人动手，而是选择亲力亲为），K.实在没办法继续忍耐下去，终于破天荒地主动跟她说话了。"今天的客厅里，为什么会发出这样一种噪音呢？"在倒咖啡的时候，他如此询问道，"时间上就不能调整一下吗？必须得在星期天做清洁吗？"尽管K.并没有特意去看格鲁

---

1 Montag，德语中"星期一"之意。

巴赫夫人，但他还是留意到，当他开口说话时，她仿佛卸下重担似地松了口气。此刻，即便 K. 提出的这几个问题在内容上如此严苛，格鲁巴赫夫人仍旧把它们视作 K. 对她的原谅，或者至少是原谅的开始。"那不是在做清洁，K. 先生，"她说，"不过是因为蒙塔格小姐要搬去跟布尔斯特纳小姐合住，需要把自己的东西往那边挪。"格鲁巴赫夫人并没有继续说下去，而是在等，等着看 K. 怎样消化这番话，是不是允许自己接着讲下去。哪里知道，K. 却选择以此来考验她。他若有所思地用勺子搅动着杯里的咖啡，一言不发，装模作样一番后，才重新把自己的目光转向她，问道："你是否已经主动放弃掉自己之前对布尔斯特纳小姐的怀疑了？""K. 先生啊，"格鲁巴赫夫人喊道——她一直都期盼着 K. 提出这个问题，听到 K. 亲口讲出来后，她立即将紧握的双手朝 K. 伸了过去。"最近这段时间里，你把一句偶然说出的闲话看得太重了。实话实说，我可从来都没有想过要去伤害你，或者任何其他人的感情。你已经认识我够长时间了，K. 先生，哪怕只是因此，你也应该选择相信我。你根本就不知道，过去这些天，我都是怎么熬过来的！我居然会诽谤中伤我的租客！而你，K. 先生，你居然认为这是真的！不只这样，你之前还说，我应该让你解除租约！解除租约！"最后喊出来的那句"解除租约"，已然被淹没在泪水呜咽中——格鲁巴赫夫人把围裙扯到脸上，大声啜泣起来。

"你可别哭啊，格鲁巴赫夫人。"K. 说。他眼睛望向窗外，心里想着的只有布尔斯特纳小姐——想着她让一个陌生女孩住进自己房间这件事。"你可别哭，"转头看回房间里时，他眼见格鲁巴赫夫人仍在哭个不停，便又重复了一遍，"在我这方面而言，当时想表达的意思也没那么糟。实际上，我们同时误会了对方的意思。即便在老朋友之间，这样的事情也是会发生的。"格鲁巴赫夫人听到K.所说的这番话后，便把围裙从眼睛前面撤下来，想看看K.是否确实愿意跟她和解。"就是这么简单，就这么回事。"K.说。根据格鲁巴赫夫人此时的行为举止来推断，那位上尉并未向她透露过之前发生的事情，因此，K.又冒险补充道："你莫非当真以为，我会因为一个不怎么熟络的女孩而与你为敌？""我就是这么以为的，K.先生。"格鲁巴赫夫人说。这恰恰是她的不幸：只要一感觉到气氛多少已经缓和下来，她就马上又会说出一些不合时宜的话。"我心里一直在问个不停：K.先生怎么会那么在意布尔斯特纳小姐呢？K.先生为什么要因为她来责难我呢？尽管他明明知道，我在他那里无论听了什么不好的话，都会彻夜难眠。更何况，关于布尔斯特纳小姐的那些事，我所讲出口的，也都是自己亲眼看到的事实，根本没有诽谤生事。"对于格鲁巴赫夫人所说的这番话，K.感到无话可说。他觉得，自己早该在她开口讲第一个字时，就把她从自己房间里赶出去，但他却并不打算这么做——两相权衡，他还是满足于独自享受咖啡，让格鲁巴赫夫人自己去察觉到自己的多余，这样就好。这时，外面又传来蒙塔格小姐拖着跛脚走路的声音了，声音横穿整间客厅，从一边传到另一边。"你听到那声音了吗？"K.开口问道，同时伸手指了指房门。"是的，"格鲁巴赫夫人回应，同时叹了口气，"我之前已经提过要帮忙，并且也愿意让女佣人一起过来协助，但她却很固执，坚持要自己搬完所有东西。说实话，我对布尔斯特纳小姐的决定感到十分惊讶。毕竟，哪怕是把房间租给蒙塔格小姐这件事，都常常会令我觉得麻烦，可是，布尔斯特纳小姐竟然直接让她住进了自己的房间。""你完全没必要为此操心。"K.一边说着，一边把咖啡杯里剩下的方糖摁得粉碎。"蒙塔格小姐搬到布尔斯特纳小姐的房间，对你有什么损失吗？""没有，"格鲁巴赫夫人说，"就我而言，是十分欢迎她这样做的。如此一来，我就能额外空出一间房，可以把我的外甥——也就是那位上尉军官安置进去了。过去这些日子，我不得不让他住在你隔壁的起居室里，对此，我已经担心好久了，怕他打扰到你的生活。我那个外甥，他向来不太会为别人着想……""你脑袋里面装的，都是些什么鬼想法啊！"K.站了起来，"没什么好说的了。你估计觉得我是个敏感过度的人吧，因为蒙塔格小姐这种来来回回的走动——听，她现在又走回去了——你认为她这种来来回回的走动，我没办法忍受。"格鲁巴赫夫人看起来对这一切完全无能为力。"我应不应该……K.先生，我应不应该跟她说说，告诉她，让她把剩下来的搬家工作延后？如果你希望这样的话，我马上就去做。""但是，她还是得搬到布尔斯特纳小姐那里去啊！"K.说。"没错。"格鲁巴赫夫人应和道——此时此刻，她已经没办法理解K.到底在说些什么了。"这么说吧，"K.解释道，"就算你去让她延后，她最终还是必须把自己的东西搬过去。"格鲁巴赫夫人没有说话，只是不住点头。她这种沉默的无助感，从表面上看去，简直跟执拗没什么两样——这反而更加触怒了K.，他开始在房间里来回踱步，从窗边走到门前，又从门前走到窗边。如此一来，就把格鲁巴赫夫人主动从房间里退出去的可能性给阻绝了——如果K.没有这样做的话，她很可能已经逃之夭夭。

就在K.再一次走回到门前时，有人来敲门了。敲门的是女用人，她说，蒙塔格小姐希望能跟K.先生讲两句话，为此，想请K.先生去一下餐厅，她会在那里等他。K.若有所思地听那女用人讲完这个消息，然后转头，用一种近乎幸灾乐祸的眼神，看了面带惊恐的格鲁巴赫夫人一眼。这个眼神似乎是在表示，K.早就预料到蒙塔格小姐会托人过来邀请他，此时的这个邀请，与他本人在这个星期天上午不得不忍受格鲁巴赫夫人租客的骚扰这件事之间，关系十分紧密。于是，他便派女用人回去，让她带个口信，说自己马上过去。女用人离开后，K.走到自己的衣柜前，换了件外套。格鲁巴赫夫人轻声埋怨了几句这个麻烦的租客，K.没有就此表达任何意见，只是让她把早餐用过的餐具撤走，作为对这番埋怨的回应。"你几乎什么都没碰呢。"格鲁巴赫夫人说。"哎呀呀，你只管把它们弄走，弄走就好。"K.吼道，不知为什么，此刻K.觉得，周遭一切已经跟蒙塔格小姐搅和到了一起，使他感到厌恶难受。

当K.离开自己房间穿过客厅时，看了一眼布尔斯特纳小姐房间那扇关着的房门：他并没有被邀请到布尔斯特纳小姐的房间，而是要到餐厅里去。于是，他没有敲门，就直接推开了餐厅的门。

这是一间纵深很长但又特别窄的、只有一扇窗户的房间。里面的空间只够在房门两侧的角落里各摆一只橱柜，还没办法摆正，只能斜着摆，其余的位置都被一张长餐桌占据了。餐桌的一端离餐厅门不远，另一端几乎要顶到房间那头的大窗户边，因为有餐桌横在那儿，人很难去到窗边。餐桌已经布置好，足够让不少人用餐，每逢星期天，差不多所有租客都会在这儿吃午饭。

K.进来后，蒙塔格小姐从窗边沿着餐桌的一侧走了过来。他们没有说话，只是互相点头示意。然后，蒙塔格小姐先开口了，她说话时的样子一如既往，脑袋直挺挺的，看起来颇为突兀："我不知道你是不是认识我。"K.白了她一眼，回应道："显然认识，你在格鲁巴赫夫人这儿已经住了挺长时间了。""我还以为，你对这膳宿公寓里的事情不怎么在意呢。"蒙塔格小姐说。"确实不在意。"K.说。"你不想坐下来聊吗？"蒙塔格小姐说。于是，他们两人默默地从餐桌最靠外一端拉出了两把扶手椅，面对面坐下来。不过，蒙塔格小姐才刚坐下就站了起来，因为她把自己的小手提包忘在了窗台上，只好又折过去取。她吃力地拖着跛脚，再次横穿整个房间。当她轻轻摇晃着小手提包，重新回到K.面前时，开口说道："我不过是受我朋友布尔斯特纳小姐所托，约在这里跟你简单聊几句罢了。她本来想亲自过来的，但今天正好感到有些不舒服。请你原谅她，听我来代替她说话。即便是她本人在这里，对你说的话也不会跟我将要对你说的有什么区别。恰恰相反，就我看来，我能够告诉你的，甚至比她还要多，因为相比布尔斯特纳小姐，我和你之间牵扯比较少。难道你不这样认为吗？"

"那么，布尔斯特纳小姐原本打算对我说什么呢？"K.回应道。他发现，蒙塔格小姐的双眼一直注视着他的嘴唇，这令他感到厌烦，因为她通过这种方式，给人一种她似乎已经掌控了他将要说出的话的感觉。"我曾请求跟布尔斯特纳小姐私下见面聊聊，她显然不情愿这样做。""就是这样，"蒙塔格小姐说，"或者正好相反，事情根本不是这样——你把这个见面要求表达得太过严苛了。通常来讲，一个人要么愿意跟另一个聊聊，要么就是不愿意。可是，也可能是这样一种情况：这个人认为交谈完全没有必要——此时此地，正是如此。你刚才既然已经那样讲了，那么现在，我也可以开诚布公。你之前通过写信，或者口头要求的方式，请求跟我朋友会谈。不过，我至少必须认定，我的朋友完全知道这次会谈将会围绕什么话题来进行，也正因此，因为某些我目前尚不知道的原因，她确信，如果会谈真如你所愿进行了，那将对任何人都没有好处。除此之外，她直到昨天才告诉我——只是轻描淡写地说了一下，她说，即便是你本人，对于这次会谈其实也不是很重视，因为你应该只是在偶然之间产生了这样一个念头。即使不去专门解释，你也能觉察到，这整件事其实完全没有任何意义，哪怕你现在没觉察到，过不多久也能想到。我当时是这样回应的，我说，你说的很可能是对的，不过，把事情完全弄明白还是有好处的，应该让你从对方那里得到一个明确无误的答复。因此，我主动请缨，接下这个会谈任务。犹豫再三，我的朋友总算同意了我的建议。我希望自己这样处理，也考虑到了你所处的立场，因为哪怕是最微不足道之事当中所浮现出的、最微小的不确定之处，也总是会惹人烦忧。一旦有机会轻松避免——正如这次这样——那就最好马上付诸行动。""我可真要感谢你。"K.立刻回应道。他慢慢站起身来，先看了看蒙塔格小姐，然后又将目光扫过餐桌，进而望向窗外——对面的屋子正沐浴在阳光之中——最后，他朝着门走去。蒙塔格小姐跟着他走了几步，看上去并不完全信赖他。不过，走到门口时，他们俩却都不得不往回退，因为门开了，上尉兰茨[1]走了进来。K.第一次这么近看他：这是位个子很高，约莫四十岁年纪的男士，满脸横肉，脸上皮肤被晒成了褐色。他稍稍鞠了一躬，不只以此向蒙塔格小姐，也向K.致以了问候。然后，他又走到蒙塔格小姐面前，十分恭敬地吻了她的手——他这套动作十分娴熟。上尉兰茨对待蒙塔格女士的礼貌，相比她从K.那里受到的待遇，形成了十分突兀的对比。尽管如此，蒙塔格小姐看起来似乎并没有生K.的气，因为她甚至打算把上尉介绍给K.（虽然她并没有明说，但K.认为自己注意到了足以证明这一点的细节）。可是，K.并不想被介绍，他既不打算跟上尉，也不打算跟蒙塔格小姐之间以任何形式表现出友好亲近的感觉。方才亲吻手背的行为，在K.看来，意味着他们已经结成一伙，达成了共识，希望假借无可比拟的善意以及利他主义之名，把他跟布尔斯特纳小姐隔离开来。K.认为，自己不只觉察到了这点，与此同时他还发现，

1　与K.虚构的细木匠同名。

蒙塔格小姐选择了一种固然行之有效，但却形如双刃剑一般的方式对付他：她夸大了布尔斯特纳小姐和 K. 之间关系的重要性——起码首先是夸大了他向布尔斯特纳小姐请求会谈这件事的重要性。在此前提下，她又试图颠倒黑白，弄得好像夸大一切的那个人，其实就是 K. 本人。不得不说，蒙塔格小姐恐怕是大错特错了，因为 K. 什么也不想夸大，他很清楚，布尔斯特纳小姐只是个无足轻重、靠打字机工作的女士而已，这样的人，是没办法长期违逆他的。如此这般，他便决定不再计较自己从格鲁巴赫夫人那里听来的、关于布尔斯特纳小姐的闲话了。他脑袋里面想着以上这些事情，几乎没有打声招呼就离开了房间。他想马上回自己房间去，但却听到身后餐厅里传来蒙塔格小姐的轻轻一笑，这令他产生了一个想法：自己没准可以给这两个人，上尉和蒙塔格小姐，给他们张罗一个小惊喜。K. 环视四周，仔细听了听，确定附近不会有哪个房间发出什么额外响动——到处都很安静，唯一能够听得到的声音，就是餐厅里的对话声，以及格鲁巴赫夫人在通往厨房的走道上发出的声音。机会难得，K. 径直走到布尔斯特纳小姐门前，轻轻敲了敲门。因为里面一点动静都没有，他随即又敲了一次，但是仍旧没有回应。她睡着了吗？没准她真是身体不太舒服？又或者，她不肯承认自己在家，因为她预感到，敲门敲得这么轻的人，只可能会是 K. 本人？K. 觉得，她应该是不愿意承认自己在家，所以才没有应答，于是就又敲重了些。因为始终没人应门，他最后干脆直接把门给打开了——他开得小心翼翼，心里也不是完全没有自己正在做一件错事、一件完全无用的事情的感觉。房间里没人。而且，它几乎已经跟 K. 记忆里的那个房间完全不一样了：现在，墙边并排安置着两张床，门边的三把扶手椅上堆满了衣服和内衣，一个衣柜保持着敞开状态。或许，当蒙塔格小姐在餐厅里用她那套说辞规劝 K. 的时候，布尔斯特纳小姐已经趁机离开了。K. 对此并不感到太过惊讶——他并不很指望能够如此轻易地和布尔斯特纳小姐相见，况且，自己之所以会进行这次试探，也仅仅是为了跟蒙塔格小姐对着干而已。真正令 K. 感到尴尬的是，当他重新关上布尔斯特纳小姐房间的门时，赫然发现餐厅的门大敞着，蒙塔格小姐和上尉就站在门口交谈。当 K. 打开布尔斯特纳小姐房间的门时，他们没准已经站在那里了——他们正尽力避免表现出任何不自然的地方，似乎正在暗中观察着 K.。他们说话的声音很轻，用那种聊天时偶尔漫不经心张望一下四周的眼神，监视着 K. 的一举一动。但是，即便如此轻微的眼神，在 K. 看来却宛如千斤重担，他加快脚步，贴着墙行走，一路回到了自己的房间。

第五章

打手

隔天傍晚，当 K. 经过连接自己办公室和办公楼大堂楼梯之间的廊道时（今天，他几乎是最后一个下班回家的，仅仅只在分发处里面、在唯一一盏电灯的狭小光线区域下，还有两个勤杂工在干活），听到某一扇门背后有唉声叹气的声音。在此之前，他一直认为这房间仅仅是杂物间而已，从来没有亲自去看一眼里面究竟有些什么。所以，K. 对此感到很吃惊，便驻足门前，侧耳倾听，试图确定自己并没有听错——他等了好一会儿，里面一直都是静悄悄的，可是，在这稍许的静寂之后，突然又有叹息声传来了。起初，K. 还打算先去找个勤杂工过来——如果里面真有什么事，没准他会需要一个证人。然而就在这时，在 K. 的心中突然涌起了某种无法遏制的好奇心，这好奇心驱使他猛一下拉开了杂物间的门。K. 之前的猜想的确是对的，这里确实是杂物间：全无用处的旧印刷品、还没来得及扔掉的陶瓷墨水瓶堆积在这扇门后面。不过，此时的房间里面，竟然有三个男人，他们委身于这低矮的空间，弓着背站立着。

杂物间的一处架子上，摆着一根用蜡固定好的蜡烛，为他们提供照明。"你们聚在这里干什么呢？"K.问道，因为情绪太过激动，他的声音有些颤抖，但提问的声音并不大。其中一个明显拥有掌管其他两人权力的男人，最先把目光转向K.，这个男人身上披着一件深色皮衣，从脖子一直到胸口位置都是裸露的，整个胳膊也完全露在外面。对于K.的问题，他什么都没回应，但另外那两个人却张口叫嚷道："先生！我们要被人狠狠打一顿了，都是因为你在预审法官面前，说了我们的坏话。"听到这番话后，K.才发现，这两个人其实是看守弗兰茨和威廉姆，而那个他并不认识的第三个人的手里，则拿着一条鞭子，正准备打他们呢。"实话实说，"K.把目光聚焦在他们身上，说道："我可没有说过你们的坏话，不过是如实说出在我住处发生过的事情而已。你们当时表现得很没有教养，这是毫无疑问的。""先生，"威廉姆开口了，与此同时，弗兰茨则躲到了威廉姆身后——显然是试图躲避那第三个人，"如果你知道我们的工资状况有多么糟糕，那你对我们的评判，想必也会更好些。我自己有一大家子人要养活，而这位弗兰茨先生，正在准备结婚。人活于世，总归是要想办法挣钱。然而干我们这一行，仅仅通过完成本职工作得来的工资，即便努力到顶了，也还是杯水车薪，无济于事。当时，你那件精致的睡衣吸引了我的注意……当然，作为看守，有些事是被严令禁止的——如此处理你的睡衣，确实不合规定。但是睡衣归看守所有，这件事本身却也是约定俗成的——相信我，我们一直以来都是这样处理的。不仅仅是遵循惯例，这样做同样也是很好理解的：试想，如果一个人倒霉到了要被逮捕的地步，那么身上穿的睡衣对于此人而言还有什么意义呢。然而事后一旦将此事以口述的方式公之于众，惩罚也必定随之而来。""你们现在这样说，我当时又不清楚——我当时绝对没有想让你们遭受惩罚的意思，只是在坚持原则。""弗兰茨，"威廉姆转头对另一个看守说道，"我不是跟你说过吗，这位先生并没有向预审法官提出要惩罚我们。现在你也亲耳听见了，在此之前，他甚至都不知道我们必须为此受到惩罚。""你可不要受他们这番说辞蛊惑，"那第三个人对 K. 说道，"对他们的惩罚既是公正的，也是不可避免的。""不要听他的。"威廉姆说。话音未落，他的手上就挨了一鞭子，只得赶紧住嘴，把被打的手放到嘴边，呵气止痛。"我们会受到惩罚，正是因为你指证了我们，除此之外，再没有任何其他原因。如果不是你说了那些话，即使有人发现了我们做过的事，我们也会安然无恙。你这样的行为，能被称为公正吗？我们两个，尤其是我本人，从事看守这项职业已经很长时间了，事实证明，我们在工作上是绝对胜任的——即便是你，也必须承认，以当局的标准而言，我们对你所执行的看守工作是相当到位的——在职业生涯之路上，我们曾经大有可为，完全有资格晋升，而且，显然很快就能升职为打手，就跟眼前这个人一样。他啊，不过是运气好，没有任何人去指证他，毕竟，像你那样的当庭指证，当真是很罕见的，几乎从来不会发生。事到如今，先生，我们的一切都完蛋了，我们的职业生涯全毁了，不得不去做比看守还要低贱得多的工作。除此之外，我们现在还必须在这里挨上这么一顿恐怖的、痛彻心扉的暴揍。"那根鞭子能把你们打得像你说的那样痛吗？"K.一边提问，一边好好端详、检查了一番打手手里拿着的鞭子——这位打手就站在 K.的面前，把那鞭子摇来晃去。"过一会儿，我们就必须把身上的衣服脱得精光。"威廉姆说。"原来如此。"K.说，同时更加仔细地看了看那位打手：他的皮肤被晒得黝黑，就跟一名在船上讨生活的水手似的，他长了一副粗野的面容，气色挺不错。"难道，就没有一种可能，能够想办法免去这两个人将挨的这一顿打吗？"他问打手。"没可能的。"打手说，并且微笑着摇了摇头。"你们，把衣服脱了。"打手命令两个看守。至于K.这方面，打手又接着说道："他们说的话，你肯定不能全部相信。因为实在太害怕被打，他们已经被吓得多少有些犯蠢了。比如，瞧瞧这边的这个家伙——"打手指了指威廉姆："他刚才所说的、自己未来的职业生涯，绝对是无稽之谈。仔细瞧瞧，他的身形是多么肥胖啊——最开始抽下去的那几鞭子，打在这肥肉上，根本连印子都不会留下——你知道他是怎么把自己弄得这么胖的吗？告诉你，他有个习惯，就是把被捕者当天的早餐吃掉，无一例外。他不是也把你的早餐吃掉了吗？看，我说得没错吧。一个长了这么大肚子的男人，是根本不可能成为打手的，绝对没有这种可能性。"这样的打手也是有的。"刚刚解开自己裤子皮带的威廉姆宣称。"没有。"打手说，同时用鞭子轻轻划过威廉姆的脖子，吓得他连连后退，"你不应该听我们讲话，只管脱你的衣服。""如果你放他们走，我会赏给你一笔钱，数额不会少。"K.一边说着，一边取出了自己的钱包，眼睛也不再看着打手了——做这类交易时，双方最好都遵循低眉侧目的原则，尽量装糊涂。"这样做过之后，你估计也会在法庭上指证我的，"打手说，"想方设法让我也挨一顿打，对吧。不可能，不可能！""冷静点，好好想想吧，"K.说，"如果我之前当真想让这两个人受到惩罚，现在就不会花钱替他们赎身免罪了。我完全可以直接关上这道门，不再去看、去听此处将会发生什么事情，直接回家。可是现在，我却并没有这样做，与此相反，我还真心实意地想要解救他们。如果我事先知道，他们会因此而受惩罚，或者至少可能受到惩罚，我就不会提他们的名字了。毕竟，我完全不认为他们是有过错的，有过错的是整个官僚系统，有过错的，是那些高阶官员。""正是如此。"看守们叫嚷道。说时迟那时快，他们脱光衣服露出的背脊上，马上因此挨了一鞭子。"此时此地，如果在你鞭子下面的，是一个高阶法官的话。"K.又开口了，在他说话的同时，也伸手按下了那条再次高高举起来的鞭子，"如果那样的话，我肯定不会阻止你，你只管尽情抽打。不仅如此，我还会给你钱，让你干这件好事干得更起劲些。""你所说的这番话，听起来还是可以相信的，"打手说，"不过，我并不愿意接受贿赂：既然我是被派过来打人的，那我就要好好打。"看守弗兰茨或许曾满心盼望着K.的交涉能够有个好的结果，所以到目前为止，他一直都躲在很后面的位置；不过，现在他却走到门边来了，全身上下只穿着一条裤子。只见弗兰茨一下子跪倒在K.的面前，手抓住K.的胳膊，低声说道："如果你没有办法同时为我们两个取得宽恕，那也至少试着赦免我该受的惩罚。威廉姆比我年纪大，不管怎么说，他的感觉都没我这年轻人那般敏锐了，况且，他几年前也已受过一次较轻的鞭刑。至于我，我至今还没有受过如此的羞辱，就连行事方式，也完全是从威廉姆那儿照搬的：不管是好是坏，他都是我的老师。银行楼下大门口，我可怜的爱人还在等着我呢，这么凄惨的遭遇，可真让我羞愧难挨啊。"说罢，他直接用K.的外套抹干了自己眼泪横流的脸庞。"我不会再等下去了。"打手说，他用两只手握紧鞭子，狠狠地朝弗兰茨身上抽了一下，与此同时，威廉姆则缩到了一侧墙角处，偷偷望向这边，连稍微转动转动脑袋都不敢。一声哀号传了出来，那是弗兰茨在喊，声音悠长又辽远，音调毫无起伏变化，就仿佛这哀号声并非从一个人类的身体里发出，而是从某样功能完备的乐器里奏出来的一样。号叫声在整条廊道里回响，整栋办公楼里的人肯定都听见了。"不要乱喊乱叫。"K.大喊道，但是，他这样做根本没办法阻止弗兰茨哀号。K.十分紧张地朝着勤杂工们肯定会过来的方向看了看，同时推了一把弗兰茨，推得并不太用力，但却足够让这个此刻几乎已经完全失去理智的人趴倒在地上，双手在地板上乱抓乱挠。可是，即便这样，弗兰茨也还是没能躲过后继的鞭打——鞭子马上就跑到地上找他了。只见鞭子的尖端很有规律地挥上挥下，弗兰茨也随着鞭子的挥动而手舞足蹈。离这里不远的地方，已经有个勤杂工现身了，在这个勤杂工身后几步远的位置，跟着第二个。于是，K.赶紧把杂物间的门关上，走到身边一扇正对办公楼后院的窗户旁，打开了窗户。现在，哀号声已经完全停止了。为了不让勤杂工们走到这边来，K. 冲着他们喊道："没事，是我。""晚上好，机要秘书先生，"那边也跟着喊回来，"发生了什么事吗？""没有的，没有的，"K. 回应道，"不过是有条狗在后院里乱叫罢了。"听了这句话，两个勤杂工并没有挪位置，于是，K. 又补充道："你们可以回去忙自己的工作了。"为了不必再跟勤杂工们进行任何对话，K. 旋即探身望向窗外。过了一小会儿，当他再次看回廊道时，他们已经走了。不过，K. 还是继续待在窗边，不敢去杂物间，也不想就此回家去。他又朝下望了望：这是一个面积不大、四方形的后院，四周围的建筑都被拿来作为办公室使用，此时此刻，所有的窗户都已经黑了，只有最上面的几扇窗子，由于反射月光的缘故，还在亮着光。K. 专心致志地盯着后院的一个漆黑角落，试图看清楚那里有些什么：那是几辆手推车，被堆放在了一起。他心中烦闷，因为自己没能成功阻止打手用鞭子抽人，不过，这件事没办成也并非他的过错，如果弗兰茨当时没有哀号的话——诚然，那一鞭子下去，肯定疼痛难忍，可是，在这样一个决定性的时刻，人必须得控制住自己才行——如果他没有哀号，K. 至少可以找到某种办法，去说服打手，这是很有可能的。如果整个低阶官僚系统的成员统统都是恶棍，为什么偏偏那个打手，那个隶属于最没有人性部门的成员，会是个例外呢。而且，K. 当时观察得也很仔细——那打手看到钞票时，眼睛是如何放光的，K. 看得一清二楚。他之所以把打人这件事看得如此严肃，不过想要借此机会，将自己的受贿金额再稍微提高一些罢了。K. 并不想省钱，让看守们免于处罚这件事，他确实看得很重。既然他现在已经开始跟法院系统的腐败做斗争了，那么，理所当然，这一方面他也要介入进来才行。然而，自弗兰茨开始哀号的那一刻起，一切也就顺理成章地宣告结束了。因为，K.不可能允许那些勤杂工，或许还有其他任何有可能来这里的人过来，发现他正在跟杂物间里的这帮人谈判，并因此而大吃一惊。实话实说，如此巨大的牺牲，无论什么人都不可能说服K.当真这样去做。哪怕他确实有意要去牺牲，相比前述的方法，K.倒更愿意亲自脱光衣服，代替那两个看守去挨鞭子了，两相权衡，这样做还容易一些。况且，打手本人显然也不会同意让他去顶替他们受罚的，因为如此一来，他不只得不到一点好处，还会严重妨害他应尽的义务。没准，这种妨害还是双重的，因为，只要K.还处在诉讼阶段，法院系统内的无论什么人，肯定都是不会被允许去伤害K.的。不过，也不能否定，在这件事上，可能也存在某些特殊的规定。无论如何，除了关上门之外，K.当时就再没有什么别的选择了。尽管他最后关上了门，但就目前状况而言，K.也绝非就此杜绝了全部可能的危险。离开杂物间之前，他还推了弗兰茨一把，这可真是件令人感到遗憾的事情——只能说，他当时情绪实在是太激动了，罪不在他。

K.听到远处传来勤杂工们的脚步声，为了不引起他们的注意，他关上窗户，朝着办公楼的大堂楼梯走去。经过杂物间时，他又在门口驻足了一小会儿，侧耳倾听：里面连一丁点声音都没有传出来。那男人没准已经把两个看守给打死了——他在这件事上所拥有的权力，足以对他们做任何事情。此刻，K.已经把手放在杂物间的门把手上，但很快又缩了回来。他现在已经没办法再去帮助任何人，勤杂工们马上就要过来了。不过，K.却暗下决心，以后一定要在法庭上说出这件事来，在他力所能及的范围内，让那些真正的罪人——那些截至目前，一个都不敢在他面前露脸的高阶官员们——让他们受到合情合理的惩罚。当K.走下银行外面的阶梯时，仔细打量了周围所有看得到的路人，可是，即便是在更远些的区域内，也见不到任何正在等人的女孩。这表示弗兰茨之前所说的那番话，说自己的爱人正在银行楼下大门口等他这件事，是个可以被原谅的谎言，毕竟，他撒这个谎的目的，不过是希望争取到更多的同情罢了。

即便到了第二天，关于那两个看守的事情，也仍旧萦绕在K.的脑海之中，挥之不去。他因此耽误了工作，为了按时完成，不得不留守办公室，比前一天待得更晚些。下班回家的路上，当他再次经过那个杂物间时，习惯性地又开了开那道门。眼前的场景，却并不是他所预料的一片黑暗——他简直不知道该如何形容才好。杂物间里的一切都没有变化，就跟他昨天傍晚打开门时看到的一模一样：旧印刷品和墨水瓶依旧堆积在门后面，拿着鞭子的打手、身上尚且完完整整穿着衣服的看守们、架子上的蜡烛……一见到K.，看守们马上开始哭诉，他们高喊道：先生！K.立刻关上了杂物间的门，并且还用拳头使劲往门上捶了几下，仿佛这样就能让门关得更牢些。走到勤杂工们身边时，K.几乎都要哭出声来了。勤杂工们正在拷贝机上有条不紊地忙碌着，看到K.这个样子，便停下手头的工作，惊讶不已地瞧着他。"快把那杂物间收拾干净。"K.冲着他们大声喊道。"我们简直要被垃圾淹死了。"勤杂工们答应了，说隔天就会去做这件事，K.点了点头。现在已经挺晚的了，他不能按照自己的本意，强迫他们马上过去清理。K.在这些勤杂工旁边稍微坐了一会儿，多少打算对他们表示下亲近。他翻了翻他们拷贝好的文件纸，试图令他们相信，自己其实正在考察他们。当K.发现勤杂工们不敢跟他一同离开之后，便只好身心疲惫、脑内木然地独自回家去了。

第六章

叔叔－莱妮

这天下午——邮件收发即将截止，K.为了赶截止时间，工作十分忙碌——两个勤杂工带着一些需要签名的文件，走进K.的办公室，却被K.的叔叔卡尔——一个来自乡下的小地主挤到一边，抢了先。看到叔叔过来，K.并没有感到太过惊讶，因为在一段相对较长的时间之前，他就已经想象过叔叔到这里来时的场景被吓过一次了。叔叔必定会来——早在大约一个月前，K.就对此确信无疑了。自那时起，他便开始想象叔叔现身时的样子，想象他略微有些驼背的身姿，巴拿马帽握在左手上，右手隔着老远就开始朝着他挥舞，任由这只手急急躁躁、肆无忌惮地掠过办公桌，把一切挡住他的东西全都撞开豁倒。叔叔的现身永远都是急急躁躁的，因为他脑海中有个不幸的念头如影随形：在自己永远都只有一天的首都逗留时间内，必须把所有该办的事情办完。在此基础上，尚且不能错过其间任何一次对话、工作、消遣的机会。叔叔曾经是K.的监护人，因此，K.责无旁贷，必须竭尽所能，在所有相关事情上不遗余力地帮助叔叔，除此之外，还得让他在自己那儿过夜。"来自老家的幽灵"，K.已经习惯这样称呼叔叔了。

才刚刚打完招呼——K.邀请叔叔在办公室的圈椅上坐下，不过，他可没有这样的闲工夫——叔叔就要求K.单独跟他聊一会儿。"聊聊是必要的，"他颇为费劲地挤出这么一句话，"为了让我安心，聊一聊是必要的。"K.马上就让两个勤杂工出去，并且还对他们下了指示，不要让任何人进来。"我道听途说来的，都是些什么消息啊，约瑟夫？"等到只剩下他们两人之后，叔叔坐到K.的办公桌上，大呼小叫道。他随便拿了些东西过来垫在屁股下面——拿了些这样那样的文件垫在下面，根本不看具体内容，只为了让自己能够坐得更舒服些。K.默然不语，他很清楚接下来将会发生什么。不过，此刻突然从紧张的工作中抽离出来，一股抽离后的舒适倦怠感旋即袭来。他陶醉在这倦怠感中，透过窗户，望向马路那边。从他所坐的位置看过去，只能看到一小块三角形区域——那是某堵住宅墙上空空如也的一部分，这堵墙夹在两扇商店橱窗之间。"你在看窗子外面，"叔叔双臂朝上一甩，大嚷大叫道，"看在老天爷的分上，约瑟夫，还是回答我吧。那些消息都是真的吗，那样的消息，竟会是真的吗？""亲爱的叔叔啊，"K.中断了自己的神游，开口答道，"我可是一点都不知道，你到我这儿是想要做些什么。""约瑟夫，"叔叔忧心忡忡地说，"就我所知，你可一直都是只讲真话的。那么，我是否应该把你刚才讲的那番话，视作开始弄虚作假的坏苗头呢？""你想听我讲些什么话，我可早就预料到了，"K.顺着叔叔的意思说道，"你大概听说了些关于我正被牵扯到某起诉讼官司中的消息。""正是如此，"叔叔一边回答，一边意味深长地点了点头，"我确实听说你受到了起诉。""是从谁那儿听说的？"K.问他。"厄娜给我写了信，告诉了我这件事，"叔叔说，"她跟你之间没什么往来——你并不怎么关心她，对此我感到很遗憾——可是，尽管如此，她还是知道了。那封信，我是今天才拿到的，当然，读过信后我马上就坐车赶过来了。除了诉讼官司这件事外，再没有任何其他理由，不过话说回来，光是这个理由，就已经足够了。我可以把这封信里面提到你的那部分，直接读给你听听。"说罢，他便把信从随身的皮夹里取出来。"就是这里。她是这样写的：我已经挺长时间没见过约瑟夫了，上个礼拜，我去过一次银行，但约瑟夫实在是太忙了，根本没工夫跟我见面。我等了差不多一个小时，但最后还是不得不回去了，因为我当时要上钢琴课。我很想跟他当面谈谈，没准最近就会有机会了。为了给我庆祝命名日[1]，他送了我一大盒巧克力，那可真是体贴又殷勤。之前给你写信的时候，我忘了向你提起，直到现在，你特意问我，我才回想起来。你务必得了解我的苦衷，那盒巧克力才刚被带回膳宿公寓，就不翼而飞了。消失不见的速度如此之快，甚至令我都不曾意识到，自己曾经收到过这盒巧克力。不

---

1 在卡夫卡生活的年代，奥地利尚有庆祝受洗并获授教名日子的传统，将之视为生日，真正的出生日反而不予庆祝。

过，除此之外，我还要跟你讲另外一些关于约瑟夫的事情。如刚才所说，我去了银行，但却并没有和他见上面，那是因为他当时正忙于跟一位先生谈判磋商。安安静静地等待了一段时间后，我向一位勤杂工询问，他们的这次谈话，是否还要持续更长一段时间。勤杂工说，应该会的，因为谈话内容，很可能跟机要秘书先生牵扯到的诉讼官司有关。于是，我便问他，这诉讼官司是怎么回事，是不是搞错了，但他却说，自己并没有搞错，里面正在谈的，确实是一起诉讼官司，而且指控的内容还很严重，不过除此之外，他也不知道更多细节了。就他个人而言，是很愿意帮助机要秘书先生的，因为这位先生是好心人，作风也很正派。可尽管如此，他却不知道应该从何处着手，因此，他只好虔心祈盼，希望那些有影响力的大人物，能够来关心关心这件事。也不只是祈盼，这件事肯定会有人来过问的，最后结果总归会是好的。然而，从机要秘书先生最近的心情来推测，诉讼进程完全谈不上理想。勤杂工说的这番话，我当然不会太过在意，可即便如此，我还是设法安抚了这个思想单纯的人，让他把这整件事视作一个玩笑，不要再讲给其他人听了。玩笑归玩笑，最亲爱的父亲，如果你下次去首都时，能够多少跟进一下，了解了解情况，大概也不是什么坏事。打听清楚具体是怎么回事，一旦确有必要，就通过你那些有影响力的大人物朋友出手帮忙吧——这对你而言，可说是轻而易举。不过，如果你觉得没必要——这是最有可能出现的情况——如果你觉得没有必要，至少也赶紧给你女儿一个机会，让她可以跟你见个面，好好拥抱你一下，她将为此感到欣喜万分。""真是个好孩子啊。"叔叔念完信，伸手擦了擦眼中溢出的几滴泪水，说道。K.点了点头，最近这段时间里，由于身边各种各样的干扰，他已经完全把厄娜给忘掉了，甚至连她的生日都忘了。关于巧克力的那段故事，显然是厄娜为了在叔叔阿姨面前护着他，故意编造出来的。这可真令人感动，K.打算从现在开始，定期给厄娜送戏票——可是，光是送些戏票，显然也不足以奖励她的所为。不过，话又说回来，专程去拜访厄娜住的膳宿公寓，去跟这个十八岁的高中女生聊天，此刻他也觉得不太合适。"你现在怎么说？"叔叔问道。通过这封信，他忘掉了之前全部的匆忙和激动，看他那样子，似乎还想把信再读一遍。"没错，叔叔，"K.说，"这是真的。""真的？"叔叔喊道。"什么是真的？这怎么可能是真的？这是什么性质的一起诉讼官司？总不至于是刑事诉讼[1]吧？""就是刑事诉讼。"K.答道。"脑袋上顶着一桩刑事诉讼，你竟然还安安稳稳地坐在这儿？"叔叔喊道，声音越来越大。"我的状态越安稳，最后的结果也就越好。"K.疲惫地说，"什么都不必担心。""我可没办法像你那么安稳，"叔叔嚷道，"约瑟夫啊，亲爱的约瑟夫，好好想想你自己，想想你的亲戚们，想想我们家族的好名声吧。到目前为止，你一直都是我们家族的骄傲，你可不能成为家族的耻辱啊。瞧瞧你那态度——"他斜歪着脑袋，看了看K.："我可不喜欢你那态度，一个

---

1 最重的诉讼种类。

无辜的、尚且有力气反抗的被告人，是不会像你这样的。你只管快些告诉我，这宗诉讼究竟跟什么有关，这样我就能帮你了。它当然是跟银行有关，对吗？""不对，"K.一边说着，一边站了起来，"你说话的声音实在太大了，亲爱的叔叔，勤杂工或许正躲在门外偷听呢。这使我感到很不舒服，我们最好还是离开这里。离开这里之后，我会好好回答所有问题——我十分清楚，自己欠整个家族一个解释。""对的，"叔叔吼道，"说得可太对了，那你就快点儿啊，约瑟夫，抓紧点。""在此之前，我尚且须向下分派几项任务。"K.说罢，打电话招呼自己在银行里的代理人过来，那人转眼就来了。叔叔显得激动万分，伸手指指点点，向代理人示意，是K.打电话让他过来的，即便这件事根本就是不言自明。K.站在办公桌前，轻声细语，展示手边不同的文件，向眼前这位年轻男士逐一说明，告诉他今天自己离开后，哪些工作还必须完成，男士冷静又专注地听着。叔叔对K.造成了不小的干扰——他先是大睁着眼睛，紧张地咬着嘴唇，站在他们旁边。尽管叔叔什么都没有听进去，但光是他在场这件事，就已经足够扰人的了。然后，叔叔又开始在办公室里走来走去，一会儿在窗边停一停，一会儿在墙上挂着的某张画前面站一站，每次停步，都会突然大喊一声，打断K.这边的节奏，比如，他会这样喊："这件事我真是完全搞不明白！"或者"现在只管告诉我，后续结果将会怎样？"听K.指示的年轻男士表现出完全不在意叔叔一举一动的样子，安静地听K.交代任务，直到K.全部交代完，他自己也做了些笔记，然后就离开了。离开之前，代理人对K.和K.的叔叔分别鞠了一躬，当他朝着 K.的叔叔鞠躬时，叔叔马上转过身去，把背朝向他，眼睛望向窗外，伸出双手去拉窗帘。门还没完全关好呢，叔叔就已经喊了起来："那个傀儡总算走了，我们现在也可以走了。总算等到了！"廊道里四散站着一些银行职员和勤杂工，副行长刚好朝着他们迎面走来。很可惜，K.完全没办法劝阻叔叔，没办法阻止他当场问出一大堆关于诉讼的问题。"那么，约瑟夫，"当附近几个人向 K.鞠躬致意，K.则微微点头回应时，叔叔开始了他的问话，"现在就直截了当地告诉我，那起诉讼官司，究竟是怎么回事。"K.随便敷衍了几句，讪笑两声。直到走到阶梯那里了，他才跟叔叔解释，说自己不想当着众人的面，公开谈论此事。"做得对，"叔叔说，"不过，现在还是直说吧。"说罢，叔叔把头低下来，开始倾听，嘴里叼着的雪茄抽得又急又快。"叔叔，首当其冲的一点在于，"K.说道，"这起诉讼官司，并非是由普通法院来受理的。""这可糟糕了。"叔叔回应道。"为什么？"K.看了叔叔一眼，问道。"我的意思是，这可糟糕了。"叔叔把之前的话又重复了一遍。此刻，他们正站在银行通往外面大街的阶梯上，办公楼的门卫看起来似乎在偷听他们讲话，于是，K.直接把叔叔拽下了楼，汇入大街上拥挤攒动的人潮中去了。被 K.紧紧拽着走路的叔叔，不再急于询问关于诉讼官司的事情，他们甚至就这样一言不发地走了好长一段时间路。"这一切究竟是怎么发生的？"叔叔终于开口提问了，而且还突然停下了脚步，走在他后面的人吓了一跳，纷纷避开。"这类事情从来都不是突如其来的，它们往往是自很早之前就开始酝酿，过程中必定有征兆浮现，你为什么不曾写信告诉我呢。你很清楚，我会为你做任何事情，从某种程度上讲，我依然是你的监护人，直至今日，我也依然为此感到自豪。事到如今，我当然也还是会帮助你，不过，按现在的情况看，既然已经开始走诉讼流程，想帮忙也是十分困难的了。无论如何，此刻最好的办法，就是你马上给自己放一个小假，到乡下来，跟我们住到一起。你明显消瘦了——我现在才注意到。在乡下，你将会重整旗鼓，会好起来的。在我过来找你之前，你肯定承受了不小的压力。除此之外，你搬到乡下来住，从某种程度上讲，也可以摆脱掉和法院相关的那些事。在这城市里，他们拥有所有可能的强权手段，在必要的情况下，自然就会运用这些手段来对付你；相比之下，如果是在农村，他们就不得不先派些机关的人过来，或者仅仅尝试用邮件、电报和电话对你施加影响。如此一来，影响力自然就会减弱，虽然不至于完全免除麻烦，至少也能够让你稍微喘口气。"他们可能会禁止我乘车离开。"K.说道，叔叔的这番劝说，多少已经改变了他目前的思路。"我不这样想，他们应该不会这样做。"叔叔若有所思地说道，"你就此启程离开，对于那些强权机构而言，所遭受的损失并没有多大。""我曾经以为——"K.一边说着，一边伸手抓住叔叔的手臂，避免他站在街上不动。"你会比我更不在意这一切呢。可事到如今，你本人竟把它看得如此严重。""约瑟夫，"叔叔喊了起来，想要挣脱K.的手，以便继续站在路中间，但K.根本不让他挣脱，"你变了，过去你一直都是个悟性极高的人，怎么现在反而想不明白了？莫非你想输掉审判？你知道输掉审判意味着什么吗？输掉审判，意味着你的人生就此抹消。而且，全部亲戚都会跟着遭殃，或者至少颜面扫地。约瑟夫，还是赶紧振作起来吧。你这漠不关心的态度，简直要令我失去理智。无论什么人，只要看到你现在的样子，肯定都会相信那句老话：陷入这种诉讼官司，就等于输掉了审判。""亲爱的叔叔，"K.回应道，"恼羞成怒实在是无用至极，无论是从你那方面，还是我这方面，都是如此。恼羞成怒无法使人赢得审判，还是让我自己的实践经验稍微介入吧。不管怎样，我还是很看重你的经验，无论在过去还是现在——即便现在你所说的那些经验之谈，令我感觉十分讶异也一样。既然你刚才说，整个家族都会因为审判跟着遭殃——你的这个判断，在我而言，是完全不可理喻的，不过这并不重要——既然你都这样说了，那我也很愿意完全按照你所说的去做。只是，住到乡下去……哪怕是从你的角度看，我都不认为那样做会有什么好处，因为那意味着逃亡，意味着自己承认自己有罪。除此之外，我在这里虽然会有更多牵扯，不过与此同时，也可以亲自去跟进自己的案子。""对的，"叔叔说话时用了这样一种语调，仿佛他们现在终于达成共识了似的，"我会提这样的建议，仅仅是因为我已经预见到，你要是继续留在这里，你那漠不关心的态度，将会对诉讼官司的推进造成危害，如果由我来代替你处理这些事，相对反而更好。不过话说回来，如果你本人愿意亲自竭尽全力去推进，那自然是再好不过了。""在这一点上，我们的看法是一致的，"K.说道，"你现在能不能给出一个具体的建议，告诉我，我首先应该做什么？""我务必得再仔细考虑考虑这件事——这是理所当然的，"叔叔说，"你必须认识到，截至目前，我已经在乡下连续居住了差不多有二十年，在这类事情上的感知力也退化了。那些或许比我更精于应付这类事情的人，由于时间长久，我与他们之间原本存在的各种各样重要联系，也自然而然地生疏了。我在乡下过的，是多少有些遗世独立的生活，这你是知道的。人啊，只有当真正遇到状况时，才会意识到这些。其中的一部分原因，也是因为你这起诉讼官司，完全在我意料之外。不过，说奇怪也奇怪，当我读过厄娜那封信之后，对此多多少少已有所察觉，猜到会是这类事情。今天，我才刚一见到你，我心里几乎就已经确定了……但这说到底也无关紧要，最重要的是现在不能再浪费时间。"就在这说话的当儿里，叔叔已经踮起脚尖招了一辆出租车过来，话声未落，他便钻进了汽车里，并且马上冲着方向盘前的司机喊了一个地址，又伸手把 K. 也拉进车里。"我们现在就坐车去找胡尔德律师，"他说，"他是我的同窗好友。你显然也听过这个名字，不是吗？没听过？这可奇怪了。作为辩护律师，以及专为穷人接官司的律师，他可有着相当的声望。对于我而言，我则更看重他是一个值得充分信赖的人。""我都没意见，只要是你的决定。"K. 这样回应道，尽管如此，他却对叔叔处理这件事的方式——对这种仓促又急迫的方式感到不太自在。作为一名诉讼官司的正式被告人，现在坐车去拜访一位专门应付穷人官司的律师，也令他感到不快。"我之前并没有听说过这样的事，"他说，"在这样一起诉讼官司中，竟然还可以聘请一位律师。""这是理所应当的，"叔叔说，"简直不言自明。为什么不行呢？现在，为了方便我清楚了解这整个诉讼官司的前因后果，你要把截至目前发生的所有事情，巨细无遗地讲给我听。"K. 马上开始讲起来，任何细节都没有隐瞒。正因为叔叔认为，这起诉讼官司对于家族而言是极大的侮辱，K. 彻底的坦诚才成其为针对叔叔这种看法的唯一抗议方式。在讲述过程中，K. 仅仅提到过一次布尔斯特纳小姐的名字，而且还是匆匆带过。尽管如此，他的这种做法却并不妨碍到他的坦诚，因为布尔斯特纳小姐跟诉讼官司之间，本就没有一点关系。K. 一边说话，一边看着车窗外面，观察外面的情形。当出租车行驶到法院办事处所在的郊区附近时，K. 专门告诉了叔叔一声，让他注意那里，但叔叔对于这次巧遇并不显得有多惊奇。汽车在一栋深色屋子前停了下来。叔叔立即去摁响了一楼第一扇门旁的电铃。在他们两人等人过来开门时，叔叔露出自己的大板牙，给了 K. 一个大大的微笑，说道："八点整，对于案件委托人到访而言，这可是个不一般的时间。不过，胡尔德不会为此怪我的。"这时，大门上用来监视的小窗里，出现了两只大大的黑眼睛，那双眼睛打量了两位来客一番，随后便消失了，可是门并没有打开。叔叔和 K. 面面相觑，互相确认自己确实看到了刚才那双眼睛。"准是个新来的女仆，有些认生。"叔叔一边说着，一边又敲了敲门。于是，那双眼睛又出现了。现在再仔细一看，那双眼睛的眼神，看起来几乎可以认为是忧伤的，不过，这也可能只是离他们头顶不远处尽管噼啪燃烧，光线却很黯淡的无罩煤气灯火焰所造成的错觉。"请开门，"

叔叔叫嚷道，开始用拳头直接捶门，"来的是律师先生的朋友。""律师先生，他病了。"他们身后有个声音小声说道——这条狭小过道另一端的一扇门内，有位穿着睡袍的先生，用格外轻柔的声调，把这个信息告诉了他们。此时的叔叔已经因为这漫长的等待而勃然大怒，他转过身来，冲着那人喊道："病了？你是说，他病了？"喊完之后，又以近乎威胁的态度走到那位先生面前，仿佛他就是疾病的化身似的。"有人来开门了。"那位先生说道，同时指了指律师家的房门。说罢，他裹紧自己身上穿的睡袍，关门离开。律师家的门确实开了，一个穿着白色长围裙的年轻女孩站在门厅里，手里拿着一根蜡烛——K.马上辨认出了那双黑色的、稍微有些前凸的眼睛。"下次你得早些开门才好，"叔叔这样说道，并没有向她问声好，她则向两人略微行了个屈膝礼。"跟我来吧，约瑟夫。"叔叔又对K.说。此时，K.正慢慢往女孩身边挪步。"律师先生病了。"因为叔叔完全不肯停下脚步，直接朝着屋子里的某道门奔去，女孩只好又说了一遍。K.还在打量着女孩，但她此刻已经转过身去了：她要把敞开的大门重新锁起来。女孩长了一张瓷娃娃般的圆脸——不只苍白的脸颊和下巴看起来饱满，连太阳穴和额头位置也都是圆润的。"约瑟夫，"叔叔又喊了一声，同时回问女孩道："是心脏方面的问题吗？""我想是的。"女孩说。她举着蜡烛，在前面带路，打开了其中一个房间的门。在烛光尚未照到的一个房间角落里，有张蓄了长胡子的脸猛然抬了起来。"莱妮，是谁来了？"律师开口问道。他被烛光闪到了眼睛，辨认不出客人们是谁。"阿尔伯特，你的老朋友。"

叔叔说。"啊哈，是阿尔伯特啊。"律师一边说着，一边把脑袋重新躺回到枕头上，似乎并不打算在这位访客面前装模作样。"病情真的很糟糕吗？"叔叔直接坐到床边，说道。"我可不觉得会有多糟糕。不过就是你的心脏又发病了而已，跟往常一样，很快就能熬过去。""或许吧，"律师轻声回应道，"但是，这次发作却比以往任何一次都厉害。我呼吸困难，完全睡不了觉，身体一天比一天虚弱。""原来如此。"叔叔说。那顶巴拿马帽，被他那只大手紧紧摁在了自己膝盖上。"这可真是个坏消息。对了，你受到合适的照顾了吗？这地方现在竟也变得这么悲凉，这么阴暗了。从我最后一次到这里来，已经过去很久了。相比之下，我觉得你这里以前看起来要更舒心些。还有你这儿的这位小女士，看起来也不怎么开心——或者是在假装不开心。"两人对话的时候，那个女孩始终还是拿着蜡烛，站在房门口。从她飘忽不定的目光判断，与其说是在看着叔叔，倒不如说是在看着K.——尽管叔叔此刻正在拿她当话题。K.将一把扶手椅推到女孩身边，自己斜靠在椅背上。"无论什么人，如果这人跟我病得一样重的话，"律师说，"那他就必须静养。反正我觉得这里一点都不悲凉。"停顿片刻，他又补充道："而且，莱妮把我照顾得很好，没什么可以挑剔的。"可是叔叔并没有被这番话说服，他对那个女护士抱有成见，这点显而易见。尽管叔叔并没有说什么话来反驳病人，但还是用严厉的目光狠狠瞪着她，看她走到病榻前，把蜡烛放到床头柜上，向病人俯下身去，整理枕头的同时，还跟他好一番轻声耳语。只见叔叔一跃而起，几乎完全忘记要去顾及病人，

124

径直走到护士的身后，在她后面晃来晃去。即便叔叔现在伸手一把抓住她的裙子，把她从病榻前拖开，K.也不会觉得有多么惊讶。K.很平静地看着眼前发生的这一切，对于他而言，律师患病这件事甚至并不令他感到太过不愉快——叔叔对他的诉讼官司全情投入，他根本就反抗不了叔叔的这份热情。现在，在K.没有主动干预的情况下，叔叔的热情竟然更换了对象，这可是他喜闻乐见的。或许只是为了故意惹恼那个女护士，叔叔又说："小姐，请你行个好，给我们一点单独相处的时间，我要跟我的朋友谈些私事。"女护士此时仍俯身在病人身上，把靠墙那一部分的床单抚平。听到叔叔的请求后，她仅仅把头转了过来，十分平静（这恰恰与先是因为狂怒而变得结结巴巴，然后又把话讲得过分流利的叔叔形成了鲜明对比）地说道："你也看到，先生病得这么严重，他是没办法和你谈些私事的。"她照搬了叔叔的原话来回复，大概仅仅是为了省事，可是，哪怕在一个与这整件事全无关系的人眼里看来，她这样的行为都会被理解为是在反唇相讥，叔叔也就自然而然地表现得像是被蜜蜂蜇了一下。"你这该死的东西——"因为正处在气头上，叔叔说的话听起来尚且是很难让人听懂的，K.大惊失色（尽管他已经预料到会有类似事情发生），赶在局势还没失控之前，立即朝着叔叔奔过去。K.的目的很明确，就是要马上用双手捂住叔叔的嘴，让他就此闭嘴。幸运的是，就在这时，那位病人在女孩身后坐起了身，叔叔立即板起一张脸，仿佛咽下了什么令人恶心的东西似的，然后又用相对温和的口气说道："我们当然没有丧失理智，如果我所要求的事情，根本不可能做到的话，我也就不会强求了。请你走开吧，现在就走。"女护士直挺挺地站在病榻旁，身子完全转了过来，正对着K.的叔叔，不过，她还在用一只手轻轻抚摸着律师的手——至少K.认为自己看到的是这样。"在莱妮面前，你什么都可以讲。"床上的病人说，听他说话的语调，无疑是在恳求他们。"这件事情跟我本人没有关系，"叔叔说，"并不是我的秘密。"说罢，他便转过身去，仿佛不想再继续做任何交涉，但却还是会给对方少许考虑时间。"如果不是关于你，那是关于谁的？"律师用奄奄一息的声音问道，并且重新躺了回去。"是关于我侄子的，"叔叔说，"我把他也带过来了。"就这样，他开始向律师介绍：银行襄理约瑟夫·K.。"噢，"病人用明显有精神多了的声音回应道，同时向K.伸出手，"请原谅，我完全没注意到你。你走吧，莱妮。"和K.说完话后，他又对女护士说道。如此，女护士对这个要求也不再抗拒了。律师握了握她的手，仿佛要跟她离别很长一段时间似的。"也就是说，"最后，律师终于开始跟叔叔说话了，而叔叔，此刻也已经消了气，走到律师的旁边，"你并不是过来探病，而是来找我帮忙的。"律师之前一直以为他们是来探病的，仿佛一想到这点就令他感到浑身乏力，现在他似乎又有了力气，用一侧手肘久久支撑住身体（这样做肯定十分费力），另一只手反复捻着长胡须中间的一缕胡子。"自打那个女巫出去之后，"叔叔说，"你看起来已经健康多了。"他突然中断了讲述，轻声说道："我敢打赌，她正在偷听呢。"说罢，他三步两步蹦到了门边，但是门后面根本就没有人。于是，叔叔只好又折回来，但他一点也不觉得失望，反而很开心，同时又显得十分愤慨。因为女护士没有偷听这件事在叔叔看来，实际上是更大的恶行。"你误解她了。"律师这样说，但也并没有再多说些什么，没有继续袒护那个女护士。或许，他是想借此表达：她根本不需要别人袒护。接下来，律师又用相比之下更为关切的口吻继续说道："你这位侄子先生所卷入的这起诉讼官司，我们先不妨以侥幸的视角去揣测——这项格外困难的任务，倘使我个人力所能及，那便是最好的；倘使我力所不能及，那也是有办法委托他人继续办理的。实话实说，我对这件案子尤为感兴趣，感兴趣到很想亲自接下，参与到其中的每一个环节，任何部分都不打算错过。即便我的心脏负荷不了，为这个难得的机会而彻底罢工停摆，至少也是值得的。"K.并不认为自己真听懂了这一整段对话中的哪怕任何一个词，他望向自己的叔叔，希望能够从他那里找到一个解释，但叔叔此刻正坐在床头柜上，手里拿着那根蜡烛。之前放在床头柜上的药品已经滚落了下来，掉到地毯上。无论律师说些什么，叔叔一律点头称是，表示他所说的一切自己都明白，而且还时不时地看看K.，要求K.也表现出同样的赞同态度。或许叔叔之前已经把诉讼官司相关的事情全都讲给律师听了？但这是不可能的啊，之前发生的所有事情，分明都在否定这一可能性。"我不太明白——"因此，K.只好实话实说。"好吧，或许我误解了你的意思？"律师反问道，他看起来跟K.一样吃惊，一样不知所措。"我可能确实有些操之过急。那么，你到底想跟我聊些什么？我还以为，你们过来拜访我，是为了你的诉讼官司，不是吗？""当然是为了诉讼官司，"叔叔说道，然后又转而去问 K.："你到底想干什么？""是为了诉讼官司，可是，你又是从哪里得知关于我，还有我那诉讼官司的消息的？"K. 问。"原来你是这个意思，"律师微笑道，"我可是律师啊，在法院圈子里来去自如。法院里的人们总是在谈论各种各样的诉讼官司，他们所谈及的，我当然会有些印象。如果某起官司正好涉及我一位老朋友的侄子，那它相比其他官司，自然也更加引起我的注意。这没什么好大惊小怪的。""你到底想干吗？"叔叔又问了一遍，"你表现得也太不稳重了。""这么说，那个法院圈子，你是来去自如的？"K. 问道。"没错。"律师说。"你问的什么问题，简直跟小孩子一样。"叔叔又说。"如果不跟我的同行们交往，我又该跟谁交往呢？"律师补充道。律师的这番话听起来简直无懈可击，K. 完全没办法回应。"可是，你也只是在和正义宫[1]里的法院打交道，跟阁楼里的法院并没有什么瓜葛。"K. 很想这样反驳律师。最后，他终于克制不住，当真把这句话说了出来。"你必须考虑到这样一点。"律师接过话茬，继续说下去。听他说话的口气，仿佛是在谈话间隙随便解释某件理所应当、不言自明的事情似的。"必须考虑到这样一点。在这种法院圈子的你来我往中，我也给自己的委托人们带来了不少的好处，交际方式多种多样，许

---

1 维也纳正义宫位于奥地利国会大厦左侧、维也纳自然史博物馆后方，一直是奥地利法务部门的主要办公地点。

多细节不必明说。当然，因为我所患的病，我现在消息上稍微有些不灵通了，可是尽管如此，法院里的那些好友还是会来拜访——我从他们那里得到相关消息，什么事情都多少知道一点。知道得没准还比那些健康状况良好、整天在法院里消磨时间的人多呢。比方说吧，此时此刻，我这里就正好有一位亲爱的访客。"说罢，他指了指房间里的一处阴暗角落。"在哪儿？"因为被吓了一跳，K.的问话几近唐突无礼。他将信将疑地环视过去，小蜡烛的光儿几乎没办法照到对面那道墙。于是，在那边，在那个角落里果然有了些动静。叔叔现在已经把蜡烛举高了，在蜡烛的光亮下可以看到，在一张小桌旁边，坐着一位年龄很大的先生。他坐在那儿，恐怕是连呼吸都不敢呼吸，因此才会这么长时间都没被人发现。此刻，他磨磨蹭蹭地站了起来，对于自己被人发现这件事，显然感到有些不快。他的双手像一对短小的翅膀一般不停摆动，仿佛想借此来拒绝一切形式的介绍和问候，仿佛无论如何都不希望因为自己在场而打扰到其他人，仿佛是要请求大家，让他尽快重归黑暗之中，并且就此忘掉他的存在。可惜，现在他是再也得不到如此优待了。"你可真让我们吃了一惊啊。"律师打了个圆场，朝那位先生招招手，示意他振作精神，走到他病榻这边来。于是，他只好步履缓慢、迟疑不决、左顾右盼但又举止高雅地照着律师的话做了。"处长先生——哎呀呀，请原谅，我还没有给你们做介绍呢——这位是我的朋友阿尔伯特·K.，这是他的侄子，银行襄理约瑟夫·K.。这位先生正是法院办事处的处长——处长先生十分友善，专程过来探访我。这样一次探访的价值有多高，只有法院圈子里那些老江湖才能真正认识到，因为他们十分清楚，亲爱的处长先生，他的日常工作有多么繁重。瞧瞧，尽管他这么忙，还是来了。在我的虚弱身体尚且允许的前提下，我们很平和地聊起了天。不过，我们并没有特别禁止莱妮再放其他人进来，因为本来就没想到还会有其他人过来——实际上，我们之前的打算，就是只有我们两个人在这儿聊天的。可是，那之后不久，你就过来捶门了，阿尔伯特。于是，处长先生只好带着自己的扶手椅和小桌子，退到角落里。不过，照目前的情况看来，我们或许可以——我是指，如果大家都愿意的话——我们可以聚到一起，共同讨论这起诉讼官司。处长先生——"律师一边说，一边朝处长鞠躬示意，脸上带着谦卑的微笑，指了指病榻旁的一把椅子。"很遗憾，我只能再逗留几分钟。"处长很友善地回应道。他十分放松地坐到那把椅子上，看了一眼手表："法院里的一堆公事正在召唤我。不过，我无论如何都不会错过结识我朋友的朋友的机会。"处长向叔叔轻轻点了点头。能够结识新朋友，叔叔看起来相当满意，可是，由于他自身的性格问题，完全没办法向处长好好表达出自己的感激之情。对处长的这番话，叔叔只好用尴尬又响亮的一阵大笑带过。那场面可真难看！好在 K. 可以从容不迫地观察眼前这一切，因为现场根本没有任何人在意他。处长既然已经率先提出了自己的主张，便打算将这整场谈话的主导权收归己有——这看来正是他的习惯。律师刚开始时的虚弱模样，或许只是为了赶跑新来的拜访者们。而现在，他正把一只手拢在耳边，十分专心地聆听处长讲话。

叔叔，作为这场谈话的持烛人（他把那根蜡烛放在自己的大腿上，试图保持平衡，律师时不时会忧心地看他一眼），他很快就摆脱了之前的尴尬，开始对处长讲话的方式，以及讲话时用一只手做出的柔和波浪状动作，表现出兴致勃勃的样子。K.斜靠在床柱上，被处长完全忽略了——这甚至有可能是故意的。K.只得老实当起这位老先生的听众。K.甚至压根儿听不明白这场谈话都在聊些什么，因此他很快就开始想到之前那位女护士，以及她从自己叔叔那儿遭受到的糟糕对待。这样想了一会儿之后，K.又开始思考，自己之前是否已经见过这位法院办事处处长了。作为一名处长，在参加集会的时候，恐怕甚至是要安排在第一排的。一位胡子稀疏的老先生，安排在那里简直太合适了。

门厅里突然传来一阵像是瓷器破碎的声音，所有人都听到了。"我这就过去，看看那儿究竟发生了什么事。"K.说完后，故意用很慢的速度往外走，仿佛是要给其他人一个把他叫回来的机会。K.才刚走到门厅里，手还紧紧抓在房门上，打算在黑暗中摸索出一条路来，一只比K.小得多的手，突然放了他扶门的手上，轻轻把房门关上了。那人正是女护士，她已经在这里等了一会儿了。"没发生什么事，"她轻声对K.说，"刚才是我往墙上扔了一个碟子，想把你引出来。"K.略有些拘谨地回应道："我刚刚也在想着你呢。""那就更好了，"女护士说，"你跟我来。"走了几步之后，他们来到一处磨砂玻璃门前，女护士当着K.的面把门打开了。"你进去。"她这样说道。这个房间绝对是律师的办公室。月光透过两扇大窗户照射到房间里。此刻，每扇窗户里透进来的月光，只能各自照亮地板上一个小方块的范围。在月光下，可以看到，办公室摆满了沉重的古董家具。"到那边去坐吧。"女护士一边说，一边指了指一张有着木头雕花靠背的深色柜椅。K.坐定之后，开始打量起这个房间来：这是一个挑高的大房间，想必，这位穷人律师的顾客们到这里来之后，都会感到恍然若失。K.设想了一下当顾客们来到这里以后会发生的场景：他们迈着小碎步，一步一步踱向那张大得吓人的办公桌……这想法稍纵即逝，他不再想其他东西，仅仅只是用眼睛盯着女护士瞧。护士紧挨着他坐下，坐得那么近，几乎要把他挤得压在柜椅侧边的扶手上。"我本来想，"她说，"你自己会主动出来见我，不必等我先过来叫你的——不过，你这样做了，反倒令人印象深刻。自从进到这屋子里来之后，你马上就目不转睛地看着我，看过之后，你却又让我苦等。对了，你就叫我莱妮吧。"她突如其来、直截了当地插进来这么一句话，仿佛这场谈话中没有任何时间可以拿来浪费。"好啊，我很愿意。"K.回应道，"不过，莱妮，你刚才说我令人印象深刻的这件事，倒是很容易解释。第一，我不得不先听那两位老先生彼此唠叨一番，不能毫无理由地离开；第二，我本人并不轻浮，甚至可以称得上是腼腆；还有你，莱妮，看起来也实在不像是轻而易举就能够到手的那类女人。""并不是这样的，"莱妮说，她将手臂斜倚在椅背上，双眼注视着K.，"其实你刚才并没有看上我，或许此刻也仍未看上我。""'看上'这个词，恐怕还不足以表达呢。"K.故意推诿。"噢！"她微笑着说——凭借K.对"看上"这个词的补充说明，还有这声小小的叹语，她无疑已在对话中占据了优势。因此，K.一时语塞，陷入了沉默。现在，因为已经适应了这房间里的黑暗，他已经可以分辨这里各种不同陈设的独特之处了。他对挂在房门右侧的一幅大型绘画作品颇感兴趣，他屈身向前，想把这幅画看得更真切些。画上描绘的是一个穿着法官长袍的男人：他坐在一把高高在上的王座椅上，椅身鎏金，在画作中显得尤为突出。不寻常之处在于，这位法官并没有以肃穆威严的姿势好好坐在那把椅子上，反而将左臂牢牢贴紧座椅靠背和扶手，使右臂完全悬空，仅仅用右手抓住扶手，仿佛他下一个瞬间就会从椅子上蹦起来，摆出某个激烈的，或许是义愤填膺的姿势，说出一番决定性的话语，甚至干脆直接下定论。案件的被告人想必就在楼梯下面。在这幅画作中，能够看到这段楼梯的最上面几级台阶，台阶上铺着张黄色的地毯。"或许这位就是负责我案子的法官。"K.伸出一根手指，指着那张画说道。"我认识他，"莱妮说，她也在端详这幅画，"他经常来这里。画像是依照他年轻时的样子绘制的，但他实际上绝不可能是画中那个样子，连相似都不可能，因为他本人几乎跟侏儒一样矮小。尽管如此，在这幅画里，他还是让人把自己画成了高个子，因为他的虚荣心简直不可理喻，就跟这里的所有人一样。可是，即便是我本人，其实也很虚荣：你没有喜欢上我，这件事让我感到十分不满。"对于这番话语的最后一句话，K.没有用言语来回答，而是选择直接抱住她，将她揽到自己怀里，她则默默将头靠着他肩膀上。对于除了最后一句话外的其他内容，他却开口回应道："他具体是什么职位？""他是预审法官。"她一边说着，一边抓住了 K. 揽住她的那只手，抚弄着他的手指。"又是预审法官，只是预审法官而已，"K. 颇为失望地回应道，"高阶官员们都躲藏起来了。可是，他在画里竟然会坐在一张王座椅上。""画里的内容全是捏造的，"莱妮一边说着，一边将自己的脸庞埋入 K. 的手中，"事实上，他是坐在一把厨房椅子上，椅子上垫的是条裹马用的旧毯子，叠了起来，遮得严严实实的。话说回来，你为什么偏要去在乎你那起诉讼官司呢？"她慢悠悠地插上了这么一句。"不，我根本就不在乎。"K. 说，"甚至可以反过来说，我对此没准在乎得实在太少了。""你犯的错并不是这个，"莱妮说，"你这个人，太过冥顽不灵了——我听来的说法是这样的。""这是谁说的？"K. 问道。这时，他感觉到她的整个身体都贴在了自己的胸膛上，便低头看了看她那头浓密齐整的黑发。"如果我把说这话的人也告诉你，我的背叛行为就有点太过分了，"莱妮答道，"你非要问的话，请你不要问他们的名字，而是扪心自问，检讨自己的错误，不要再表现得那么冥顽不灵，跟整个法院系统作对，是根本没有胜算的，认罪是必须的。下次遇到能够认罪的机会时，请你及时供认。只有那样，才有可能摆脱这一切，只有那样才行。不过话说回来，即便你真认罪了，在没有外来帮助的情况下，想要摆脱也依旧是不可能的。好在外来帮助方面，你本人不必去多操心，我会帮你操作的。""看起来，你十分了解这套法院系统，以及对付这套系统的各种必要策略。"K. 一边说，一边将她抱起来，让她坐到自己的膝盖上，因为她之前靠他靠得太紧了。"这姿势不错。"她说，同时调整身姿，在他膝盖上坐好，抚平裙子，并将身上穿的女式衬衣拉扯妥帖。做完这些后，她便用双手揽住他的脖颈，身体向后倾斜，端详了他好一会儿。"所以说，只要我不供认，你就帮不了我？" K.试探性地问道。与此同时，他心里暗暗吃惊地思忖着：我找到的帮手居然都是女人，先是布尔斯特纳小姐，然后是法院杂役的妻子，最后是这个小护士。她对我，似乎有着某种令人感到难以置信的欲求。她怎么就坐到我膝盖上了呢，搞得好像这是她唯一该坐的地方似的！"是的，"莱妮缓缓地摇着头，答道，"不供认我就帮不了你。不过，反正你也不希望我来帮助你。我的帮助，对于你而言根本就是一文不值，你太固执了，谁也说服不了你。""你有喜欢的人吗？"沉默了一小会儿，她又开口问道。"没有。"K.说。"噢，你其实是有爱人的。""是的，我确实有。"K.说，"你瞧瞧我这个人，我刚才还在否定她的存在，却一直随身带着她的照片。"在她的请求下，他给她看了那张艾尔莎的照片。她整个人蜷缩在他膝盖上，仔细研究起这张照片来。这是一张纪实抓拍，照片里的艾尔莎正在跳旋转舞，去葡萄酒餐厅吃饭时，她总是喜欢跳这种舞。照片中，她的裙摆随着舞步飞扬，绕着身体打转，一双手搭在坚挺的臀部上，脖子上的肌肉绷得紧紧的，侧头望向画面一侧，脸上带着笑。至于她究竟在朝着谁笑，仅从这张照片上是没办法看出来的。"她身上的衣服裹得特别紧，"莱妮一边说着，一边指了指照片上她认为衣服裹得紧的位置。"我不喜欢她，她看起来笨手笨脚的，一点也不优雅。不过，没准她对你既温柔又亲切，这点光是看照片就能够判断得出来。这种人高马大、身板壮实的女孩，除了表现得温柔亲切之外，别的恐怕就什么都不懂，什么也不会了。她有可能为了你而牺牲自己吗？""不可能的，"K.说，"她既不温柔亲切，也不会为了我牺牲自己。而且，至今为止，我也从来没有向她要求过这些。实话实说，我从来都没有像你现在这样仔细琢磨过这张照片。""也就是说，你对她实际上也并不怎么上心。"莱妮说，"因此，她根本就不是你的爱人。""她是的，"K.说，"我不会收回自己说出的话。""既然你这样说，那就算她是你的情人好了，"莱妮说，"可是，如果哪天你失去了她，或者在情人的位置换上了另一个人，比如说——换上了我，你也不会太过想念她的，不是吗？""显然如此，"K.微笑道，"这种情况是可想而知的，不过，相比你而言，她在有件事情上比你有优势得多：对我所面临的这起诉讼毫不知情。即便她多少听说了这起诉讼，也不会费心思去琢磨它。而且，她也不会想方设法说服我去听从她的想法。""这可不是什么优点，"莱妮说，"如果除此之外，她就没有什么别的优点了，那我是不会对你死心的……她有什么身体上的残缺吗？""身体上的残缺？"K.反问道。"对的，"莱妮说，"这样的小残缺，我身上就有，你瞧。"说罢，她特地撑开自己右手的中指和无名指，只见两根手指之间张开了一层皮膜，皮膜的边缘几乎和手指上关节较短的一侧持平。因为是在黑暗中，K.并没有立即搞清楚她究竟在向自己展示什么。于是，莱妮便将他的一只手牵过来，引导他抚摸自己两指之间的皮膜。"大自然的造物游戏是多么神奇！"K.这样说，等他仔细端详过整只手之后，又补充道，"多么漂亮的蹼手啊！"莱妮脸上带着某种自豪的神情，静静端详着K.，看他啧啧称奇地将自己的那两根手指分开又合拢，反复几次之后，终于依依不舍地放开，还轻轻吻了吻它们。"噢！"她立刻大声喊道，"你吻我了！"她迅速行动起来，小嘴微张，以跪坐的姿势匍匐到K.的膝盖上。K.抬头看着她，几乎被吓了一跳。此刻，因为她跟他之间已经离得足够近，能够闻到她身上散发出来的某种跟胡椒粉一样刺鼻的气味。她抱住他的头，俯下身去，咬他的脖子，吻他的脖子，连他的头发都照咬不误。"你现在换我做爱人了。"她一边咬着吻着，一边断断续续地喊道，"你看，你终究还是换我做爱人了！"这时，她的膝盖从K.的腿上滑落，伴着小小的一声哭喊，她整个人几乎都跌坐到了地毯上。K.抓住她，想让她维持刚才的姿势，结果自己都被拉到了地毯上。"现在你属于我了。"她说。

　　"你现在手上有了大门钥匙，想来的时候，就来吧。"以上便是她在跟K.道别之前讲的最后一席话，并且还在K.的后背上漫无目的地吻了一下。当他走出大门时，外面正下着小雨。他想走到马路正中间去，到了那里，没准还能隔着窗子再看一眼莱妮，哪里知道，就在这时，他的叔叔突然从一辆停在房子前面的汽车里冲了出来——K.心不在焉的，完全没有注意到眼前这辆车。叔叔一把抓住K.的手臂，将他往房门上推去，就像是要把他整个人都钉在房门上似的。"年轻人，"他叫嚷道，"你怎么能这样做啊！现在，你已经对你的案子造成了可怕的负面影响，要知道，这一切原本都进行得很顺利的。而你，你居然跟一个小贱货一起躲起来了，还跟她一起混了好几个小时，一去不返。那贱货，她显然是律师的情人。你连一个好的借口都不找，堂而皇之，大大咧咧地跑到她那儿去，留在了她的身边。与此同时，我们这几个人却聚在一起，为你的事情劳心尽力的你叔叔我，理应为你打官司并且胜诉的律师，还有最重要的那位——法院办事处的处长先生，赫赫有名的大人物，对于你那件案子目前所处的阶段有着绝对的仲裁权。我们本打算好好商讨一番，看要怎样才能帮到你。我不得不小心谨慎地处理和律师之间的关系，而律师本人呢，又不得不小心谨慎地处理他跟处长之间的关系。在此情况下，无论如何，你至少都应该留下来支持我才对。可你非但没支持我，还选择不辞而别，一去不返。你不在场这件事，最后终于没办法隐瞒下去了。不过，话说回来，他们到底是彬彬有礼、处事圆滑得体的绅士——为了照顾我的情绪，他们选择对此只字不提。然而，又过了一段时间之后，终于连他们都没办法对此视若无睹了，可他们终究还是没办法直接开口谈论你的不在场，于是只好选择了沉默。我们一言不发地坐了好几分钟，巴望着你是不是能在最后关头赶回来，但最后也只好接受现实。一切全都徒劳无功。处长先生等待的时间，已经比他原先所计划的长了太多，无可奈何之下，他只得站起身，向我们道别。看处长先生那样子，明显为我感到十分遗憾，因为他没能帮到我。这还不算完，处长先生还以常人难以理解的客气和耐心，在大门口多等了很长一段时间，随后才正式动身离开。当然，他能离开，我本人是感到很高兴的，因为我已经快被当时的气氛压得喘不上气来了。而且，这一切对那位生病的律师所施加的影响还要更加强烈：当我跟处长先生告别时，那位好心眼的律师竟然连一句话都说不出来了。你这次的所作所为，没准真为他的彻底崩溃做出了贡献，没准加速了这个你原本可以依赖的绅士的死亡。而且，你还让我——还让你的亲叔叔在雨中继续苦等了好几个小时……摸摸这儿，我整个人都湿透了。"

第七章

律师 - 工厂主 - 画家

在一个冬日的早晨——外面下着雪，天阴沉沉的——尽管时间尚早，K.却已经在自己的办公室里久坐多时了。他感到格外疲劳。为了保护自己——至少想办法让自己免受那些最低阶官员的侵害，K.给勤杂工下了一道命令：严禁放任何低阶官员进来，因为他目前正忙于一项重要工作。不过实际上，他并没有在工作，而是坐在扶手椅上，左腾右挪，将办公桌上的各种物什移来换去。不多一会儿工夫，不知不觉间，他已经将整只手臂在桌面上伸展开来，脑袋低垂，一动不动地坐定了。

他脑海中无时无刻不在想着案子的事。关于写出一份书面辩护书并呈交法院这件事，他已经反复思考过许多次了。他想在这份辩护书里简要地叙述一下自己的生平，列出每一件有可能算是重要的事件，并陈述自己当时为何如此行事的原因，以及如今的他对当时做法的评判，是赞成还是反对，原因又是什么。相比律师们那种本就称不上是无可挑剔的口头辩护，这样一种书面辩护形式无疑是相当有优势的。K.并不知道律师目前正在做些什么，反正也没太多进展。距离律师上次把他唤去相谈，时间已过去了整整一个月。况且，在之前进行过的那些商谈中，K.也没能留下"这个男人有本事为案子取得重大进展"的印象。首先，在进行商谈时，他几乎没有对 K. 提出过任何问题。可实际上，目前这种情况下，需要问的问题是很多的。甚至可以说，提问才是最主要的。谈话的时候，K.有种感觉——自己似乎就能够直接罗列出所有必须要问的问题。但是，恰恰相反，律师完全没有向他提问，只顾着自说自话，要么就是一言不发地坐在他对面——或许是因为听力不太好，律师坐着的时候将身体前倾，上半身略微探到了办公桌的桌面上。他一边听着，一边用手指从自己的胡须中捻出一小绺来，与此同时，眼睛则望向地上铺着的那块地毯：他正看着的那个位置上，K. 和莱妮没准就曾经躺在那里厮混过。他时不时地会给 K. 提出几条毫无建设性的告诫，就像人们给小孩子提的建议一样。这类建议不只无用，还很无聊，等到官司结束，律师结算费用时，K.绝对不会为它们付哪怕一赫勒[1]。在律师认为自己已经充分教训过 K. 之后，通常又会再讲几句为 K. 打气的话。每当这时候，他就会说，自己已经打赢过不少类似的诉讼官司了，要么就大获全胜，或者至少也是部分取

---

1 Heller，奥匈帝国时期最小的货币单位。在奥地利，一百赫勒等于一奥匈克朗。

胜。即便是那些实际上或许并不如 K. 目前这场官司棘手的案子，从表面上看来也要比 K. 的官司更令人感到绝望。这张办公桌的抽屉里，就有一张列举了这类案子的列表——他一边说着，一边用手敲敲办公桌上的其中一个抽屉——很可惜，列表里的文字没办法展示给外人过目，因为这些属于官方机密。尽管如此，通过为所有这些案子辩护所得来的丰富经验，现在却可以惠及 K.，情况是很有利的。作为律师，他当然马上就投身到了诉讼相关的工作中去，初次请愿书[1]已经差不多要完成了。这份请愿书极为重要，因为其中的辩护内容带给人的第一印象，往往就决定了诉讼的整个方向。然而，不幸的是——他不得不提醒 K. 注意——有些时候，呈交给法院的初次请愿书根本就没人读。那里的人们只是简单地将请愿书存档，并且指出：就目前情况而言，对被告人的审讯和观察，比任何书面形式的东西都重要。当请愿者步步紧逼，非要让他们阅读时，他们则会继续补充道：等到全部相关的材料搜集完毕，法院做出正式裁决之前，所有与案子相关的文件自然都会被认真审阅，这份初次请愿书也不例外。很可惜，这样的说法在通常情况下也是不正确的。初次请愿书往往都会被放错地方，甚至就此失踪，再也找不到。就算它能够被一直保存到最后，也几乎没有人会去读——不过，关于这点，作为律师的他也只是通过谣传得知。所有这一切都令人感

1　原文为 Eingabe，即 Petition。一般由律师撰写后呈交法庭，提请撤销相关指控。

到遗憾，但并非完全没有道理。作为被告人，K.大概不会忽视诉讼程序素来不对外公开这一情况：如果法院认为有必要的话，他们确实也有可能会对外公开，不过，法律本身却没有规定必须要公开这些。因此，法院方面，和案子相关的文书内容，尤其是起诉书，对于被告人本人，以及他所请的辩护人而言，都是可望而不可即的。在此前提下，通常也就没办法弄清楚——或者至少是不能确切地知道撰写初次请愿书时应该具体针对哪些指控展开申诉，也正因此，只有在十分凑巧的情况下，这份请愿书中才会囊括对成功撤销指控真正有帮助的内容。换句话说，只有在针对特定被告人的审讯过程中，每一个指控点及其对应理由变得呼之欲出，或者至少能够被人推理揣测出来之后，律师才有机会向法庭呈交真正具有针对性和说服力的请愿书。当然，在这种情况下，辩护行为便失去了先发制人的时机，需要面对极端不利和困难的局面。可是，话说回来，这样的局面也是他们有意为之。从法律层面讲，实际上是不允许辩护行为存在的，但他们却选择容忍这一行为，甚至——是否至少能从相关法律条文中找到容忍辩护行为存在的依据，都是有争议的。所以，严格来讲，"受到法庭认可的律师"这一身份，其实也并不存在。任何在该法院担任律师的人士，基本上就只是个辩护员[1]而已。对于整个律师行业来说，这一现象当然是十分丢脸的。如果K.哪天要

---

1 Winkeladvokat，本意为讼棍，即无良律师。此处指在法院从事律师相关工作，但并无实际功用的人员，见后文。

去一趟法院办事处，倒是可以顺路去观摩一下那些律师的办公室。他恐怕会被在里面办公的那群人的状况给吓一跳。只消瞧一眼分配给这些律师的那个低矮又狭小的房间，便已显示出法院方面对他们所持的轻蔑态度。房间仅通过一道狭窄缝隙采光，这道缝隙位于天花板上很高的地方，在这房间里的人如果想透过缝隙看看外面，必须先找来一位同事，让他将自己驮在背上举高，才能如愿。可是，一旦这样做了，外面紧挨着缝隙处的某根烟囱里冒出来的浓烟，不只会窜进你的鼻子，还会把你的脸给熏得黑漆漆的。为了说清那里的状况，不妨再举一个例子：那个房间的地板上有个洞，已经在那里一年多了。那个洞还不至于让整个人掉进去，但却大到足以让一整条腿陷进去。律师办公室位于阁楼的第二层，因此，如果有条腿不慎踩进了洞里，这条腿就会出现在阁楼第一层的天花板上，而且，正好在等候室所在的走道上——被告们就等在那里。在律师圈子里，如果有人说法院律师与法院之间的这种种日常状态不太体面，那也是没有太多争议的。一方面向政府提出的相关投诉，连哪怕最微小的进展都没能取得；另一方面，律师们又被严格禁止自费改造房间内的任何东西。不过，话说回来，即便是这种对待律师的方式，也有他们的理由：希望尽可能地消除律师的辩护行为，将与审判相关的一切都集中到被告身上。这个主张，从出发点来说是不算坏的。可是，如果认为在这套法院系统当中，律师对于被告人而言是没有存在必要的，那就错得不能再错了。恰恰相反，律师在这个法院比在其他任何法院都更有存在必要，因为诉讼官司不仅对公众，甚至对被告人本身都是保密的。当然，只是尽量保密，但实际上，对应的保密工作在很大范围内都是可以实现的。而且，被告人是外行，对于法庭方面的文书内容缺乏基本的洞察力，在审讯过程中判断出检方手里握有哪些针对自己的指控材料也很困难——尤其是那些尚且沉浸于自己被告身份中的人，他们瞻前顾后，什么都担忧，同时也分散了自己的注意力。以上正是律师们的辩护行为所能干预到的地方。在审讯过程中，辩护人通常不被允许在场。因此，当审讯结束后，只要条件允许，他们都会直接守在预审调查室门口，以便立即对走出来的被告进行盘问——他们必须彻底调查针对被告的审讯细节，并从通常极为含糊的庭审报告中提取适合用来辩护的内容。但是，最重要的却不是这些，毕竟庭审的很多细节都没办法以这种方式来体验。不过，当然啦，此处和其他任何地方其实也一样，有本事的人总是能比其他人知道得更多——最重要的永远是律师的个人关系网，辩护行为的主要价值便在于此。如今，K.显然已经从亲身经历中察觉到，这套法院系统的最底层组织结构并不怎么完善，玩忽职守、腐败堕落的雇员比比皆是，这就让本应对外严格封锁消息的法院庭审出现了漏洞。大多数律师选择乘虚而入，进行贿赂，四处套话，不久前甚至还发生过几起盗窃文件的事件——就算其他情况属于捕风捉影，至少盗窃文件的事情是坐实的。不可否认的是，通过这样一类方式，被告人确实可以在短时间内取得一些出人意料的优势，那些资历不深的律师也因此变得趾高气扬，并试图以此来吸引新客户。但是对于诉讼程序的进一步发展来说，这类方式要么就是一点忙都帮不上，或者甚至还会起到反效果。在整个诉讼程序中，真正具有价值的，唯有真诚的人际交往关系。而且，还得是跟相对高级官员之间的关系：此处所指的，当然只是低阶官僚系统里职位相对较高的那些公务员。只有通过这类关系，诉讼的进程才会受到影响。虽然在一开始时难以觉察到效果，但越往后效果就越明显。自然，目前也只有少数几位律师能够做到这一点，所以K.的选择是非常有利的。在整个律师圈内，拥有类似胡尔德博士这样的官场关系的，可以说屈指可数。这几位大腕完全不在乎在阁楼法院律师办公室里上班的那些人，跟他们之间也毫无瓜葛。相反，他们却与会在庭审上露面的法院官员们的关系走得很近。胡尔德博士甚至都不一定要去法院，不一定要在预审法官办公室的会客厅里等待着他们偶然露面，不需要顺着他们的脾气去反复交涉，以便得到一个只是看上去很明显但实际上却毫无用处的"案件进展"（或者甚至连这个都得不到）。完全不需要。就连K.本人也已经亲眼见识过，官员们——甚至包括那些地位显赫的高官，也会主动过来找胡尔德博士，提供大量相关信息，毫不隐瞒，或者至少大胆暗示诉讼流程的下一步走向。在个别案件上，他们甚至会被胡尔德博士说服，心甘情愿地接受他所给出的、关于案子的全新观点。不过，就算发生了后一种情况，也不应该太过信任法官们的决断。他们在接受了全新的、表面上看去是对辩护方有利的观点，并且许诺会改判从宽之后，或许会马上回到自己的办公室里，奋笔疾书，并在第二天正式发布法庭令，其内容可能会对被告人极端严苛，与他们前日许诺的初步意向截然相反。法庭令下达之后，当然是没办法做出任何反对的，因为前日给出的种种许诺，都是在私底下会面时达成的，绝对不可以公之于众；况且，为了保持住那些高官绅士对自己的青睐，辩方律师本身也不会为此去勉力争取。从另一个角度来讲，高官绅士们之所以会跟辩方接触（显然，此处指的只是那些真正明白事理的辩方），并不仅仅是出于博爱观念或者人与人之间的友情来考量——在某种意义上，高官绅士们也依赖着辩方。这恰恰也是这套在最开始时便决定要对外封闭的司法组织的劣势所在：官员绅士们缺乏与普罗大众间的联结纽带。对于那些法理书中常见的普通案件，他们是胸有成竹的。这类案件几乎完全按部就班地在既有轨道上推进，只需要时不时地稍微推动一下就好。相比之下，他们往往对那些极其简单，或者极为复杂的案子一筹莫展。这是因为他们夜以继日地投身于法律法规之中，缺乏对普通人际关系的正确认识，所以解决不了这一类案子。在此种局面下，他们便前往律师处寻求建议，身后跟着一名携带相关文件的仆人——这些文件原本是极度机密，绝对不允许对外公开的。在律师家的窗前，很多普通人绝对料想不到的高官绅士们站在那里，满面愁容地看着外面的街巷。与此同时，律师先生则坐在办公桌前，反复研究他带来的文件，以便给出得当的建议。顺便说一句，在这种难得的机会下，人们可以切实感受到，高官绅士们是如何看重自己所担任的职务，以及意识到自己面前有着无法克服的障碍时，又是多么绝望。他们的立场也不容易，不应对他们过分苛责，也不应该轻视他们的职责，否则就是不公正。这套法院系统的官阶安排和升迁路线是冗长无尽的，即便是体系的建立者，也没办法窥其全貌。各级法院的庭审流程，对于相对低阶的官员而言通常是保密的，他们几乎完全不可能弄清楚自己曾经经手过的案子下一步将会如何发展：案子出现在他们的职权范围内时，经常不知道它是来自哪里，也不知道它该往何处去。这些官员只了解诉讼程序少数几个阶段的情况，对最后的审判结果及其原因往往一无所知。他们只被允许去了解和处理法律规定他们可以去了解和处理的那一部分内容，对于后继事务——亦即自己所涉及工作相关结果的了解，普遍都比辩方要少。按照规程，直到审判完成，辩方律师都会持续与被告人之间保持联系。因此，透过辩方这一渠道，官员们可以获知许多有实际价值的信息。K.已经亲眼见识过官员们的烦躁难挨，知道他们有时会以带有侮辱性的方式向人们表达自己的意见（每个人都经历过这些），怎么还会对此感到奇怪呢？所有的官员脾气都不好，即使他们乍一看去似乎心态平和，实际上也一样。小律师们为此受了不少苦头，这是理所当然的。我们以下面这个故事为例来说明——这个故事听起来很像是真实发生过的。有这样一位年老的法官，他是个老好人，是位安静的绅士，当时正面临一桩十分艰难的官司，律师呈交的那些请愿书让官司变得愈加错综复杂。当时，他潜心钻研这桩官司，已经连续一天一夜没有睡觉了——由此可见，这位法官确实十分勤勉尽责，其他任何人都比不了。经过接连二十四个小时不眠不休，但却可能并不是很有成效的工作之后，到了黎明破晓时分，法官走到办公室门口，埋伏在门后，将那些试图闯进来的律师从楼梯上扔下去，无一例外。律师们则聚集在楼梯下方，商量着具体应该怎样做。他们试图进入办公室的主张确实没有说得过去的理由，因此便很难用合法的手段来对付这位法官，况且，如前所述，他们在行动上还必须小心谨慎，以免招惹到整个官僚系统，惹人讨厌。但是，反过来讲，他们留在这里，一整天没去法庭，也就意味着已经造成了一整天的损失。每在这里候上一天，损失就多一天，所以，闯进法官办公室这件事，对于他们而言就显得格外重要，务必得成功才行。最后他们一致同意要打疲劳战，试图让这位老人疲惫不堪，从而放弃抵抗。于是，律师们一个接着一个被不停地派上去。然后，在门口尽可能纠缠，但又不超过消极抵抗的界限，任凭法官将自己从楼梯上扔下去——反正下面的同僚们会伸手接住自己，只是有惊无险。就这样，花了大约一个小时，便让那位彻夜工作的老先生感到极为疲惫，不再埋伏到门后，而是回到了办公室。下面守候的那群人一开始并不相信他已经退却了，还专门派了一个人过去，检查门后面是否真是空的。直到确认过之后，他们才进去。而且，进去之后甚至连交头接耳都不敢。因为对于律师这一群体而言，即便是地位最低下的小律师，也多少能够做到（至少在小范围内）审时度势：他们对于在既有的法院系统中引入或执行任何改进这件事情上，是完全不知所措的。与律师们的情况相反，几乎所有被告——哪怕是那些头脑简单的人，都会在初涉诉讼程序后，便开始思考种种针对这一体系的改进意见，而这往往就浪费掉了他们的时间和精力。倘若被告们一开始没有选择这样做，那些浪费掉的时间和精力便可以善加利用。实际上，唯一正确的做法就是接受现有的规则。即便在体系的局部进行改进是有可能做到的，归根到底也还是离经叛道之举，充其量只会对未来的部分案件带来一些正面影响，但却会引来睚眦必报的公务员队伍的强烈反弹，最终还是会伤害到自己。所以，千万不要引来反弹！保持沉默，即便这样会违背自己内心的强烈意愿！不妨试着去了解一下这个庞大的法院生态体系，可以这么说，这套体系永远都会保持平衡状态，但是，如果体系中有哪个人尝试着去改变自己所处位置的某样东西的状态，那么他当下的落脚地没准就会消失，人也会坠落下去。与此同时，对于这一整套大的生态体系而言，仅仅这一处小小的扰动，完全可以用其他某个地方的人来顶替掉，最后依旧保持动态平衡的状态，完全没有任何改变，或者甚至整体上变得更加封闭、更加警惕、更加严苛、更加邪恶——要知道，这套体系中的一切都是相互关联，相互影响的。相比干扰律师办事，还是应该把相关工作交给律师来完成。求全责备没什么用，尤其是当你自己也不能完全理解对方所言所行的原因时，就更是如此。但是，该说的话还是得说：之前 K. 对法院办事处处长的失礼行为，已经对案子造成了很不好的影响。这位极具影响力的大人物几乎已经可以从"能够为 K. 做些事情的人物"名单中排除了。事到如今，他甚至刻意回避，完全不提 K. 的这个案子，态度十分明确。在很多方面，这帮官员就跟小孩子一样。他们常常因为无关痛痒的事情（尽管如此，K. 之前的失礼却无法算在"无关痛痒"之列，十分遗憾）受到伤害，乃至于从此以后就不再跟原先的好友说话，不只不说话，见面时也不再跟他们交谈，并且还要在各种事情上与他们作对。出人意料的是，就这样过了一段时间之后，似乎没有什么特别的理由，他们突然就会被一个小笑话（正因为一切都显得如此绝望，才会想到要用讲笑话的方式来赌一把）给逗乐，捧腹大笑，从而一举释怀，与好友重归于好。跟他们这类人相处，既困难又简单——因为几乎就没有什么特定的准则。有时你难免会感到惊讶：不过是寻常普通的人生，竟然有办法学到如此之多的东西，并且借此在勉力涉足的领域内取得一些成就。但是，却也总有那类灰暗时刻——每个人都会有这样的时候——你会觉得自己甚至连最微小的目标都没能完成，似乎只有那些从一开始便已注定会有好结果的诉讼官司才会理所当然地善终，即便没有任何外力的协助，这样的事情也会发生。除此之外的其他官司，纵使拼尽全力，绞尽脑汁，努力取得一切微小而具体的成功，并因此而沾沾自喜，最终都会失败。失败之后，你会觉得世上似乎再没有什么是安全的，即便别人发出诘难，声称就是由于有你在旁协助，才导致原本进展良好的官司一败涂地，你也完全不敢反驳。认为"应该但不敢反驳"固然也是一种自信，但却也是唯一遗留下来的问题。如此的情绪——当然，确实就只是情绪，仅此而已，再无其他——使律师们感到自己仿佛被遗弃了一般。尤其是当他们在诉讼官司中跟得足够远，且对于案件的进展感到十分满意时，案子突然就被人从他们手中给抽走了，这就更使他们失落，因为这可能是作为律师所能遇到的最糟糕的事情。案子并不是由被告人从他们那里夺走的，这样的事情从未发生过。作为被告人，只要选定了某位律师，就必须一直与他保持同一阵线，无论发生什么事情都不能背弃：既然被告人已经开口寻求过帮助了，之后又怎么可能重新回到单打独斗的状态呢。这样的事情根本就不会发生，不过，有时候却会发生这样一种情况：整个诉讼流程走向了律师不再被允许掺和进来的方向。诉讼、被告人——以及与之相关的所有一切直接跟律师脱离了关系。即便与官员们之间的关系好到不能再好也于事无补，因为他们对于发生的事情根本就一无所知。诉讼流程到了这个阶段，外力便再也无法提供帮助。案子由外人难以介入的法庭来进行审理，在那里，被告人再也没办法跟律师取得接触。随后，到了某一天，你回到家里时，会突然在自己的办公桌上找到一大堆请愿书，这些都是你之前为了这个案子绞尽脑汁、心中满怀最美好的期待所写下的——因为不能被移交到这个新的诉讼阶段，它们全部都被退还给你，成了毫无价值的废纸片。尽管发生了这样的事，官司却不是就此输掉，根本不是那么回事——至少没有决定性的证据可以证明这点，毕竟，你再也无法了解关于这起诉讼的任何信息，以后也不会再听到任何相关的消息。幸运的是，上述只是极为偶然的个例而已，就算 K. 这场官司正好属于这类个例，目前也还远没有达到那样一个阶段。目前，辩护人这方面仍旧拥有充分的机会，可以做很多事情，而且，已经开始做了——在这点上，K. 完全可以放心。正如之前曾经提到过的：初次请愿书还没有呈交，不过，倒也没必要急着去呈交。现阶段，跟恰到好处的官员进行恰如其分的交涉才是更重要的事情，而且，这件事也已经在进行中了。不妨开诚布公地告诉你，目前已经取得了一定进展。但是，其中涉及的种种细节，最好还是不要细讲，随随便便说出来，恐怕会对K.的心态造成不利的影响，要么过分乐观，要么就过于焦虑。我能透露的全部信息就是：在我所接洽过的官员们当中，有些人说得很动听，同时也表达出了很强烈的、想要帮忙的意愿；其他人话说得虽然不那么中听，但也并没有否认他们也会尽力协助的可能性。总的来说，结果是非常令人满意的。唯一的问题在于，我们并不能从中得出任何有决定性意义的结论。因为，毕竟所有的初步谈判都是以类似方式来展开的，唯有继续进行下去，才能显露出上述初步谈判的价值。无论如何，到目前为止，并没有遗漏任何一件该做的事情。尽管如此，要是我们还能想办法赢回法院办事处长的鼎力支持的话，这起诉讼官司简直就如同外科医生们常说的那样，是一个"已经消过毒的伤口"了。如此，当事人便可以松一口气，满怀期待地跟进后继的流程了。为了达成这一目的，有不少对应的行动也已经正式启动了。

上述的这样一番演讲，以及与之类似的其他说辞，律师是张嘴就来，简直取之不尽。每次去找律师咨询时，他都会翻来倒去地重复一遍。"进展"永远都有，但具体是哪些方面的进展，什么性质的进展，他却缄口不谈。和初次请愿书相关的工作一直都在进行中，但却始终没有完成——便是这件事，在接下来的一次咨询时，竟又摇身一变，成了眼下状况的"其中一个优势"：因为在最后关头呈交初次请愿书是非常不利的，但这"最后关头"究竟指什么时间，又是无法预见的。K.被滔滔不绝的咨询弄得很是疲惫，有时会忍不住开口（这样的情况已发生过好几次了），说即便考虑到案件所面临的全部困难，进展也慢得过分了。在这种情况下，律师便会告诉K.，说进展根本就不慢。不过，倘若K.之前能够及时到他这个律师先生这里来，进展倒是还能再快一步。不幸的是，K.并没有做到这点——在这一点上失败总是会带来更多弊端，而且，这些弊端并非暂时失利，相反还会影响长远。

在所有这些咨询访问的过程当中，唯一天赐的仁慈，便是莱妮强行打断对话的行为：K.只要过来了，她就总是想方设法在对话过程中给律师端茶上来。然后，她便站在K.的身后盯着律师看，看他用一种很贪婪的姿势倒上一杯茶开始喝起来。与此同时，她会悄悄让K.抓捏玩弄自己的手。在这一段时间里，房间里是完全静默的。律师喝茶，K.玩着莱妮的手，莱妮偶尔也敢轻轻抚摸K.的头发。"你怎么还在这儿？"律师喝完茶后会这样问莱妮。莱妮则回应道："我想顺道把茶具收走。"这时，K.会最后捏弄一下莱妮的手，律师则擦了擦嘴，振作精神，重新开始跟K.交谈。

律师试图达到的目的是什么？是想安慰K.？还是想让他绝望？K.也不知道，不过他很快就明确了一件事：他的这位辩护人不够理想。律师反复说的那些话确实很有可能是对的，而且他试图突出自己在整个诉讼过程中重要性的意图也昭然若揭：他认定K.所涉的这场官司是个大案子，自己过去可能从来没有经手过这

154

么大的案子。但是，可疑之处在于，他总是不断强调自己跟官员们之间的私人关系。这一大堆关系，是否能确保是律师专门为 K. 的利益而张罗的，还是别有所图呢？他们仅仅是低阶官员——在咨询中，律师永远都不会忘记向 K. 提起这点。换句话说，设法让诉讼过程中出现情势逆转的情况，与他们的升迁可能休戚相关。他们是不是有可能会反过来利用律师，使案件凸显出必然会令被告处于不利局面的逆转呢？或许他们并没有在每次审判中都用这一招，很显然，次次都用是不可能的。不过，他们却有可能在部分案子里动手脚，让律师尝到些甜头，作为给他们服务的好处，以保持其良好声誉不受损害。可是，如果情况果真如此，他们会选择以何种方式介入 K. 的官司，便颇值得人玩味了。正如律师先前解释过的那样，这是一桩极为困难，也非常重要的官司，从一开始就在法庭上引起了相当多的关注。那些人具体会做什么，已经不需要再去多加怀疑了。实际上，相关迹象恐怕近在眼前：诉讼过程已经拖了好几个月，初次请愿书也仍旧没呈交上去。律师先生言之凿凿，说目前一切尚处于开始阶段——如此说法自然很容易就能让被告人麻痹大意，维持他无助难挨的状态。接下来，再对他进行突然袭击，说案子的审判结果已经下来了；或者至少也要告诉他，预审已结束，情况对他很不利，案子已提交给上级主管部门继续审理了。

K. 亲自介入绝对是有必要的。尤其是在他已经非常疲惫的状态下，比如这个冬日里的早晨、纷杂思绪毫无顾忌地在他脑海中打转时，这个念头就更显得无可辩驳。他之前对诉讼官司所持的蔑视态度已不复存在：如果这世界上仅仅只有他一个人，倒是有可能轻而易举地忽略掉审判。不过，在那种状态下，也肯定不会有什么诉讼官司了。但是现在，K.的叔叔带他去见过律师之后，就不得不考虑到家人所持的立场。甚至，就连他自己对外的态度，也不再完全独立于审判流程之外了。比如，他本人就曾不经意地在熟人们中间，以某种莫名其妙的满足感谈论过自己的案子。其他一些人则通过某些K.不了解的渠道知晓了这件事。K.和布尔斯特纳小姐之间的关系，似乎也在随着案子的进展而变化——简而言之，K.恐怕再也没办法主动去选择接受审判或是拒绝审判。此时此刻，他早已置身于审判之中，不得不去反击求胜。一旦松懈下来，情况便会急转直下。

不过话说回来，也没有理由刻意去夸大对这整件事的关注。毕竟，在此之前，他已经设法在相对较短的时间内，成功谋取了银行内的一个高级职位，并且保住了这个位置，得到了所有人的认可。如今他需要做的，就是将自己达成这一系列成就的能力抽调一些过来，用在诉讼官司上——毫无疑问，这同样会取得相当不错的成果。此过程中的最重要之处在于，如果想要取得进展，就必须首先摒弃掉任何认为自己"有罪"的想法：本来就是完全无罪的。法庭审判这种事，只不过是一笔大生意罢了，跟K.为银行谈的那些时常会带来收益的业务相比，并没有本质区别。法庭实际上是一家企业，一旦置身其中，就得遵守这家企业的各种运作规则，至于其间潜伏着的各种危险，也必须严加防范。为了达成上述目的，被告人不应陷入任何关于自己"是否有罪"的困惑当中，反而应该时时刻刻记得去把握住已有的优势。从上述角度审视，不可避免地得出如下结论：务必尽快剥夺现任律师的辩护代理权，如果办得到，最好今晚就办。到时候，在那律师先生的嘴里，恐怕会说这种行为极为荒谬，而且十分侮辱人。尽管如此，一想到自己在诉讼过程所做出的种种努力，有可能遭到自己所请辩护人的妨害，K.便觉得难以容忍。一旦律师被踢出局，初次请愿书肯定就必须立即呈交上去，甚至可能每天都去申诉一遍，要求法院认真参详其中内容，作为审判的依据来使用。为了达成这个目的，仅仅跟其他人一样坐在法院的走道里，把帽子放在长凳下面显然是不够的。K.本人——要么就是他所拜托的女人，或者其他什么人——必须日复一日，坚持不懈地跑去骚扰法院里的那些官员，迫使他们坐在办公桌前好好琢磨K.呈上的请愿书，而不是躲在木栅栏般稀稀落落的木板墙后面，观望走道里的动静。不应该放弃这样那样的努力，与审判相关的一切事务，都必须进行严格的运作和监督——总而言之，需要有这么一位懂得保护自己应有权益的被告人，出来挑战挑战法院的权威了。

然而，即便K.有足够胆量做完上述一切，撰写请愿书的难度本身也是巨大的。早些时候——大约在一周之前吧，他曾经设想过自己未来可能不得不亲手写这样一份请愿书。当时，一想到要亲自做这件事，便令他感觉耻辱。如今再想，就觉得不仅仅是耻辱，甚至连撰写本身都很困难——这是他之前未曾想到过的。K.还记得有天早上，他原本正忙于工作，突然心血来潮，把手边所有的事情都推到一边，拿出书写板来，试图拟出一份请愿书提纲，看看有没有办法让那个动作慢腾腾的律师直接拿来使用。哪里知道，就在这时，会议室的门突然打开了，副行长笑着走了进来。对于当时的 K. 而言，这起偶然事件可以说是十分尴尬，尽管当时副行长肯定不是在笑话他正在写请愿书提纲这件事（毕竟他对此一无所知）——实际上，副行长刚刚听来了一个和证券交易所有关的笑话，这个笑话需要画图解释，才能理解其中的笑点。于是，他便在 K. 坐着的那张桌前俯下身来，拿起 K. 的铅笔，在原本准备用来写请愿书提纲的书写板上，画出了笑话的笑点。

时至今日，K. 早已不知耻辱为何物了。无论如何，初次请愿书都是非完成不可的。如果在办公室里找不到时间写（这是有很大可能的），那就得等到晚上回家之后再写。倘若连晚上的时间都不够，那他就不得不请假……不管怎样都好，唯独不能半途而废——无论是在工作中，还是在其他任何事情上也一样——半途而废无论在哪儿都是最不明智的。写请愿书这件事，几乎称得上是无穷无尽的持续劳作。即便不是极其谨小慎微的那类人，也能够轻易觉察到，写完请愿书这件事实际上是根本做不到的。做不到的原因，并不是懒惰或者拖延症（恰恰相反，只有律师才会用这样的方式阻碍请愿书完成），而是因为被告人本身其实并不了解当下所涉官司都有哪些罪名。为此，被告人将不得不仔细回忆起自己漫长生命当中所经历过的哪怕最微小的行为和事件，合理表述出来，再从各个方面进行检视。而且，从另一个角度讲，这样一项工作是多么令人感到沮丧啊！没准在一个人退休之后，可以用逐渐退化、变得越来越幼稚的精神力来完成这类事情，以便帮助其度过漫长岁月的煎熬——没准这样是适合的。可是当下，正是 K. 需要把自己的全部精力都投入到自己工作当中的时候，当下的每一个小时，都是他的职业上升期，而且，他的兢兢业业已经对副行长的地位构成了威胁：工作上的黄金时间转瞬即逝，务必得争分夺秒；至于下班之后，春宵苦短，作为一个年轻人，他当然也想好好享乐一番。但当下的现实情况却是——他不得不开始亲笔撰写这份请愿书。想着想着，他的思绪再次走到了抱怨的方向上。为了终结这种思绪，K. 几乎是不由自主地伸出手指，摁在了召唤前厅勤杂工的电铃按钮上。摁下按钮的同时，他抬头看了一眼挂钟：现在是十一点——两个小时，他花了整整两个小时的宝贵时间去胡思乱想，想到最后什么问题都没有解决，反而还浪费了时间：这当然比乱想之前的情况更加糟糕。不过还好，时间并不算是完全浪费掉了，因为他做出了以后或许会很有价值的决断。除了各种信件之外，勤杂工还送来了两张带着"先生"称呼的名片——这两位先生已经在外面等了 K. 相当长一段时间。他们都是属于银行非常重要的客户，无论如何都不应该让他们等待。可是，他们为什么偏要选择这样一个不合时宜的时间点？——不过，既然问出了这样的问题，这扇紧闭门扉外久久等候的两位先生，岂不是也会反问一句："一贯兢兢业业的 K.，又为什么要把工作效率最高的时间耗费在私人琐事上呢？"之前发生过的种种事情，已经令 K. 感到厌倦透顶；之后将要发生的事情，同样令 K. 感到厌倦透顶。他站起身来，准备迎候第一位先生的光临。

　　这是一位身材矮小、性格开朗的先生，是个跟 K. 很熟络的工厂主。一见面，他就为自己打扰到了 K. 手头正在进行的重要工作表示了歉意。与之对应的，K. 也为让他这位工厂主等待了这么长的时间道了歉。然而，K. 道歉时所用的措辞其实颇为生硬，而且，听那语气，几乎完全就不是在道歉——要不是工厂主此时正把注意力全放在要谈的业务上，K. 恐怕就会露馅了。幸好，工厂主只是匆匆地从身上的各种口袋里掏出一大堆账单和账目表，在 K. 的面前摊开，向他逐一说明这些都是什么。这里的一大堆数字，即便只是匆匆一瞥，工厂主也总是能立即纠正其中藏着的小小计算错误——只要这错误被他瞥见了，便能够立即得以纠正。工厂主提醒 K.，说大约一年之前，他们两人之间也谈成过一笔类似的业务。顺带一提，最近有另一家银行打算揽下他手头这笔业务，为此，那家银行愿意做出重大让步。讲到最后，工厂主终于沉默了下来，开始等待 K. 的回应。至于 K. 这边呢，一开始时确实也是在认真听工厂主讲话的，"这是一笔很重要业务"的念头，牢牢抓住了他的注意力。然而好景不长，认真倾听的心情很快便消失殆尽。尽管如此，工厂主的兴致却始终很高，讲个滔滔不绝。于是，K. 只好随着他声音的起伏高低点头应和，又坚持了一段时间。最后，K. 甚至连点头应和这样的敷衍行为都放弃了——他唯一还在做的，就是死盯着工厂主伏在一堆账目纸上方的那颗光秃秃的脑袋，想搞清楚这家伙什么时候才能够最终意识到，他此刻的滔滔不绝根本就是在做无用功。就这样，当工厂主沉默下来时，K.一度认为此刻的停顿，是为了让他有机会插句嘴，直接向工厂主开口承认，说自己现在状态不太好，无法认真听他讲话。然而，他却从工厂主一直紧绷着的眼神中十分遗憾地留意到，这家伙显然已经准备好了——无论K.此刻说些什么，他都会找到继续讲下去的理由。换句话说，这场生意上的商谈必须继续进行下去。于是，K.只好低下头，仿佛接受了什么命令似的，手里握着铅笔，笔头缓慢地在摊开的纸面上来回挪动，时不时地停顿片刻，盯着落笔处的某个数字做思考状。工厂主疑心K.这样做是在挑刺。或许感觉那些数字不怎么信得过，或许认为它们并不是什么决定性的因素——无论如何，工厂主伸出手来，盖在那些写满数字的纸上，整张脸凑到离K.很近的位置，又开始讲起这项业务的宏观框架来。"难办啊。"K.一边说着，一边抿起嘴唇，全身无力地靠在了椅子上。毕竟在这整个业务里，只有桌上摊开的那堆文件，才是K.唯一可以掌控的东西。而现在，就连文件也被遮住了，他也没别的办法了。就是这样，当会议室的门突然打开，副行长模糊的身影如同被遮蔽在一帘纱幔之后，不太真切地显现时，K.甚至也只是微微抬头看了一下。副行长为什么会来？K.只是稍微思考了一下，便不再继续考虑这个问题，转而去追求立竿见影的效果——副行长一来，工厂主马上就从扶手椅上蹦了起来，急匆匆地朝着他冲过去——这真是太让K.高兴了。如果可能，K.真希望工厂主此刻的速度能够再快上十倍，因为他担心副行长可能会转眼消失，就跟他突然出现一样。还好，K.的担心是多余的，这两位先生碰了面，握了手，然后一起走到 K. 的办公桌前。工厂主对副行长抱怨，伸手指了指 K.，说自己从襄理这里看不到多少对业务的重视。于是，在副行长的注视下，K. 只好重新低下头来，埋首于工厂主带来的那堆文件。当那两位先生靠在办公桌上，工厂主开始争取副行长的协助时，正在他们下方忙碌的 K.，竟依稀觉得自己脑袋上方的两个男人的身形无比巨大，而且，口中谈的还是关于他的事情。他小心翼翼地将眼珠向上转动，动作缓慢，试图搞清楚上面究竟发生了什么事。与此同时，他从办公桌上随意摸取了一份文件，平摊在自己手里，慢慢朝着先生们举起来，自己也跟着站了起来。K. 这么做，并不是因为他想到了什么特定的点子，只是隐隐约约察觉到，如果他想完成那份无比重要的、能够让自己彻底摆脱罪责的请愿书，就不得不这么做。副行长将全部注意力都放在了谈话上，仅仅瞟了一眼 K. 举起的那份文件，上面的具体内容一点都没看，因为凡是襄理觉得重要的，对他而言都是不重要的。他从 K. 的手里接过文件，说："谢谢，我已经完全了解了。"说完后便把文件轻轻放回桌上。站在他旁边的 K. 面露难色，但副行长却完全没有察觉，又或者——其实他已经察觉到了，但 K. 此刻的为难，反而更坚定了他"不予理睬"的立场。工厂主讲话时，副行长时常大笑出声，其中有一次，甚至还用相当俏皮的方式驳斥了对方的说法，弄得工厂主十分尴尬。为了避免令客户尴尬，他又马上否认了自己刚说的话。最后，副行长邀请工厂主到自己的办公室去，并且表示，他们可以在那里把该谈的业务谈完。"这件事非常重要。"他对工厂主说，"我对此完全理解。至于襄理先生嘛——我们把这笔业务从他那里接手过来，显然是在行善事。因为这件事需要静下心来细细考虑，但他今天看起来已经超负荷了，甚至有人在前厅一连等了他好几个小时。"即便这句话里提到了 K.，副行长实际上也只是在跟工厂主说话。不过，此刻的 K. 还是很能克制的，他转过脸去，看也不看副行长，向工厂主投去了一个友好的，但却仿佛僵在脸上的微笑。除此之外，对于副行长的那番话，他完全没提出任何异议。他将两只手支撑在办公桌上，身体稍微前倾，就像坐在柜台后面的一个普通员工，注视着两位先生，看他们一边继续说着话，一边把那堆文件从办公桌上收走，最后离开了会议室。走到门口时，工厂主还特地转过身来，说自己现在只是暂时离开，不算道别，等到商谈成功之后，一定折返回来向他报告。而且，除了业务之外，还有一个小讯息要传达给他。

K. 终于又是独自一人了。不过，他完全没有再放任何人进来的打算，只是模模糊糊地意识到，外面那些人大概以为自己还在这里跟工厂主谈判吧——这个误解多么令人愉快啊，因为觉得里面有人，所以任何人都不会再进来，甚至连勤杂工都不会进来麻烦他了。K. 走到窗边，在窗台护栏旁坐下，伸出一只手抓住栏杆，望向窗外的广场。雪仍在下，天还没有放晴。

他就这样独自坐了很久，始终想不明白，究竟是什么让自己如此忧心。时不时地，他会扭头朝身后看一眼通往前厅的那扇门，脸上写着不安，总觉得自己似乎听到了什么声音。见到并没有什么人过来，他便恢复了平静，走到洗脸台旁，用冷水洗一把脸。头脑变得清晰之后，便又回到自己靠窗的位置上，继续久坐下去。K.现在觉得，将案子辩护权从律师那里接手过来的这个决定，比自己原先认为的要麻烦得多。实际上，只要辩护权还在律师手中，K.本人就不必多去在意与官司相关的各种事情，得以采取远远观望的态度，几乎不受它打扰。每当K.想要知道自己的案子进行得怎么样时，他可以直接去了解，一旦不想再多涉足了，又可以马上转头离开。可是现在，当他打算亲自出马为自己辩护时，情况就完全相反了：至少截至目前，他将不得不彻底屈从于法庭。一旦亲自辩护取得成功，将会为他带来完全和彻底的无罪判决；然而，为了达成这一目的，他此刻却不得不冒比以往更大的危险。在此之前，K.或许还对这一设想抱持着怀疑的态度。可是，今天他在面对副行长和工厂主时的状态，却足以说明自己之前的怀疑纯粹是南辕北辙。整个人茫然不知所措地坐在会议室里，仅仅因为做了打算亲自辩护的决定？他怎么好意思？现在都这样了，以后又该怎么办？未来等待着他的，将会是怎样难挨的日子啊！他当真能够想方设法将一切引向好的结局吗？谨慎细致的辩护——不是这种辩护的话，自辩根本就没有任何意义——谨慎细致的辩护[1]岂不是同时意味着要断绝掉生活中其他的一切事务，专为这审判做准备？要是真这样，他能有

---

1 原文如此，特意重复了两次。

幸熬过去吗？在银行上班时，又该如何让这项事业顺利运作呢？"这项事业"所指的可不仅仅是请愿书，如果只是请愿书，花上一段假期时光可能就够了——照目前的情势，申请假期无异于一次大冒险——"这项事业"指的可是审判的整个过程，其持续时间不可估量。换句话说，K.的职业生涯突然遭遇了一个大障碍！

　　此时此刻，难道应该继续为银行工作吗？——想到这里，K.低下头，看了一眼办公桌——此刻，他难道应该放外面的人进来商谈银行业务？官司还在打着，阁楼法院的官员们正在埋头苦干，处理与这桩官司相关的各项文书工作。在这紧要关头，他还应该去关心银行的各种业务吗？目前的状况，看起来岂不像是某种得到司法认可的酷刑？将个人生活跟官司绑定，周遭一切都跟诉讼的进展息息相关？可是，当银行评估他的工作业绩时，是否会考虑到他所面临的特殊情况呢？当然不可能有人会这样做，永远不会。目前所面临的审判并不是完全保密的，在此前提下，谁知道这件事，知道多少，也不甚明了。唯独希望相关的传闻还没有传到副行长和行长那里，否则副行长肯定会利用它来对付K.，既不顾及同事之情，也不在乎人性之理——这一幕将会在人们眼前确凿无误地上演。如果行长知道了，又会怎么做呢？显然，他很提携K.，一旦听到关于官司的事情，估计会在自己力所能及的范围之内，尽量想办法减轻K.的负担。然而，行长的帮助肯定没办法奏效，因为K.现在面临的已是日暮途穷之势，之前促成的势力平衡开始逐渐被削弱瓦解，副行长的影响力越来越大。除了对付K.之外，副行长还会利用行长的痛苦状况来加强自己的势力。既然事情都这样了，K.本人又还剩下什么指望呢？像这样胡思乱想，没准反而削弱了自己的志气；不过话说回来，不自欺欺人，尽可能清楚地调查目前的状态也是有必要的。

没什么特别的理由，只是为了暂时避免回到办公桌，K.打开了窗户。这扇窗户很难开，他必须双手并用才能转得动手柄。打开之后，混杂了浓烟的厚重雾气依着整扇窗户的宽度和高度方方整整地灌入房间里，空气里充满了轻微的焦煳味，除此之外，还有一些雪花随着雾气被吹进来。"真是个可怕的秋天。"K.的身后传来了工厂主的声音，他已经从副行长那里回来，悄无声息地进到了房间里，谁也没有留意到他。K.点了点头，颇有些焦躁地盯着工厂主手里拿着的公文包：估计工厂主会将那些文件从里面取出来，以便将与副行长商谈的结果告诉K.。哪里知道，工厂主回应了K.投来的目光，伸出手来拍了拍公文包，并没有将它打开，反而开口说道："你想听听具体发生了什么事，对吧。告诉你，业务差不多快签了，合同几乎要放到这公文包里了。你们银行这位副行长，是个挺有魄力的人，不过，跟他打交道绝不是有惊无险。"说罢，他大笑起来，握住K.的手，想要用自己的笑声感染K.，让他也跟着笑。可是，K.此刻却有点怀疑工厂主是在说谎，不愿意向他展示公文包内放着的文件。而且，他觉得工厂主说的这番话也实在没什么值得笑的。"襄理先生，"工厂主说，"你肯定是受到了天气的影响，今天看起来才会这么垂头丧气。""没错。"K.回应道，同时伸出手来，用拇指和食指摁住自己的两边太阳穴，"头疼得很，都是在为家里人操心。""再正常不过了。"工厂主说。他是个性子很急的人，从来都不愿意安安静静地听别人把话讲完。"家家有本难念的经[1]。"K. 不知不觉地朝着会议室门口迈了一步，看那样子，似乎是打算要送工厂主出门去，但工厂主却说："襄理先生，我这儿还有个小讯息要告诉你。说实话，今天这种状况，我很担心说这些反而会加重你的心理负担。但是，前两次过来时，我都忘记说了。所以，如果这次我还不说，还要继续推迟下去的话，这则小讯息很可能就会完全失去它的存在价值。如果真是这样，那就太可惜了。毕竟，我这则小讯息很可能会对你有些用处，不会白讲。"K. 连好好回句话的时间都没有，因为工厂主此刻已经走到了他的面前，用手指关节轻轻叩了叩他的胸口，小声说道："你正面临着一场审判，不是吗？"听到这话，K. 不由得退后一步，想也不想地惊呼道："这肯定是副行长对你说的。""哎，并不是。"工厂主说，"副行长哪儿有渠道知道这样的讯息？""是你告诉他的？"K. 再开口时，已经要冷静不少了。"我时常能从法院那儿听来这样那样的消息。"工厂主说，"此刻我想给你的那则小讯息，也是通过这种途径来的。""和法院有关系的人可真多啊！"K. 低下头说道，并且把工厂主重新引回到了办公桌前。他们又一次坐了下来，工厂主说："遗憾的是，我能够告诉你的东

---

1 原文直译为"每个人都有属于他的十字架需要背负"。

西并不多。尽管如此，在目前这种情况下，哪怕最微小的细节也不能被忽视。此外，就我本人而言，也希望能够以某种方式帮到你——即便我的帮助微不足道。我们一直都是很好的业务合作伙伴，不是吗？总而言之，我会帮你，就是这么回事。"K.想为自己在今天谈话时的无礼行为道歉，但工厂主却不允许K.对他的行动造成任何干扰。为了表示自己现在时间很紧，工厂主把公文包夹在腋下，仿佛随时都要离开："我是从一个名叫提托雷利的人那儿知道你正在参与审判的。他是个画家，提托雷利只是他的化名，连我也不知道他的真名。他时常会到我的办公室来，带一些小幅面的画作送给我。而我则总是会给他一些钱，作为对他的艺术资助——他简直跟一个乞丐没什么两样。如此的情况已经持续好些年了。顺便说一下，那些画作完成得很漂亮，画的是荒原风景之类的景物画。这种类型的交易进行得极为顺畅——我们彼此都已经很习惯了。不过，在某一段时期，画家的造访实在太过频繁，我为此而责备他，我们专门找了个时间进行沟通。我对他如何只通过画画来维持生活这件事很感兴趣，然后，我很惊讶地发现，他的主要收入来源竟然是肖像画。他对我说，他是为法院工作的。所以我就问他，具体是哪个法院。于是，他就告诉了我关于那个法院的事情。你肯定能够想象得到，我在听过相关的讲述之后，有多么惊讶。自从那次谈话过后，他每次过来拜访时，我都能听到一些关于法院的新鲜事，由此，也得以逐渐深入了解审判究竟是怎么回事。可是，提托雷利很健谈，一开口就说个没完，我不得不经常阻止他，不让他说太多，不仅因为他说出来的内容肯定是半真半假。最重要的原因在于，像我这个级别的生意人，光是操心自己手中的生意就几乎要麻烦死了，所以并不会太在意跟自己不怎么相关的事情。不过，这也只是就事论事而已。或许——我现在觉得——或许提托雷利多少能够帮到你，他认识很多法官。即便他本人在这些事情上没有太大的影响力，还是可以给你一些中肯建议——关于如何跟各不相同的权势人物相处的建议。尽管这些建议本身，对于审判而言并不具有决定性意义，但是在我看来，它们对于你目前的处境可谓关系重大。你几乎就是一名律师。'襄理K.先生几乎就是一名律师'，我总是习惯于把这句话挂在嘴边。噢，实话实说，你的审判结果我一点都不担心。愿意去见见提托雷利吗？既然是经由我来引荐，他必定会尽其所能地帮助你。我真的觉得你应该去见见他。当然，不一定非得今天去，只要抽出时间来，去一次就行了。不过，尽管这样讲了，我却还要再多提醒你一句：千万不要因为我给了你这个建议，你就觉得非去见提托雷利一趟不可——这两件事是完全不相干的，完全不是，如果你认为没有必要去见提托雷利，把他晾在一边显然是更好的选择。或许现在的你已经有了一套非常完备的方案，拜访提托雷利反而会干扰到你的方案执行……确实，要是这样的话，那你当然无论如何都不应该去。从提托雷利那样的家伙那里取得建议，肯定也要付出些代价才行。总之，一切就交给你来决定。这是我写的推荐信，这是地址。"

K.意气消沉地接过推荐信，把它塞进自己的衣服口袋里。即使一切都按照最好的设想来运作，这封推荐信将要带给他的好处，也抵消不了如下既成事实所招致的损失：工厂主知道他正在吃官司，画家正在四处传播审判相关的讯息。此刻，工厂主已经在朝着会议室的大门走了，但K.却没办法向他开口道谢——哪怕是强迫自己说出几句违心的谢语。"我会去的。"和工厂主在门口道别时，K.对他说道，"不过，因为我现在特别忙，一时半会脱不开身，我估计会给他写封信。他或许愿意到办公室来见我也说不定。""我早就知道你会找到最好的解决方法。"工厂主说，"不过照我看来，你应该还是想要尽量避免邀请像提托雷利这样的人到银行来，在这里跟你谈与审判相关的事情。而且，给这种人写信也不一定能有什么好处……当然，你肯定是有着全盘考虑，知道什么该做什么不该做的了。"K.点点头，一路送工厂主出去。穿过前厅之后，他也没有马上折返。尽管外表看起来十分冷静，K.的内心实际上已经对自己的言行感到震惊。方才，他之所以会说自己打算写信给提托雷利，那是因为他想要通过这样一种姿态来告诉工厂主，自己还是很重视他给的这封推荐信的，会立即考虑跟提托雷利会面的可能性。问题在于，一旦他判断提托雷利的支援确实很有价值，他估计真的会亲笔写信给他，不会有片刻犹豫。危险之处在于，亲笔给画家写信一事可能会造成的不良后果，他自己居然完全没有想到，仅仅在工厂主开口提示之后才意识到。他当真可以毫无顾虑地依靠自己的理性来对抗这场审判吗？如果他真打算撰写一份内容明确无疑的信笺，邀请一个问题人物到银行来，在与副行长只有一门之隔的办公室里，为自己将要面临的审判寻求建议——如果这件事对于他而言是

"有可能的"，那么，忽略掉其他一些危险，或者已然陷入危险当中而不自知，岂不是也"很有可能"吗？ K.的身边并不总是会有人挺身而出来警告他，也正因此，K.总是习惯性地保持着警觉心。哪里知道，当他正打算集中全部精力来应对审判时，这种之前从未出现过的、对自己警觉心的奇怪怀疑反而出现了！他在完成自己办公室工作时曾经感受到的种种困难，现在是否也要开始在应对审判的过程中出现呢？不管怎样，对于亲自写信给提托雷利，并邀请他来银行面谈这件事，K.已经不再认为这是"有可能的"了。

当勤杂工走到K.身边，提醒他注意坐在前厅耐心等待着的三位先生时，K.还在不停摇着头，想着自己的事情。他们已经在外面等了很长时间了，只为了跟K.见上一面。此刻，眼见勤杂工正在跟K.说话，他们不约而同地站了起来：每个人都希望利用这个难得的机会，一马当先，提前引来K.的注意。既然银行方面的人如此不讲情面，毫不顾忌地让他们在这个等候室里浪费时间，他们自然也不打算再去瞻前顾后了。"襄理先生。"其中一个人开口喊了起来。但是，K.此时已经让勤杂工去取自己的厚外套了。勤杂工帮K.穿上外套的时候，K.对这三个人说："先生们，请原谅，眼下我没有时间接待你们。我诚心向你们道歉，因为现在刚好有很紧急的事情要处理，必须立即动身。你们自己也看得到，我现在已经耽搁了多久。请体谅，为我行个方便，等到明天——或者其他任何你们方便的时间再过来可好？要不然的话，我们干脆直接在电话中商谈？你也可以现在就长话短说，我稍后会给你们一个详尽的书面答复。不过，最好的办法还是另约时间，下次再来。"K.所提出的这一连串建议，让那些已经确定白等的先生惊讶到说不出话来，只得面面相觑。"既然这样，那我们就算是说好了，对吧？"K.兀自询问着，转身面向勤杂工，对方已经给他备好了帽子。K.的办公室房门大敞，可以看到外面的雪越下越大。见此情景，K.竖起自己的大衣衣领，将外套的扣子一直扣到了脖子位置。

刚好这时候，副行长从隔壁的房间走出来，他微笑着看了一眼已经穿上厚外套、正在跟来客们协商的K.，开口问道："你现在就要走吗，襄理先生。""是的，"K.回答道，身体挺得笔直，"我有一项业务上的往来需要外出处理。"但是，副行长已经不再看着K.，转而面向那几位先生。"这些先生怎么办呢？"他问K.，"我想，他们已经等了很长时间了。""我们已经达成了一致意见。"K.说。尽管他这样说，但那三位先生已经忍不住了。他们把K.团团围住，向他解释说，如果他们的事情不重要、不紧迫的话，是不会在这里白白等待好几个小时的。除了马上当面一对一详谈之外，再没有其他解决办法。副行长站在那儿听他们讲了一会儿，观察着K.的动向：K.手里拿着帽子，若无其事地打理着上面沾上的灰尘。于是，副行长便对那些人说道："我的先生们，这件事有个非常简单的解决办法。如果你们愿意直接同我交涉，我倒很乐意接替襄理先生来处理你们的业务。当然，现在立即开始洽谈，这是必须的。和你们一样，我们也是商务人士，所以很清楚应该如何正确评估商务人士的宝贵时间——我们知道时间有多么宝贵。来吧，请往这边走，进到我的办公室来吧。"说罢，他打开了通往自己办公室前厅的门。

副行长真是有办法，略施巧计，便顺理成章地接管了 K. 目前必须得放弃掉的一切！可是，当绝对有必要放弃眼前利益时，K. 是否还需要患得患失呢？不得不承认，当他怀抱着将信将疑的心情，奔赴一位不知名画家处，为自己的审判寻求建言的同时，他在这里的声誉遭受了无法挽回的损失。现在就脱掉厚外套，去把那两个目前还不得不在隔壁房间前厅里苦等的先生争取回来——至少也要做到这点，这样大概会比直接离去要好得多。K. 本来完全有可能会这样做的——如果他没有看到副行长正在自己办公室的书架上四处翻找东西，就好像这里放着的全是他的东西一样，K. 或许已经开始行动了。当 K. 情绪颇为激动地走到自己办公室门前时，副行长看到了他，喊道："啊哈，原来你还没有走。"他朝着 K. 转过脸来，脸上遍布着深深的皱纹。这些皱纹所证明的仿佛不是年龄，而是权力。说完这句话后，他马上又开始了新一轮的翻找。"我正在找一份合同副本。"他说，"按照那位企业方面代理人的说法，那份副本应该在你这儿。"K. 朝前走了一步，可是副行长却说："谢谢，我已经找到了。"说罢，他带着一大堆文件，回自己办公室去了。那些文件里不仅仅有那份合同副本，显然还有许多其他文件。

"现在我暂且不同他多计较，"K. 自言自语道，"不过，一旦我个人所面临的难题得以解决，他将会是第一个感受到我的厉害的家伙，我会想办法让他吃尽苦头。"这样想过之后，K. 的情绪稍微平复了一些。有个勤杂工正为 K. 把住通往过道的门，保持办公室房门敞开已经很长一段时间了，K.让他在合适的时候给行长捎个信，就说他出门洽谈业务去了。离开银行的时候，一想到接下来有一整段时间，可以充分用来打理和审判相关的事情，K.的心情几乎可以说是很愉悦的。

他立即坐车去拜访画家，画家住在郊区，这处郊区和之前法院办事处所在的那处郊区方向完全相反——这里是一个更为贫穷的地区，楼房更加灰暗，街道上满是污泥，泥巴和融化了的积雪混在一起，流溅得到处都是。画家住的那座房子，对开的大门只有一半是开着的，另一半大门下方的墙砖上开了一道豁口。K.走近大门时，刚好有一股令人作呕、冒着热气的黄色液体从豁口处涌出。有只老鼠被这股液体吓到了，直接蹿进了旁边的下水道里。台阶底下有个小男孩正趴在地上哇哇大哭，但由于大门另一侧的铁器作坊正发出震耳欲聋的噪音，孩子的哭声被压了下去，几乎不可能被人听到。铁器作坊的大门敞开着，三个学徒围成半圆形，站在某个工件旁边，轮番用锤子夯打。作坊的墙上挂着一大片打好的马口铁铁皮，铁皮反射出一道淡淡的辉光，刚好从两个学徒之间的缝隙处照过去，照亮了他们的面庞，还有身上穿的打铁围裙。K.对周遭发生的这一切事情只是匆匆一瞥，因为他打算尽快办完在这里的正事，只跟画家说上寥寥数语，搞清楚状况之后就直接返回银行。哪怕在这里只取得了最低限度的成果，对于他今天在银行的工作，仍能产生正面影响。一路走到四楼之后，K.因为气喘吁吁，不得不放慢速度。这栋公寓的台阶和楼层都太高了，按照工厂主给出的地址，画家偏偏又住在顶层的一间阁楼里。公寓里甚至连空气都很压抑，没有专门的楼梯间，狭窄的楼梯两侧直接被墙体包围起来，相隔很长一段才能看见一扇开在很高位置的小气窗。正当 K. 停下来稍稍休息的时候，有几个小女孩从其中一家住户里跑出来，笑着闹着跑上了楼梯。于是，K. 便慢慢地跟在她们身后，继续往上走。走着走着，他赶上了其中一个女孩——这女孩在路上绊了一跤，远远落在其他人后面了。他们肩并着肩在楼梯上走着，K. 开口问小女孩："这里是不是住着一个名叫提托雷利的画家？"女孩看上去还没满十三岁，些微有些驼背。听到 K. 的问话，她故意用手肘捅了他一下，侧过脸来，抬头打量了他一番。即使年龄还这么小，身体又有缺陷，她的心眼看来也好不到哪儿去。此刻，她的脸上一点笑意都没有，正用狡诈精明、看上去别有所求的眼神盯着 K. 看。K. 假装自己并没有留意到她反常的行为，又问了一遍："你认识画家提托雷利？"她点了点头，然后反问道："你找他有什么事？"K. 觉得这应该是一个能够赶紧再多了解一点提托雷利其人的好机会："我想让他为我画像。"他说。"为你画像？"她反问了一句，嘴巴大张，显得很惊讶。然后，她伸出手来轻轻拍了 K. 一下，好像是在暗示，他所说的东西不是非常令人讶异，就是蠢笨可笑的。做完这一切，她便用双手提起自己短裙的裙摆，用最快的速度跑了起来，撵上了其他几个女孩子。此刻，她们离 K. 似乎有着很远的一段距离，连呼喊声都听不太真切，声音仿佛消失在高处了。哪里知道，在下一个楼梯拐弯处，K. 竟然再次遇到了那群女孩。驼背女孩显然已经将 K. 此行的目的告诉了她们——她们就是专门在这里等着他的。只见女孩们贴着墙站成了两排，抚平裙子，方便 K. 舒舒服服地从她们中间穿行而过。女孩们脸上显露出来的表情，以及这种让 K. 通行的方式，皆是幼稚与堕落两相混合的体现。站在两排女孩最前面的是那个驼背女孩，K. 走过去后，就由她为他带路。至于其余女孩，也跟在 K. 的身后往上走，一边走一边发出笑声。K. 确实应该感谢驼背女孩，在她的帮助下，K. 一下子就找到了正确的路：他本来打算继续沿着楼梯往上走的，但那驼背女孩却告诉他，如果要去见提托雷利的话，必须选一条岔道，换另一道楼梯上去才行。通往提托雷利住处的楼梯特别窄，相当长，笔直一条，没有拐弯的地方，因此一眼便能望到楼梯尽头，看到提托雷利家的房门正上方。这道门是由未经粉刷的房屋横梁拼凑而成的，与楼梯其余部分的昏暗相反，它被一扇斜置在上方的小天窗照得颇为明亮。提托雷利的名字用红色油漆写在门上，是用画笔涂写的，一笔一画都写得很宽。K. 和他那帮小女孩随从还没走到这段长楼梯的一半呢，那道门就已经打开了一条缝——很显然，里面的人被一大群人上楼的脚步声吵扰到了。只见一个好像只穿了一件睡衣的男人出现在门口。"噢！"这男人看到一大群人走上来，大喊一声之后，便从门后消失了。驼背女孩见状，高兴地拍了拍手，其他女孩们纷纷从后面伸手推 K.，催促他快点上去。

一行人还没来得及走完这段长楼梯，画家已经把房门完全打开了，并且还深深鞠躬，邀请 K. 进去。与此相反，他回绝了女孩们希望进入的请求，不管她们如何恳求，如何在得不到他的正式许可之后，千方百计地想要混进去，他就是不同意。在这所有人当中，只有驼背女孩一个人进了门：她从画家的胳膊下面溜了进去。哪里知道，画家并没有放过这条漏网之鱼，他立即撵了上去，一把抓住她的裙子，一拉一扯，将她整个人旋转了一百八十度，和其他女孩一起推到了房门外边。画家去撵驼背女孩的当儿里，虽然门口并没有人把守，其他女孩却也不敢跨过门槛半步。K.不知道应该如何评判这整件事情，因为一切看起来似乎都是在十分友好的氛围中发生的：站在门口的女孩们一个个伸长了脖子，朝画家喊着各不相同的、似乎是在开玩笑的词句，K.不太听得懂这些语句的具体意思，画家倒是听得哈哈大笑，几乎把手里拽着的驼背女孩给甩出去。女孩们都到外面去了之后，画家关上房门，再一次朝K.鞠了一躬，握着他的手，自我介绍道："提托雷利，绘画家。"门外的女孩们仍旧在窃窃私语，K.指了指房门，说道："看起来，你在这整座公寓里都挺受欢迎的。""哎呀呀，那帮小恶魔！"画家一边感叹，一边试图把身上穿着的睡衣扣子从下往上逐一扣好，但却没有成功。他现在光着脚，全身上下除了睡衣之外，只穿着一条用皮带束住的黄色亚麻阔腿裤，皮带末端随着主人的动作来回摆动。"那帮小恶魔，她们对我而言，真算是沉重的负担……"画家放弃了继续扣扣子的努力，因为他睡衣最上面的一只扣子刚刚被他一不小心给扯了下来。他搬了一把扶手椅过来，出于礼貌，K.不得不坐下来。"我曾经给这群家伙当中的一个画过像——她今天甚至都没跟她们在一起——自从我画过那幅肖像画之后，她们就全部盯上我了。当我本人还在这屋子里守着的时候，她们只在得到我允许之后才进来；可是，一旦我离开家，她们中间至少也会有一个人偷偷溜进来。她们想办法配了一把我家的房门钥匙，谁想用就借给谁。你恐怕很难想象，这件事有多么令人烦恼。比如说吧，当我带着一位女士回来，本来是应该给她画像的。到达家门口之后，用自己随身带的钥匙打开门，却发现那个驼背女孩坐在我的小画桌前，拿画笔蘸了红色颜料，正在给自己的嘴唇上色。本应该由她来负责照管的弟弟妹妹们，就在房间里跑来跑去，到处都弄得乱七八糟。要不再举个例子好了，当我很晚才回家时——实际上，这正是昨天发生在我身上的事情。因此，请原谅我此刻的衣冠不整，还有眼下这乱七八糟欠收拾的房间——就是这样，当我很晚才回家，走到床边，打算上床睡觉时，突然感觉有个什么东西正在掐我的腿。于是，我看了看床底下，结果又拖出了一个鬼家伙。他们为什么如此迫切地想要亲近我？我完全搞不明白，因为我根本就没有哪怕一点想要吸引她们的打算，你刚刚应该也已经注意到了。理所当然，这件事也干扰到了我的日常工作。要不是这间画室不收租金，我早就搬出去了。"话声刚落，门外就有一个声音喊道："提托雷利，我们现在可以进来了吗？"那声音听起来既温柔又急切。"不行。"画家回应道。"放我一个人进来，也不可以吗？"那个声音再次发问。"一个人也不行。"画家一边说着，一边走到门前，把门给锁上了。

画家锁门的时候，K.抽空环视了一下整个房间：他甚至都不认为这个可怜兮兮的小房间够资格被称为一间画室。房间很窄小，无论是走长边还是对角线，都很难跨出两个大步。这里的一切，包括地板、墙壁和天花板都是由木头制成的，木板与木板之间的窄缝清晰可见。K. 正对着的那堵墙旁边放着床，床上堆放着五颜六色的被褥。房间正中的画架上摆着一幅画，这幅画被人用一件衬衫遮盖了起来。衬衫的一条袖子垂下来，一直垂到地板上。K. 的身后有一扇窗户，透过这扇窗户往外看，在浓浓迷雾之间，除了附近房屋被白雪覆盖的屋顶之外，已经无法再看到更远的地方了。

钥匙在锁孔里转动的声音使 K. 想起来，自己本来是想很快就走的。于是，他把工厂主写的推荐信从口袋里取出来，交给画家道："我是从这位先生那里听说你的，他是你的熟人。我听了他的建议，专程过来找你。"画家简单看了看这封信，并把它随手扔到了床上。如果工厂主之前没有反复向 K. 担保，确凿无疑地表示过提托雷利是自己的熟人，如果他没有提起提托雷利是个穷人、靠着艺术资助为生，那么此刻无论是谁都会觉得，提托雷利根本就不认识工厂主，或者至少也不记得工厂主是谁了。画家甚至还开口这样问了句："你是想买现成的画，还是要请我为你画像？"K. 颇为吃惊地打量着画家，心想，那封推荐信里写的究竟是什么？ K. 曾经想当然地觉得，工厂主在那封信里告诉画家，K. 之所以到访，不是为了别的，仅仅是想做个审判咨询。结果，K. 竟然没有再去斟酌考虑一番，居然就这么匆匆忙忙地赶到这儿来了！可是，他却不能直说，所以现在他必须以某种方式来回应画家的问题。于是，他便瞧着画架说道："看起来，你目前正在创作一幅画？""是的，"画家一边说着，一边扯下遮在画架上的衬衫，和那封信一样，扔到了床上。"是一幅肖像画。完成得很不错，但还没有全部画完。"画上画的显然是某位法官的肖像，这个巧合对K.很有利——使他有机会顺理成章地将话题引入与法院相关的事情。这幅画和律师办公室的那幅法官画像非常相似。当然，这张画上画的完全是另外一名法官：是个脸上长满黑色浓密胡须的肥胖男人，胡须一直延伸到脸颊侧面，长得到处都是。而且，之前那幅画是油画，这幅却用粉彩画颜料模模糊糊勾勒出来的。尽管如此，除了这些之外的其他所有地方都很相似，这张画上的法官也坐在王座椅上，紧握住扶手，气势汹汹，仿佛随时都要从椅子上蹦起来。"画上画的是一位法官。"这句话K.差点脱口而出，但话到嘴边却忍住了。他靠近那幅画，做出想要仔细琢磨的架势。王座椅靠背正后方有个巨大的身影兀自站立，K.无法判断那是什么，便就此向画家提问。画家说，这部分还需要稍微再细化一下，说罢，他从小桌子上取过一支粉彩棒，沿着那个身影的轮廓边缘涂抹了几笔，但依旧没有向K.更清楚地说明那是谁。"这是正义女神[1]。"画家最后终于开口了。"你这么一说，我就认出来了。"K.说，"这里画的是眼睛周围的绷带，这个是天平……但是，她脚后跟上不是还长着翅膀吗？看她那样子，岂不是正在奔跑吗？""没错。"画家说，"根据委托人的要求，我不得不照

---

1 Gerechtigkeit，古希腊神话人物。形象为蒙眼女性，一手持剑，一手执天平。

着那样子来画，实际上，这是正义女神和胜利女神[1]合二为一的产物。""谈不上是很好的结合。"K.微笑着说，"正义女神的姿态必须稳定，否则天平就会摇晃，根本不可能给出公平的判决。""我不过是在满足委托人的要求罢了。"画家说。"确实如此，显而易见。"K.附和道，他并不打算冒犯画家。"看你表现这个人物的手法，仿佛当真站在了那张王座椅的上方。""并非如此。"画家说，"我既没有亲眼看过画里的这个人物，也没有看过王座椅，这些都是虚构出来的。由他们指定内容，我只是负责描绘。""具体是怎么回事呢？"K.问道，并且故意装出没有完全领会画家所说这番话的模样来，"画里这个男人恐怕是个法官吧，正坐在法庭的椅子上。""是的。"画家说，"但他并不是高阶法官，从来不曾坐过这样的宝座。""即便这样，也还是给他画成了这种威严的样子？瞧瞧，他坐在那儿，就跟法院的院长似的。""没错，这些先生都很虚荣。"画家说，"不过话说回来，他们也得到了上面的许可，同意我把他们画成这样——每个人该画成什么样，上面都有明确的规定。可是不幸之处在于，作为画家，并没有办法根据这些规定来判断服饰和座椅的种种细节。尤其在这幅画当中，可以看出来，粉彩棒的颜色并不适合这样的描绘。""是的。"K.说，"用粉彩来画这个，显得很奇怪。""法官本人

---

1 Siegesgöttin，古希腊神话人物。形象为长着一对翅膀的女性，拥有惊人的速度，常被描绘为奔跑的姿态。

希望如此。"画家说,"画是专门为一位女士订下的。"对这幅画的注视,似乎激发了画家的工作热情,于是,他便挽起袖子,取过几支粉彩棒攥在手里,开始画了起来。K.在一旁看着,看那粉彩棒不停颤动的尖端,在法官脑袋后面打上了一道红色的阴影,这道阴影宛如射线一般,朝着画面的边缘逐渐发散、消逝。粉彩棒不断重复着这个阴影游戏,似乎是在围绕着法官的头部装饰一套珠宝,抑或一块挂得高高的奖章。但是,正义女神的轮廓周围却并没有变得更清晰些,只是加上了一圈难以察觉的淡影——在淡影的衬托下,画中这位女神的形象显得格外突出,看起来既不像是正义女神,也不像胜利女神了。现在的她,看起来完全就是狩猎女神[1]。画家的创作深深吸引了K.——尽管他实际上并不想被吸引。最后,他终于开始自责:自己在这里待了这么长时间,竟然完全没有办正事。"这位法官叫什么名字?"K.突然开口问道。"我不能说。"画家答道。此刻,他的身体极度前倾,紧贴着那幅画,完全陷入创作中去了,显然已经忽略了身旁这位客人。要知道,K.刚到这里时,画家待他可是十分热情体贴的。K.认为画家会这样,是因为他的性格很情绪化,与此同时,他也为画家的情绪化感到恼怒,因为这样会浪费掉他的宝贵时间。"对于法院而言,你是个信得过的人,不是吗?"K.这样提问道。画家一听到这个问题,立即将粉彩棒放到

---

1 即阿尔忒弥斯,其画中形象通常带有一圈月亮光晕。

一边，直起身来，拍掉手上沾的粉灰，面朝 K. 笑了起来。"与其这样，倒不如干脆打开天窗说亮话好了。"他说，"你很想了解法院——就跟推荐信上写的一样。但是，你并没有开门见山地询问关于法院的事情，反而通过谈论画作的方式，试图先赢得我的好感。无意冒犯，可是不得不说，这样的手段对我而言并不合适。"K. 试图反驳些什么，话还没出口，就被画家毫不留情地怼了回去："拜托，请别再说多余的话了！"见 K. 不作声了，画家又继续说了下去："不过，话说回来，你刚才的说法也是对的：对于法院而言，我是个信得过的人。"他停顿了片刻，好像是为了给点时间让 K. 接受这个事实。于是，现在又能够听到门外女孩们发出的声音了：她们此刻大概正挤在钥匙孔后面，希望能够透过那小小的孔洞窥视房间里发生的事情。K. 打消了向画家道歉的念头，因为他不打算继续由着画家扯开话题，而且，他也不打算让画家太过自鸣得意，觉得这位客人没什么了不起，最终对他爱理不理。因此，他这样问道："你所担任的，是受到官方正式任命的职位吗？""并不是……"画家的回答很简短，这个问题似乎给了他后继想说的话语沉重一击，令他变得语塞起来。尽管如此，K. 却并不想任由他继续语塞下去，于是，K. 接着说道："说实话，隶属于灰色地带的职位，往往比官方正式任命的职位更具影响力。""我的情况正是如此。"画家眉毛拧成了一团，说道，"昨天我跟工厂主聊过你的情况，他对我说：你难道不能帮帮他吗？我的回答是：这位先生可以到我这里来试试。现在我感到相当高兴，因为你竟然这么快就到这里来了。照这情况看来，你大概觉得自己的案子情况比较微妙，当然，对此我并不感到有多惊讶。对了，你想先脱下外套再聊吗？"尽管 K. 只打算在这里待很短的时间，画家的这个建议却依旧得到了他的欢迎，因为房间里的空气已经渐渐在向 K. 施压了——房间角落里摆着一只显然没有点火的小铁炉，K. 已经看了那小铁炉好几眼了。可是，尽管没有点火，房间里却始终闷热难耐，令人感到莫名其妙。当他脱下厚外套，并且解开里面一层衣服的扣子时，画家颇感抱歉地说道："我必须保持画室的温度。这里现在挺舒服的，不是吗？至于在保暖问题上，我的画室表现得非常到位。"K. 并没有对此回应什么，这里真正令他感觉不舒服的并不是温度，而是沉闷感：这里的空气沉闷到几乎无法正常用肺呼吸，房间估计很久都没通风了。而且，由于画家要求他坐在床上，画家本人则坐在画架前——坐在房间里唯一的一把椅子上，这种不周到之处同样加深了 K. 的不适感。此外，画家似乎误解了 K. 为什么只愿意坐在床的边缘的用意——K. 选择那样坐，只不过是为了让自己稍微舒服一点，并且方便离开——画家先是用言语恳求 K. 往里面坐一点。后来，因为 K. 对这个请求表现得犹犹豫豫的，画家干脆直接走上前去，把 K. 推到了床上那堆被褥和枕头里。然后，画家又坐回到自己的椅子上，终于问出了第一个实质性的问题："那么，你是无罪的吗？"他这样问道——这个问题瞬间使 K. 忘掉了其他任何事情。"是的。"K. 回答道。回答这个问题使他感到十分愉悦，主要是因为面对的是一个与法院之间没有正式雇佣关系的编外人士，不必为这个回答承担任何责任。而且，之前也从来没有人如此开诚布公地向他这样提问过。为了充分体会这种愉悦，K.特意补充道："我是完全无罪的。""原来如此。"画家说，同时低下了头，看起来似乎在思考些什么。然后，他突然抬起头说："如果你真是无罪的，那么审判就很简单了。"听到这句话，K.的眼神瞬间黯淡了下去：这个所谓的"法院信得过的人"说起话来简直像个无知的孩子。"我的无罪并不能让审判变得简单。"K.说。提到这点时，他忍不住笑了笑，慢慢摇了摇头，继续说道："审判的结果，取决于法院那套规则当中的许多微妙之处。要知道，最后他们总是能从不知道什么地方，折腾出一堆你原本完全不知道的事由，然后给你定下重罪。""是的，是的，确实是这样。"画家敷衍道，看他那说话的语气，显然认为K.毫无必要地打乱了他说话的思路。"话虽如此，你确定自己是无罪的，对吗？""当然确定。"K.答道。"那才是最主要的。"画家说。尽管K.提出了反面意见，画家却表现得丝毫不为所动，但这种不为所动究竟是出自真心，还是出于事不关己导致的漠不关心，目前还不得而知。K.打算首先弄清楚画家不为所动的动机，于是他这样说道："对于法院，你了解的显然比我要多得多。除了从各色人等那里道听途说来的一些消息之外，我对法院几乎没什么了解。虽然消息来源很杂，但是所有人都同意，法院方面是不会提出轻率的指控的——只要正式起诉了某位被告，也就意味着法院坚信被告有罪。法院认定被告有罪的这一信念极难扭转。""仅仅是极难的程度吗？"画家摊了摊手反问道，"法院是绝对无法被动摇的。如果我在这张画布上并排画出所有的法官，并且让你在这幅画前面为自己辩护，你获得胜诉的可能性都比在真实法庭上要高。""没错。"K.喃喃自语，早就忘了自己刚才那番话的初衷，只是想打探一下画家的底细。

这时，又有个女孩开始在门外喊叫了："提托雷利，他是不是很快就要走了。""安静点。"画家冲着房门喊道，"你们没看到我正在跟这位先生谈话吗。"可是，女孩显然对这个回答并不满意，又问了一句："你会给他画肖像吗？"见画家并没有回答，她又说："求你了，不要给他画像，一个这么丑的人……"随之而来的是一长串含混不清、表示认同的呼喊声。画家一下子跳到门口，将房门打开了一条缝——透过门缝可以看到女孩们纷纷双手合十，向他恳求——说道："如果你们再不安静，我就把你们统统扔下楼梯。听话，给我老老实实坐在这边的台阶上，保持安静。"看来她们并没有立即照他的意思办，因为他不得不再次下令道："好好坐在台阶上！"这样说过之后，外面才重新变得安静起来。

"还请见谅。"画家回到K.的身边。K.几乎都没有多看房门那边一眼——这位画家先生究竟想不想帮助自己？准备如何帮助自己？K.打算完全交给画家本人决定。此刻，画家俯下身来，在K.的耳边低语（即便在这样一种情况下，K.几乎也是一动不动）道："这些女孩也是法院的一部分。""怎么会呢？"K.终于转过头来，眼望着画家问道。可是，这家伙现在却又坐回到自己的椅子上，半开玩笑半认真地解释道："统统都是法院的一部分。""我之前还真没有注意到。"K.很简略地回应道。画家最后的解释消解了之前所说"这些女孩也是法院的一部分"这句话所带来的不安感。尽管如此，K.还是朝着房门口看了好一会儿：女孩们正安静地坐在外面楼梯的台阶上。只有一个女孩在门板缝隙处插进来一根稻草，拿着它慢慢地上下挪动。

"看来，你对法院并没有一个全面的认识。"画家说道。此刻，他的双腿张开，用脚尖轻轻拍击着地板。"不过，既然你是无罪的，倒也没必要那样做。仅凭我一个人的力量，便足以让你从官司里脱身。""你打算怎么做？"K.问道，"正如你刚才所说，对于法院而言，无罪举证是完全不能接受的。""不能接受的仅仅是正式呈堂的无罪举证。"画家一边说着，一边举起了自己的食指，似乎是在提醒K.注意这个微妙的区别。"但是在法庭背后，私底下可以做的事情就完全不一样了。换句话说，有些事情可以在法务咨询室、在走廊里，或者——举例来说，在这个画室里完成。"K.并不觉得这位画家此刻所说的话有多么难以置信，因为这跟K.从其他许多人那里听来的内容差不多是一样的。没错，这种做法甚至可以说是很有希望的。如果法官真像律师所说的那样，很容易就能被私人关系左右的话，那么画家与爱慕虚荣的法官们之间的关系就显得尤为重要，无论如何也不能够小看。截至目前，K.已经逐渐在身边聚集起了一些能够帮到自己的人，形成了一个小圈子。眼前这位画家一旦加入，K.的小圈子就更是如虎添翼了。要知道，K.的组织才能在银行里就已经十分知名了。现在，在审判这件事情上，更是需要由他一个人来全权负责——这无疑给了他一个相当好的机会，得以将自己的组织才能发挥得淋漓尽致。画家仔细观察了一下自己方才那一番解释在 K. 身上所产生的影响，然后用明显带着不安的口气说道："你有没有注意到，我说起话来几乎跟个律师一样？那是因为我和法院的先生们交往甚密，他们的种种行为方式也影响到了我。当然，我在这里面得到了不少好处，可是，我在艺术领域的发展冲劲，也差不多随之消失殆尽。""你一开始是怎么接触到那些法官的？"K. 问道。在将画家完全纳入自己的小圈子之前，K. 想先赢得他的信任。"很容易的事——我直接继承了这种私人关系。"画家说，"我的父亲就曾经是一位为法院服务的肖像画家。这种职位是一直继承下去的。如此一来，就可以避免新人加入：因为公务员制度针对不同级别官员的严格设定，在肖像画绘制上存在着种类繁多、内容烦琐而且——最关键的是——对外保密的大量规定。除了被选定的家族，外人是不允许得知的。举例来说，那边的抽屉里面，存放着我父亲的手稿。那些手稿我从来没有向任何人展示过，只有研习过那些手稿的人，才学得会创作法官肖像画的方法。话说回来，即便我失去了那些手稿，我的脑袋里面仍旧存放有足够多的、在绘制肖像画时必须遵守的规定，确保不会有任何人来挑战我的位置。每个法官都希望自己的肖像画看起来能够跟过去的那些大法官一模一样，这个需求只有我能做到。""真令人羡慕啊。"K. 说，并且联想到了自己在银行里的职位。"所以，你的这个位置是不可动摇的？""没错，不可动摇。"画家一边说，一边骄傲地耸了耸肩膀。"正是因此，我才敢于时不时地去帮助那些官司缠身的可怜人，协助他们赢得审判。""你具体是怎么做的？"K. 又问，仿佛自己并不属于画家刚刚称之为"可怜人"的那个群体，可是画家却并不打算让K.来主导话题，他继续说道："比如你的情况吧。因为你是完全无罪的，我会做以下这些事情。"画家一再提到K.的无罪，已经令K.感到有些烦躁。他隐约觉得，画家实际上是将"审判结果一定不错"作为先决条件来向他提供帮助的。可是，这岂不是在做循环论证[1]吗？尽管存在着种种疑惑，K.还是忍耐住，没有去打断画家的讲述，因为他不想放弃画家可能的协助——K.已经决定要借助画家的力量，毕竟这种协助似乎没有来自律师的帮助那么可疑。K.对这种协助的喜爱远远超过其他，因为相比之下它更加无害，更加开诚布公。

画家把自己的椅子拉到床边，用相对柔和的声音继续说道："我一开始忘了问你，想要得到哪种形式的自由。一共有三种可能性：其一，真正的无罪判决；其二，表面上的无罪判决；其三，无限期拖延判决。真正的无罪判决当然是最好的，只是，我对这种解决方案完全无能为力。在我看来，根本没有任何人有能力促成真正的无罪判决。真正的无罪判决，可能只有在被告人本身是无罪的情况下才能够实现。因此，既然你是无罪的，那么你完全可以依靠无罪这个事实来获得自由。可是，如果是那样的话，那你就完全不需要我，或者其他任何形式的帮助。"

1　K.的意思是，如果这个先决条件确实成立，那么画家的帮助根本就没有任何意义。

画家这一番有条不紊的解说，一开始时令 K. 感到颇为惊讶。但讲到最后，K. 却用和画家一样柔和的声音回应道："我认为你这番话根本就是自相矛盾。""怎么会呢？"画家耐心地问道，同时微笑着把身体朝后仰去。画家的微笑令 K. 觉得，他此刻试图讲述的矛盾，或许并不是因为画家的这番话有问题，而是因为审判过程本身就存在问题。尽管如此，他也没有畏缩，还是继续说了下去："你曾经说过，法院是完全不能接受无罪举证的；就在刚才，你又将此限制在了庭审范围内；而现在，你甚至说无罪的人在法庭上不需要任何协助。这些话已经自相矛盾了。此外，正如你之前所说，你可以通过私人关系来给法官们施加影响，但现在你又否认私人关系能够促成真正的无罪判决——这是第二个矛盾。""这些矛盾很容易解释清楚，"画家说，"我们提到的是两种截然不同的概念：法律上明文规定的，以及我通过个人经验发现的。你不能将这两者混为一谈。一方面，尽管我并没有阅读过相关的法律条文，但法典上肯定有明文规定：无罪可以获得无罪释放；另一方面，法典上肯定不会写明：法官的行为会受到私人关系影响。但是，我通过个人经验发现的事情，却和这些白纸黑字的内容完全相反。我从来没见过真正的无罪判决，但却亲历过许多判决受到影响的例子。我遇到过的所有案子当中，连一个真正无罪的人都没有——这种情况当然也是有理论上的可能的。但是仔细考虑一下，这种假设在现实中难道不是根本就不可能出现吗？在我所知道的、如此之多的官司当中，连一个无罪的人都没有？要知道，自从我小时候起，就一直在听父亲讲他所了解过的那些案子——去他画室画肖像画的法官们讲了许多与法院相关的事情——在我们这种人的圈子里，从来不谈论别的事情。后来，只要有机会，我都会去法庭上旁听——我旁听过无数次正处于审判关键阶段的庭审，只要是允许人去听的，我都会去，而且会把这些案子跟到底，了解它们的最终结果。很遗憾，我不得不开诚布公地说出这个结论：无数次审判当中，我没有见到过哪怕一次真正的无罪判决。"也就是说，一次无罪判决都没有。"K.喃喃道，仿佛在自言自语，又仿佛是在跟自己心中的希望对话，"但这也证实了我对法院这一组织机构早已成形的看法——没有任何存在意义。从你所提出的这个角度来看，它依旧没有任何存在意义：区区一个刽子手便可以取代整个法院系统。""不能一概而论。"画家对于K.的表示有些不满，"我刚才所讲的，也只是基于自己的个人经验。""个人经验已经足够说明问题了。"K.说，"如果你觉得我说得不对，那你以前是否听说过无罪判决的案例呢——即便没有亲历过？""我听说无罪判决确实曾经出现过。"画家答道，"但是，很难确证这种传言是否属实。法院的终审判决书并不对外公开，甚至连法官们也没办法查阅。因此，既往的法庭案例只能通过口口相传的方式来传播。在各种传闻中，真正的无罪判决不只存在，甚至还是大量出现的——你大可以相信这些传闻属实，但却无法证明它们属实。尽管如此，这些传闻也不可能完全弃之不理，因为其中肯定包含着部分货真价实的内容。另外，这些传闻多少都具有传奇性，我自己也画过一些描述这些传闻的画作。""区区传闻还不至于改变我的看法，"K.说，"你总不能在法庭上以道听途说来的内容提出上诉，对吧？"画家笑了起来，说道："没错，你不能那样做。""所以，聊这些传闻其实也没什么用。"K.说。实际上，他是想要暂时接受画家口中的全部说法的，即使他认为这些话不太可能都是真话，而且跟自己之前听闻的其他消息相矛盾也无所谓。他现在没有时间去检验画家所说的一切是否属实，甚至连反驳的时间都没有。在他看来，只要能够说服画家以随便什么方式来帮助自己，哪怕他的方法对于审判结果起不到实质性的作用，也已经是取得了极大的成果。因此他说："既然这样，那我们就姑且不谈真正的无罪判决了。不过，你刚才还提到了另外两种可能性。""表面上的无罪判决，还有无限期拖延判决，就只有这两种可能性了。"画家说，"可是，在我们正式讨论它们之前，你不打算先把外面穿的衣服脱掉一件吗？你肯定很热吧。""好吧。"K.说。在此之前，他把全部注意力都放在了画家的解释上，并没有感觉到热。一经提醒，他才发觉自己额头上已经布满了汗珠："热到简直没办法忍受。"画家点了点头，似乎表示他很理解K.的不适。"就不能直接把窗户打开吗？"K.问道。"不行的，"画家答道，"这扇玻璃窗是封死的，没办法打开。"直到这时K.才意识到，他在潜意识中一直希望那个画家——或者他自己——能够突然冲到那扇窗前，猛一下把窗户打开。他已经准备好要呼吸窗外的空气了，哪怕大口吸进外面的浓烟也在所不惜。这个完全密闭的房间，令他感到头晕目眩。他虚弱无力地把手搭在旁边的羽绒枕头上，小声说道："这样设计既不舒适，也不卫生。""噢，不是这样的。"画家为自己的这扇窗户辩护道，"窗户是特地这样设计的。虽然它只有一层玻璃，却比那些双层玻璃窗更加保暖。如果我打算让房间通风——虽然这不是很有必要，因为空气本来就可以透过门缝进来——如果需要的话，我可以打开一扇门，甚至两扇房门都打开。"这个解释让 K. 稍微安心了些，他开始环视四周，想找到第二扇门。画家注意到了他的行为，说道："那扇门在你身后，我不得不安排在床的那一边。"这时 K. 才发现床后面的墙上有一道小门。"对于一间画室而言，这里实在太小了。"画家连忙说道，似乎是想尽快堵住 K. 的嘴，以免他批评自己。"我不得不尽量合理安排空间。门的前面摆张床，这种摆法当然很糟糕。我现在正在画的那个法官总是从床后面的那扇门进来，所以，我就把那扇门的钥匙给了他。如此一来，即使我暂时不在家，他也可以先到画室里等我。可是，他却总是习惯选我正在睡觉的上午时间过来——挨着床的门突然被人打开，永远都能把我从熟睡中吵醒。如果你听过那家伙一大早从我床上爬过去时口中连连的叫骂声，肯定会失去原本对法官这个职业存有的一切敬畏。没错，我确实可以从他那里取回钥匙，但这只会让事情变得更糟：这里所有的门都可以轻而易举地从活页上取下来。"画家在说这一整段话时，K. 心里一直在想着，是不是应该脱掉外面穿的那件上衣。最后他终于想明白了：再不脱衣服的话，根本就没办法在这里继续逗留。于是，他把上衣脱掉，放在了自己的膝盖上。一旦这次谈话结束，他就可以马上穿上它。当他脱下上衣时，外面的一个女孩突然喊道："他已经脱掉上衣了。"随后，K. 听到女孩们纷纷往门缝处挤过来的声音，大家争先恐后，都想看一场好戏。"那些女孩以为我马上就要给你画像了。"画家说，"因为要画像，所以才脱掉衣服。""原来如此。"K.兴致寥寥地回应道。因为他现在虽然只穿着衬衫坐在那里，相比刚才却并没有舒服多少。就这样，他用几乎可以称得上是郁闷的口气说："你刚才说的另外两种可能性是什么来着？"转眼之间，他又把刚才画家说的那几个概念给忘掉了。"表面上的无罪判决，以及无限期拖延判决。"画家说，"要选择哪种，全由你自己决定。因为这两种方式都可以借由我的帮助实现。当然，实现的过程肯定不会是一帆风顺的。两种方式的区别在于：表面上的无罪判决需要在较短时间内集中所有力量，一鼓作气地完成；相比之下，无限期拖延判决所需付出的努力要小得多，但却需要持之以恒的耐力。我们先来讲讲表面上的无罪判决。如果你打算选择这种方式，我会马上取出一张纸，写一份证明书，声明你的无罪。这种证明书的撰写格式，是由我父亲亲自传给我的，内容上无懈可击。然后，我会带着这份证明书，向自己认识的所有法官游说一遍——大概会从今天晚上过来找我的那位法官开始，因为我目前正在给他画像。等他如约到访时，我会呈上这份证明书。将证明书在他面前展开，再向他口头解释一遍，声明你是无罪的，并且为你的无罪担保。我的担保是真正具有约束力的，并非徒有其表的假玩意。"画家此刻的眼神似乎正在责备K.。因为，如果K.选了这种方式，就相当于将担保的重担强加给了他。"如果你能那样做的话，那可真是太好了。"K.说，"不过，会不会出现这样一种情况：法官虽然相信你，但却依旧不会给我做出真正的无罪判决？""关于这点，我之前已经谈过了。"画家答道，"此外，是不是每个法官都愿意相信我，倒也并不一定。比如说，有些法官会要求我亲自带你过去见见他。一旦他们提出这样的要求，那你就不得不跟我一起去一趟。不过话说回来，如果真的出现这种情况，事情就已经成功了一半。况且，我还会提前面授你如何跟即将见面的法官打交道，做到万无一失。相比之下更糟糕的情况，是法官从一开始就拒绝了我的请求——这种情况当然也是存在的。尽管我一定不会放弃多次尝试，看对方会不会回心转意，不过——如果他们态度很坚决，那我们就必须放弃掉这部分法官。部分放弃也是可行的，因为个别法官的反对还不至于改变判决结果。等到我在这份证明书上募集到足够数量的法官签名之后，就会把它拿去呈交给正在负责你目前诉讼流程的那位法官。或许我也能想办法让他在证明书上签名，一旦得到主审法官的签名，进度就还能再加快一些。总体而言，到了这个阶段，之后就没有太多阻碍了。被告人对于审判结果的信心，也会就此达到最高点，甚至比无罪释放后还要自信。实话实说，这种充满信心的状态很奇怪，但却是真实存在的。毕竟事情到了这一阶段，也就不再需要多费什么力了。主审法官的手里有这样一份得到多位法官担保的证明书，当然可以毫无后顾之忧地给出释放决定。尽管在正式执行中还要办好各种手续，再多耗费一些时间，不过，为了给我——还有其他法院系统中的熟人们帮这个忙，主审法官肯定会下达释放决定，这是毫无疑问的。总之宣判之后，你就能走出法庭，重获自由了。""那么，到那时候我就自由了。"K.有些犹疑不决地说道。"是的，"画家说，"但那只是表面上的自由，或者——说得更准确点，是暂时的自由。毕竟我的熟人们都是些最低阶法官，并没有给出终审判决的权力。这种权力只有最高阶的官员才拥有，对于你，对于我，对于我们这些普通人而言，那个能够给出最终裁决的法院都是完全无法企及的存在。那里的情况是什么样的，我们一无所知，而且我们也不想知道。总之，能够让被告人彻底脱罪的终审判决权，我们的法官手上是没有的，但他们有权力让被告人自由。也就是说，当他们以这种方式执行无罪判决时，你作为被告人的身份暂时就不存在了，但是罪名仍旧挂在你名下。一旦更高层下达了相关命令，被告人的身份就会立即恢复。由于我和法院之间的关系如此之好，我还可以告诉你，在法院办事处的规定中，真正的无罪判决和表面上的无罪判决之间，存在着一个纯粹形式上的区别。对于真正的无罪判决而言，与审判相关的文件将被彻底销毁，完全从司法程序当中被清除掉——不只起诉书，就连审判记录，甚至无罪判决书本身都会被完全毁掉，一切相关信息就此不复存在。表面上的无罪判决则完全不同：相关文件完整保留，包括无罪证明书、释放决定书，以及针对释放决定的理由陈述书。而且，这些文件仍旧在走司法程序——谨遵法院办事处对于文件持续流转的要求，先是被转交给上级法院，然后又打回到低阶法院，如此循环往复，转交频率时高时低，文件滞留时间或长或短。相关文件的流转路径是无法预测的。从外人眼中看来，有时候会觉得似乎所有与审判相关的事情早就被彻底遗忘了，文件已经在不断流转中遗失，释放决定已经形同终审判决。可是实际上，任何一个知情者都不会相信这样的看法：文件不会遗失，法院也不会忘事。直到某一天——当然，没有人会期待这一天的到来——某个法官突然小心仔细地对待起手头的这份文件，发现针对这起案件发起的指控仍然有效，于是便会下令立即逮捕被告人。在上述说法中，我假设表面上的无罪判决和再次被捕之间需要相当长的一段时间，这种假设当然是有可能会发生的。但是，我还知道这样一种情况，同样有可能发生的是——被告人才刚从法院被释放回家，结果发现家里已经有人过来重新逮捕他了。当然，这就意味着自由人的生活已经宣告结束了。""所以，审判又要从头开始了吗？"K.几乎有些难以置信地问道。"当然，"画家说，"审判再次开始，但与过去一样，被告人有可能再次获得表面上的无罪判决。因此，必须再次全力以赴去争取自由，不应该自暴自弃，一蹶不振。"画家之所以说出这最后一句话，大概是因为K.的脸上稍微露出了泄气的表情。"可是，第二次去争取释放决定，会不会比第一次更难呢？"K.抢白道，仿佛想要抢在画家揭示某个秘密之前，率先提问。"这还真的不太好讲。"画家答道，"你是不是觉得，第二次被捕会影响法官对被告的看法，并且做出不利于被告的决策？事实并非如此。实际上，在下达释放决定的同时，法官已经预见到了再次被捕。所以，再次被捕这件事，对于争取第二轮自由几乎没有任何影响。但是，此时法官们的态度，以及他们对待同一个案件的法律评估尺度，可能已经因为其他无数种原因发生了改变。因此，针对第二次释放的努力也必须顺应各种具体的变化，需要付出的心力并不会比争取第一次释放时少。""可是，第二次释放也不是最终结果。"K.态度轻蔑地别过头去，说道。"当然不是，"画家说，"第二次释放后是第三次被捕，第三次释放后是第四次被捕，以此类推。这些本身就已经包含在'表面上的无罪判决'这一概念中了。"K.陷入了沉默。"看起来，你显然不太中意表面上的无罪判决。"画家说，"没准无限期拖延判决更适合你。需要我向你解释一下无限期拖延判决的具体内容吗？"K.点了点头。于是，画家又向后靠在自己的椅子上，睡衣敞开，他将一只手伸到睡衣里面，轻轻抚弄自己的胸部和两侧腋下。"无限期拖延判决，即是——"画家说到这里，突然停顿了下，眼睛朝着前方凝视了一小会儿，似乎在斟酌一个完全贴合其概念的解释，"无限期拖延判决需要做的，是将审判长期保持在最低一级的诉讼流程当中。为了达到这一目的，需要被告人和他的帮手——尤其是他的帮手——长期与法院之间保持个人接触。我必须重申一遍，这虽然不需要像争取表面上的无罪判决时那样全力以赴，但却需要对案子本身投入更多的关注。你需要时刻关注审判的动向，定期去见主审法官，出现特殊情况时，还得专门再去找他斡旋。而且，你必须想尽办法保持和法官之间的友好关系。如果你和自己的主审法官之间没有私人接触，那就必须想办法让认识的法官给他施加影响，与此同时，也不能放弃争取和主审法官当面会谈的机会。如果这些事情都做成了，那你就可以确保审判始终停留在最初阶段上。尽管审判并没有终止，但被告人几乎可以确信自己是自由的。与表面上的无罪判决相比，无限期拖延判决的优点在于，被告人的未来相对而言更加明朗，可以摆脱突然被逮捕的恐惧。也不需要担心可能会在个人处境最不利的时候，为了达成表面上的无罪判决而劳力劳心。但是，对于被告人而言，无限期拖延判决也有一些不容忽视的弊端。我之所以这么说，并不是因为考虑到被告人在无限期拖延判决中永远都得不到真正意义上的自由，毕竟表面上的无罪判决同样也得不到真正的自由。无限期拖延判决还有另外一个弊端：如果没有办法找到至少表面上说得过去的理由，就没办法将审判限制在最初阶段。因此，在诉讼流程中必须多少发生一些事情，出现新的情况。法院方面必须不时做出各种对应的指示，必须审讯被告，必须展开调查等等。务必得让审判在刻意限定的小圈子内持续运作。这当然会给被告人带来一些不便，但你也没必要把事情想得太糟，因为这一切都只是形式上的：就算有审讯，过程也是非常简短的；如果你哪天没有时间，又或者没有兴趣过去，还可以向法院请假；你甚至可以跟某些法官讨论决定未来很长一段时间的审判安排，不至于耽误自己的事情。总之，无限期拖延判决的重点就是：作为一名被告人，需要时不时地去自己的主审法官那里报到，仅此而已。"在画家讲最后几个词语的时候，K.已经把上衣搭在手臂上，从床上站起来了。"他已经站起来了。"门外的女孩立即叫嚷道。"你已经要走了吗？"画家问道，同时也站起了身。"肯定是这里的空气状况，让你没办法久留。这可真令我感到尴尬。实际上，我还有些事情要对你讲来着。刚才提到的那些，我已经不得不用尽量简短的方式表达了。希望我解释得足够清楚。""噢，挺清楚的。"K.回应道，因为强迫自己努力去听画家讲话，他此刻感到头痛难忍。尽管得到了K.的肯定回答，但画家还是把刚才说过的一切又重新总结了一遍，仿佛是想让K.带着一丝宽慰踏上归途："这两种方法的共同点在于，都可以避免法院对被告做出判决。""但同时也阻止了真正的无罪判决。"K.低声说道，似乎在为自己识破了这个秘密感到羞愧。"你已经掌握了问题的核心。"画家匆匆说道。K.伸手去拿外套，但还没有决定是否应该马上把上衣穿上。如果可能，他真想把所有东西都赶紧收拾好，直接冲到外面，大口呼吸新鲜空气。尽管那些女孩早已互相叫嚷着，说他已经在穿衣服了，这样的提前预告却也没办法促使他真正穿上衣服。画家急于明白K.的态度，因此他又说："你可能还没决定要采取我的哪条建议。我很赞同这种做法——甚至还要向你再提一条建议，不要立即做出决定。利与弊的衡量是很微妙的事情。一切都必须进行准确评估。尽管如此，也绝不能耽误太多的时间。""我很快就会再来的。"K.说。他瞬间下定了决心，穿好上衣，将外套往身上一披，便大步朝着门口走去。门后的女孩们立刻开始尖叫起来。这时，K.产生了一种错觉，觉得自己能够隔着这道门，看见门后正在尖叫的女孩们。"你必须说话算数。"画家说。他并没有跟着K.一起到门口。"要不然的话，我只好亲自去银行拜访了。""你来把门打开吧。"K.一边说着，一边拉扯着门把手。他注意到门把手那边有一股阻碍他开门的力量，应该是外面的人在抵着门。"你想被那些女孩一路骚扰着出去吗？"画家问，"最好还是使用这个出口。"他指了指床后面的那扇门。K.同意了画家的建议，跳回到床上。但是，画家却并没有帮他打开那扇小门，而是突然爬到床底下，并且从床底询问K.："再稍微等一下。难道你不想看一看这幅画吗？我可以卖给你的。"K.不想表现得不礼貌，毕竟这位画家确实很关照他，而且承诺会继续帮助他。此外，由于K.的疏忽，他们这次完全没有谈到画家出手帮忙的酬劳问题。所以，K.现在也不好拒绝画家主动向自己展示画作的请求，尽管他迫不及待地想要摆脱这间画室。画家从床底下拖出一大堆没有镶框的画作，画上面满布灰尘。画家用力一吹，想把最上面那幅画上的灰尘吹掉，结果扬起的灰尘在K.的眼前四散飞舞，弄得他好半天都喘不过气来。"一幅荒原风景画。"画家一边说，一边把画递给K.。上面画的是两棵弱不禁风的树，生长在暗色的草地上，彼此之间相隔很远。背景是一轮五彩斑斓的落日。"漂亮。"K.说，"我买了。"不经意之间，K.说出了这样一番极为简略的话，不过，令K.感到欣慰的是，画家并没有为此而责怪他，反而又从地板上拿起第二幅画，说道："这跟那幅画是一对的。"画家说。第二幅画或许是故意作为第一幅画的配对之作来创作的，但它其实跟第一幅画没有任何区别：这里有树，此处是草，那边是落日。不过K.并不在乎。"风景很美。"K.说，"我两张都买，之后可以挂在我的办公室里。""看来，你很喜欢这种主题。"画家说，然后又拿出第三幅画，"值得庆幸的是，我这里还有一张类似的画。"实际上，这幅画根本不能称之为"类似"，而是跟之前两张完全一样的荒原风景旧作。看起来，画家正在利用这个机会向 K. 兜售旧画。"我也会拿这幅。"K. 说，"这三幅画一共多少钱？""我们下次见面时再来聊这个。"画家说，"你现在时间比较紧，我们总归是要保持联系的，不必着急。你喜欢这些画作这件事本身，已经让我很开心了，以后我会把床底下存着的这些画全部给你。全部都是荒原风景画，至今为止，我已经画过许多荒原风景画了。有些人不喜欢这类绘画题材，因为风格上太过阴郁了，而你恰恰是喜爱阴郁的那类人……"可是，K. 对这位穷如乞丐画家的职业经验分享并无兴趣。"把所有画都打包起来，"他直接打断了画家，"明天我会派个勤杂工过来取画。""没必要专程派人过来。"画家说。"我希望能帮你找个搬运工过来，可以马上跟你一起走。"至此，画家才终于弯下身去，越过那张床，打开了小门。"直接从床上踏过去就好，"画家说，"来这里的每个人都会这样做。"不过，即使画家没有专门提出这个要求，K. 也会这么做的——此刻，他的一只脚甚至已经踩在了羽绒被褥的上面。可是，当他看到敞开小门外的情形时，又将踏出去的那只脚收了回来。"那是什么？"K. 问画家道。"你怎么会如此惊讶？"画家问道，脸上也同时露出惊讶的表情，"外面就是法院办事处啊。你难道不知道这里就是法院办事处吗？几乎每栋房子的阁楼上都有法院办事处，那么，这栋房子的阁楼上又怎么可能没有呢？事实上，就连我的画室也是属于法院办事处的，但法院已经把它交给我来全权负责了。"其实，K. 并没有因为在这里发现了法院办事处而感到震惊，他是对自己在法院事务上的无知感到震惊。作为被告人，行事的基本准则就是时刻保持警惕，无论发生什么事情都不应感到惊讶，当法官站在自己左边时，千万不要毫无头绪地向右看——但他却一而再，再而三地违反了这条准则。此刻，在K.面前出现的是一条朝着远处延伸的长走道，对流的空气从法院办事处走道里涌进来。相比之下，画室里的空气反而还要更清新一些。走道两侧摆着长凳，就跟负责K.那桩官司的法院办事处等候室一模一样。照此看来，法院办事处的设立似乎有着严格的规定。目前，这里的人流量并不多。有个男人在长凳上半躺着，脸枕在胳膊上，似乎已经睡着了；还有个人藏身在走道尽头的黯淡灯光下。K.总算从床上跨了过去，进了那扇小门。画家跟在他身后，带着那些画作。走不多远，他们便遇到了一名法院杂役——如今，K.已经能通过镀金纽扣分辨出谁是法院杂役了，因为这些人身上穿的常服外套上肯定都缝着镀金纽扣——画家吩咐杂役来做搬运的工作，带上那些画，跟K.一起回去。K.从口袋里掏出手帕，紧紧捂在嘴上，那样子与其说在走路，不如说是蹒跚而行。当女孩们飞奔到K.和法院杂役身边时，他们已经快走到办事处的出口位置了——K.终究未能幸免，还是被女孩们给撵上了。她们显然已经看到画室的第二扇门被画家打开，便匆匆绕了另一条路，从那一边追了过来。"我不能再远送了。"眼见那些女孩逼近，画家笑道，"再会。不要想太久！"K.甚至都没有回头多看他一眼。走到马路上后，K.拦下迎面驶来的第一辆车。他急于摆脱身边的法院杂役，因为法院杂役衣服上的镀金纽扣总是明晃晃地刺入他的眼帘：尽管除了他之外，可能任何人都不会在意这件事。放好画之后，法院杂役还想直接坐到副驾驶座上，但 K. 却把他直接赶下了车。当 K. 回到银行大门前，午休时间已经过去很久了。他本打算将这些画丢弃在车里，直接离开，但又担心自己未来或许不得不在某些场合向画家证明这些画还在，所以只好把画带进了办公室，锁在办公桌最下面的抽屉里。至少在接下来的几天时间里，确保不会被副行长看到。

第八章

商人布洛克－解雇律师

　　K.终于下定决心，不打算再让那位律师先生负责自己的官司了。诚然，对这一行为是否正确所产生的疑虑是无法消除的，不过，认为这样做很有必要的判断却最终取得了胜利。解雇律师的决定，是K.在刚好要去见律师的那天定下的。做出这个决定占用了很多原本应该用来工作的精力，因此，K.那天做事的效率特别低下，不得不在办公室里逗留很长时间。等到他最终站在律师家门口时，已经过了晚上十点。甚至在他摁响电铃之前都还在考虑，通过电话或者写信的方式来解雇律师会不会更好些，因为这种当面进行的私人谈话，肯定会令人感到尴尬。尽管如此，K.还是不想放弃使用面谈的方式。因为，任何其他解雇办法下，律师都可以用保持沉默，或者说些装模作样套话的方式来掩饰自己的真实感受。如果K.事后不专门为此做一番调查——比如去莱妮那里询问——就永远不会知道律师本人是怎样看待这次解雇，以及解雇行为可能酿成的种种后果。要知道，律师的意见实际上并不是无足轻重的。不过，如果律师就坐在 K. 的正对面，并且对他提出的解雇要求感到惊讶的话，即便对方如何努力加以掩饰，K. 都可以从他的面部表情和行为举止上洞悉自己想要知道的一切。如此一来，甚至不排除这样一种可能性：K. 可能会被律师的反应说服，改变想法，认为将辩护交给律师其实是件好事，最终收回自己的解雇要求。

他在律师家房门上摁的第一次电铃和往常一样，没有得到任何回应。"莱妮的动作应该快点儿。"K. 心想。不过，只要没有跟之前一样的第三者过来多管闲事——比如上次那个穿着睡袍的先生，或者其他什么人——就已经算是谢天谢地了。第二次摁电铃时，K. 回过头去看了看另一扇门，但这次就连那扇门也一直紧闭着。最后，律师大门上用来监视的小窗里终于出现了两只眼睛，但它们并不是莱妮的眼睛。有人打开了门锁，但却暂时压着门，并且朝着屋子里面喊道："是他。"这样做过之后，才打算把门完全打开。门正打开时，K. 已经匆匆将身体贴到了门上，因为他听到旁边另一户的门里已经有钥匙在门锁里急促转动了[1]。等到眼前的门终于打开，他直接冲进了前厅，还来得及看到穿着衬衣的莱妮穿过房间之间的走廊跑远了——开门人的那声警告，就是冲着莱妮喊的。K. 盯着莱妮消失的背影看了一会儿，然后便转回头来端详开门者：这是个身材

1　德奥非公寓住宅夜间一直有锁门的习惯。听到钥匙转动，意味着马上有人要出来。

矮小瘦弱的男士，蓄着满脸的胡子，手里拿着一根蜡烛。"你是受这家人雇佣的吗？"K.问道。"不是，"那男人回答，"我不是这里的人。只不过，这里的律师是我的辩护人，我到这里来是为了解决一项法律相关的事务。""连外衣都不穿？"K.一边说着，一边指了指男人身上不合适的衣着。"哎呀，请原谅我的轻忽。"那男人说，同时用蜡烛照了照自己身上，仿佛刚发现自己衣冠不整似的。"莱妮是你的情人吗？"K.直截了当地问道。这时，他已经撑开了双腿，双手交叉身后，攥着自己的帽子。只不过是穿了件厚实的大衣而已，K.便觉得自己比这个没穿外衣的小个子更优越了。"噢，上帝啊。"那男人说着，因为太过震惊，不觉伸出一只手来，挡在了自己脸上，"不是，不是，你怎么会这样想呢？""你看起来就像。"K.微笑着说，"不过管他呢——来吧。"他挥舞着帽子，让他走在自己前面。"你叫什么名字？"走着走着，K.开口问道。"布洛克，商人布洛克。"矮个子说道。因为是自我介绍，他直接转过身来，打算停步，但K.却没有让他停下。"这是你的真实姓名吗？"K.问他。"当然是。"那人回答，"你为什么要怀疑呢？""我认为，你可能会有隐瞒自己名字的理由。"K.说道。此时的K.感到如此无拘无束，就仿佛某个人来到陌生的国度，跟一个地位比自己低下很多的人说话似的。所有与自己相关的一切只管尽数保留，只管置身事外地去谈论和对方相关的事情就好，借此抬高自己的身价，也可以在不想聊的时候，直接中断话题，弃之不理。走到律师办公室门口，K.停下脚步，打开门，向还在一直朝前走的商人喊话道："不要着急，你过来，照亮这个房间看看。"K.心想，莱妮可能会躲在这间房里，于是，他让商人照遍了房间里的所有角落，但这里却空无一人。K.拽住商人的西裤背带，把他生拉硬拽到律师办公室里挂着的那张法官画像前。"你知道画上是谁吗？"他一边问，一边伸出食指，指了指高处的法官画像。商人举起蜡烛，仰头朝上，眨着眼睛看了看，说："是个法官。""是高阶法官吗？"K.又问道，并且站到商人面前一侧，方便观察这幅画给他留下了什么具体印象。只见那商人毕恭毕敬地抬起头来，仔细端详了一番，然后确认道："是高阶法官。""你的眼光不行。"K.说，"在所有的低阶预审法官之中，他的官阶是最低的。""现在我想起来了，"商人放下蜡烛，说道，"我以前也听人这样说起过。""嘻，这不是理所当然的吗。"K.喊道，"瞧我这记性——之前绝对有人跟你说起过。""可是，为什么会有人对我说起这个呢？为什么呢？"商人一边问，一边朝着办公室门口挪动；K.正在用双手推着他走。重新回到走廊后，K.说："你其实知道莱妮藏在哪里，不是吗？""藏在哪里？"商人说，"不，她怎么会藏呢？她现在大概在厨房里，正在给律师煮汤呢。""你既然知道，为什么不马上说？"K.问他。"我刚才就是想把你带过去，可你却把我叫住了。"商人答道，仿佛是被K.那自相矛盾的命令给弄糊涂了。"你肯定以为自己很聪明吧，"K.说，"既然这样说了，那就赶快带我过去！"K.之前从未去过律师家的厨房，它大得出奇，设施用具一应俱全。光是烹饪用的炉灶，就比普通家庭的炉子大三倍。除了炉灶之外的其他东西看不太清楚细节，因为目前整间厨房仅仅通过入口处悬挂着的一盏小灯照明。莱妮一如往常，穿着白色长围裙，正把鸡蛋倒入一只放在猛火上的锅里。"晚上好，约瑟夫。"她瞥了一眼来客，说道。"晚上好。"K.说，并且用手指了指较远处的一把椅子，命令商人到那里坐下。商人照做了。K.却径直走到莱妮身后，弯下腰来，贴在她肩头同她耳语道："那个男人是谁？"莱妮用一只手朝后揽住K.，另一只手拿汤勺搅着汤。以这样的姿势将K.慢慢引到面前，对他说："是个颇值得他人同情的人，一个可怜的商人，一个彻头彻尾的大傻瓜[1]。你只消看看他那模样，就全明白了。"说到这里，他们不约而同地回过头去看了看。只见商人坐在K.指定的那张椅子上，灭掉了已经不再需要的蜡烛，并且用手指摁住烛芯的余烬，避免产生烟气。"你刚才只穿着衬衣。"K.一边说，一边伸手将莱妮望向商人的脑袋别回来，转回到炉子这边。莱妮保持着沉默，没有回答。"他是你的情人吗？"K.追问道。但她依旧没有回答，仅仅是伸出手，试图端起自己炖的那锅汤。哪里知道，K.却直接抓住了她的两只手，说："马上回答！"她说："一会儿到办公室来，我会向你解释一切的。""不要，"K.说，"我要你直接在这里向我解释。"她紧紧抓住他，想要吻他。但是，K.却拒绝了莱妮，并且说道："我不打算让你现在吻我。""约瑟夫，"莱妮一边说着，一边用哀求但坦率的眼神注视着K.，"你该不会是在嫉妒布洛克先生吧。""鲁

1 此处莱妮一语双关地借用了布洛克（Block）这一姓氏的原意。

迪[1]，"莱妮又转身对商人说，"既然都这样了，你就过来帮帮我吧。你看，我被他怀疑了。把蜡烛放到一边吧。"旁人或许会觉得，商人并没有留意到这边发生的事情，但实际上他完全清楚。"我不知道你为什么会嫉妒。"他口齿不怎么流利地对 K. 说道。"其实我自己也不知道。"K. 一边回应，一边对商人报以微笑。莱妮笑出了声，趁着 K. 一不留神的机会，钻进了他的怀里，低声说道："现在就随他去吧，他是个什么样的人，你也看到了。因为他是律师的大客户，我才稍微对他好一点，除此之外，再没有任何其他原因了。对了，你呢？你今天想和律师谈谈吗？他今天病得很厉害，不过，如果你愿意的话，我会过去通报一声，告诉他你来了。无论如何，今晚你肯定是要留在这里跟我一起过夜的了。而且，你一直没有来这里，已经过去这么久，久到连律师都专门问起你了。可千万不要把审判给忘记了！不只律师，我这边也陆续听说了一些情况，正好要分享给你。不过呢，现在还是先脱掉你的外套吧！"她帮他脱下衣服，取下帽子，并且带到门厅去挂好，然后又跑回来看了看汤。"我是应该先过去一趟，告诉律师你来了，还是先把汤端过去呢？""先过去说我来了。"K. 说。此刻，他感到很生气——他原本打算把与审判相关的所有事情，尤其是目前尚有多处存疑的解雇律师的问题

1　Rudi。参考前后文，这是商人布洛克的名字。在德语中，rudimentär 是退化、不完整之意。

拿出来与莱妮一起详细讨论一番的。可是，这位商人的意外在场，彻底破坏了 K. 与莱妮讨论的兴致。不过话说回来，K. 终究认为自己的案子太过重要，不该让这个小个子商人造成或许具有决定性意义的影响。于是，他把已经走到廊道里的莱妮又叫了回来。"先给他把汤端过去。" K. 说，"喝过汤之后，他跟我面谈时也会更有力气一些。所以，先给他端汤应该是必要的。""原来你也是律师的客户啊。"商人坐在专属于自己的那个角落里，仿佛是要确认一番似的轻声说道。然而，这番话却并没有换来什么好的回应。"这又关你什么事？" K. 对商人说。莱妮则说："你还是安静点吧。""那么就先这样，我先把汤给他端过去。"莱妮对 K. 说过这句话之后，便把汤盛了一个盘子里。"如今还要担心的事情，就是他可能很快睡着。要知道，他吃完晚饭之后总是很快入睡。""我将要对他说的话，肯定能够让他保持清醒。" K. 回应道。在来到律师家后的这段时间里，K. 一直想让大家明白，他打算跟律师谈的是很重要的事情。而且，他很希望莱妮能够注意到这点，并且主动过来询问他，如此一来，他便可以向她征询一下意见。但是，莱妮只是严格地按照他的要求行事。当她端着汤从 K. 身边走过时，故意用胳膊肘轻轻推了他一下，低声说道："他一喝完汤，我马上就通报，说你已经来了。这样你就可以快去快回。""去吧，" K. 说，"快些去。""对我态度好点儿。"说罢，她便端着汤走了。走到门口时，还专门回过身来看了一眼 K.。

K. 目送她走远。现在，他终于下了决心：律师必须解雇掉。

事前不跟莱妮讨论这件事或许也不错，因为她几乎没有纵观全局的眼界，如果他对她说了，她肯定会劝他不要这样做，而且也很有可能成功劝服他。要是那样的话，他就会继续怀抱着怀疑和不安。如此拖延下去，等到很长一段时间之后，才会再次下决心，真正履行解雇律师的决定——毕竟这个决定最终肯定是会执行的。越早执行，就越能阻止犹疑不决带来的损失。顺带一提，按照K.的判断，那个商人或许对此也有一定程度的了解。

想到这里，K.便朝着商人转过身来。商人才刚觉察到这点，立即就从自己坐的位置上站了起来。"你就坐着吧。"K.一边说，一边拖过一把椅子，坐在了他的旁边。"你已经是律师的老客户了？"K.问道。"是的。"商人回应道，"算是个相当老的客户了。""他帮你已经有多少年了？"K.继续问道。"我不知道你具体指哪方面，"商人说，"生意相关的法务上——因为我一直在做谷物生意，他自从我开始接手这方面业务以来，就一直是我的代理律师了。也就是说，有大概二十年了。至于我个人所面临的审判——你指的大概是这个吧——他也是从一开始就担任我的辩护人，迄今大约已有五年多了。没错，已经超过五年了。"说罢，商人掏出一只旧皮夹，继续补充说明道："我在这里面记下了和审判相关的一切。如果你想知道，我会告诉你确切的日期。保存和审判相关的一切资料是很困难的。我这场官司持续得可能真的很久了，我妻子死后不久就开始了。所以，至少也有五年半以上了。"K.把椅子挪得离商人更近了些。"这么说来，除了审判之外，这位律师也处理日常法律事务？"K.问道。

商业和法律之间的这种联系，似乎令K.感到比较安心。"当然。"商人说。说罢，又低声向K.补充道："甚至有人说，他在处理日常法律事务时，反而比其他方面更加内行。"可是，说完这句之后，商人似乎又有点后悔了。他把手放在K.的肩膀上，说："求求你了，不要把我说的话说出去。"为了让他冷静下来，K.拍了拍他的大腿，说道："不会说的，我可不是那种会到处乱说的人。""他正是那种睚眦必报的人。"商人说。"不过，对于你这样一位忠实客户，他肯定什么都不会做。"K.说。"噢，情况并不是这样的。"商人说，"一旦他变得情绪激动，可就什么区别都看不出来了。况且，我实际上对他也并不忠实。""怎么会不忠实呢？"K.问。"莫非我应该向你倒倒苦水？"商人犹疑不决地问道。"我觉得你确实应该试试看。"K.说。"那好吧。"商人说，"我可以把这件事的一部分讲给你听，但你也必须告诉我一个相关的秘密。如此一来，在面对律师时，我们就都能够坚守保密了。""你可真是太小心了。"K.说，"不过，我会告诉你一个秘密的。而且，这个秘密能够让你完全放心。所以，你现在就尽管说吧——你对律师有什么不忠的行为？""我——"商人吞吞吐吐地招认，听他说话的语气，仿佛正在坦白一些很不光彩的事情，"除了他以外，我还请了其他的律师。""这并不是什么坏事啊。"K.说，同时感到有点失望。"在这里就是不光彩的。"商人说。自从他开始祖露秘密起，说话就有些上气不接下气，十分紧张。不过，由于K.对此表示否认，他也逐渐变得有些底气了。"这样做是不被允许的。最重要之处在于，当你有了正式的辩护律师之后，就不应该再去请其他辩护员了。而我却正好反其道行之，除了这位律师之外，我还请了五个辩护员。""五个！"K.不禁喊出了声，这个数字简直令他感到震惊，"除了这个家伙之外，还有另外五个律师？"商人点点头："目前，我还在和第六个律师商量合作呢。""但是，你为什么需要这么多律师呢？"K.问道。"我什么都需要。"商人说。"你难道不想跟我解释清楚，这究竟是怎么一回事？"K.问道。"我很愿意解释。"商人说，"首先，我不想输掉自己的审判，这是不言而喻的。因此，我不能忽视任何可能有益于我官司的事情。即便只能在特定情况下派上用场，真正使用的机会十分渺茫，我也不能够拒绝。正是由于这个原因，我在打官司的过程中押上了自己拥有的一切。比如，我从生意中撤出了所有的资金。以前，为了办公，我的公司几乎填满了一层楼；如今，只需要背街位置的一个小房间就足够了，只有我跟一个学徒在里面做事。当然，这种生意上明显的退步并不只是因为资金的抽离，也是因为精力的转移。显然，当你全力以赴为审判奔走时，便不会剩下多少力气，能够放在其他事情上了。""所以，不只有律师在忙，你自己也在跟法院纠缠。"K.评价道，"我正打算同你分享一些相关的经验呢。""其实也没有太多可说的，"商人说，"刚开始时，我试着自己亲力亲为，处理审判相关的事务，但很快就放弃了。整个过程太令人疲惫，而且并没有带来太多的成功。亲自到法院去做工作，与法院的人谈判——至少对我个人而言，已经被证明是完成不可能完成的事情。光是在那里坐下来等待就已经要付出很大的努力了。法院办事处的空气有多么糟糕，你自己应该也很清楚。""你怎么知道我曾经去过那里？"K.问。"因为你从走道里经过时，我恰好也在等候室里。""多么难得的巧合啊！"K.不由得喊道，他被商人的讲述深深吸引住，完全忘记了他先前表现出来的种种可笑之处。"是这样啊，你当时看到我了！当我经过时，你就在等候室里。没错，我曾经从那里走过一次。""并不算是多么大的巧合。"商人说，"我几乎每天都在那里。""我可能以后也必须要经常去那里了。"K.说，"不过，以后再去时，我恐怕很难像上次那样，受到如此隆重的礼待。每个人都站起来了，大概觉得我是个法官吧。""并不是，"商人说，"那次我们是在向法院杂役行礼。我们已经知道你是被告了。这样的消息总是传得很快。""也就是说，当时你已经知道了。"K.说，"既然如此，你们当时没准觉得我的举止很傲慢。关于这件事，没有人交头接耳吗？""并没有，"商人说，"恰恰相反，谈论的都是些愚不可及的内容。""是怎样愚不可及的内容？"K.问道。"你为什么这么想知道呢？"商人有些恼怒地说道，"看来，你似乎还不了解那里的人，说实话，你可能对他们产生了某种误解。你必须记住，在审判的整个流程当中，总是有很多内容需要反复拿出来讨论，多且繁杂到凭正常人的心智已经无法应付的地步。当一个人身处此种环境下，疲于奔命、应接不暇之际，迷信便会作为理智的替代品，堂而皇之地占据一席之地。我现在看似正在谈论其他人，但我自己其实也好不到哪儿去。比如，在审判中有这样一种迷信：很多人认为，可以从被告人的面相——尤其是其嘴唇形态上，看出他未来的审判结果。换句话说，这些人会宣称，从你的嘴唇形状判断，你很快就会被判刑，结果确凿无疑。我再说一遍，这是一种荒谬透顶的迷信，在大多数情况下，它都会完全被现实驳倒。可是，一旦你身处那样的一群人当中，便很难在那种迷信的氛围下独善其身。你不妨试想一下，这种迷信能够产生多么强大的力量。当时，你曾经在那儿对其中一个人讲过话，不是吗？可是，他却几乎无法回答你的问话。当然，法院办事处那种地方，扰乱人的心智，可以有很多理由，不过，其中一个确切的理由就是你的嘴唇形态。那个人后来说，他从你的嘴唇形态上，看出了自己将要受刑的迹象。""从我的嘴唇上？"K.一边问，一边从口袋里掏出一面镜子，打量起自己来，"我从自己的嘴唇上看不出任何特别的地方。你能吗？""我也不能。"商人说，"完全不能。""这些人是多么迷信啊！"K.大声感叹道。"我之前不是说过吗？"商人反问道。"既然如此，那他们彼此之间应该沟通甚多，而且经常交换意见吧？"K.说，"不管怎样，到目前为止，我还是一直对他们保持沉默。""一般来说，他们彼此是没有沟通的。"商人说，"被告人的数量实在是太多了，互通信息是根本不可能的。而且，他们共同的利益也很少。有时候，某群人会自以为找到了共同利益，但很快就证实那是弄错了。人们无法采取统一行动来对抗法院。每件案子都是单独审理的。法院的小心谨慎可说是无出其右。换句话说，被告人根本就无法联合起来做些什么，反而个别人有机会秘密地动些小手脚。一旦某人做了些什么，也只有事情真正做到之后，其他人才有机会感受得到。结论就是，被告人完全没有群体行动，他们虽然经常聚在等候室里，但彼此之间却鲜有讨论。迷信自古以来便已存在，谣言的天性就是自我繁殖。""我看过那些守在等候室里的先生。"K.说，"在我看来，你们的等待完全就是在做无用功。""等待绝非无用。"商人说，"尝试以一己之力进行干预才无用。我已经说过了，目前我除了他之外，还请了另外五位律师。你恐怕会觉得——我本人之前也是这样觉得的——目前我可以完全将审判相关事务托付给他们。可是实际上，这个想法是完全错误的。如果我只请了一个律师的话，相对要操心的事情也会少一些。关于这点，你是不是不太能理解？""是的，不太能理解。"K.说，并且把一只手按在商人的手上，以免他不知不觉讲话讲得太快，"我只想请求你，讲得慢一点，我们现在讲的这些事情，对我而言非常重要，但我没办法完全跟上你的语速。""你记得提醒我这点，很好。"商人说，"对于审判而言，你是新手，也是个年轻人。你的案子才开始半年，不是吗？肯定是，因为我之前就听说过了。这场审判还在幼年期呢！再看看我，和审判相关的种种事情，早就考虑过无数次了，它们已经成为我活在这世上所面对的最自然不过的事，是我生命的常态了。""你的审判已经进展到这一步，你想必很开心吧？"K.问道。实际上，他也并不是真想去打听商人的审判进行得怎么样了。不过，话说回来，K.也没有从商人那里得到什么确切具体的回答。"是的，我把自己的审判推迟了五年之久。"商人低下头说，"这可不是件小事。"说罢，他沉默了一会儿。K.仔细听了听周围的动静，想知道莱妮是不是已经回来了。一方面，他不希望她过来，因为他还有太多问题要问，不希望莱妮过来打扰他和商人之前的这次秘密会谈；另一方面，他又为莱妮明明知道他在这里，还跟律师单独在一起这么长时间感到气恼。单就端汤这件事而言，所花费的时间也太长了一点。"我还能确切地记得刚开始时的情况，"商人再次开始讲述，K.也立即全神贯注地听了起来，"当时，我所处的阶段和你现在的阶段差不多。那时候我只请了这一个律师，对他也并不是很满意。"看来，自己可以从他这里了解到所有想要了解的东西，K.心想，并且动作很夸张地点了点头，仿佛这样做就可以鼓励商人说出一切值得去了解的内容。"我的诉讼流程停滞不前，"商人继续说道，"尽管预审已经进行过好些次了，我也每次都到预审调查室报到，费心搜集资料，把我生意上全部的账簿都上缴给法庭，可是后来我才知道，做这些事情根本就没有必要。我反反复复去找律师，他也提出了好几份请愿书。""好几份请愿书？"K.问道。"对的，当然是好几份。"商人说。"这部分内容对我而言非常重要。"K.说，"在我的诉讼流程里，他还在为初次请愿书忙活——等于是什么事都没做。我现在总算是搞清楚了，他根本就是在忽视我的审判，真是可耻。""不过，请愿书至今都没有写好，可能也确实存在一些说得过去的理由。"商人说，"况且，我曾经提交过的那些请愿书，事后也证明它们确实全无价值。我甚至还透过一位法院公务员的关系，亲自读过其中的一份。那份请愿书写得确实相当有技巧，但却没有任何实质内容。首先，其中存在大量我根本不解其意的拉丁文表述；其次，整份请愿书中，长达好几页都是给法院的一般性呼吁，不具针对性；然后就是大量不指名道姓的奉承，献给某几位没有说明职位的官员——尽管如此，熟悉法院的人肯定都能猜得出来具体是谁；接下来是律师的自我表扬，效果适得其反，简直就像是在法院面前卑躬屈膝地羞辱自己；最后是对一些现有案例的调查研究——据说跟我目前所处的情况十分类似。不过话说回来，在我所能理解的范围内，请愿书中所列举的种种调查研究都完成得十分细致。我说了这么多，并不是想要去评判律师的工作做得究竟怎么样：毕竟我亲自读过的那份请愿书，也只是呈上的多份请愿书中的其中一份而已。但是，我现在必须坦承——如果仅以那份请愿书作为参考，彼时彼地，我是无论如何都看不出自己的审判有任何进展的。"你到底想要看到怎样的进展呢？"K.问道。"你的问题合情合理。"商人微笑着说，"实际上，在整个诉讼流程中都很少看得到进展，可当时我并不知道这点。我是个商人。不过，那时比现在更像个商人，因此，我希望自己的审判能够取得切实的进展。我猜想，诉讼流程应该是要朝着完成终审的方向发展，或者至少也能切实进入下一道程序。现实正相反，只有反反复复的审讯，内容通常千篇一律，每个问题的回答，我已经跟祷文一样倒背如流了。法院的信使每周都要来我公司、我家，或者其他任何能够找到我的地方好几次，这当然给我的日常生活带来了不少的麻烦——时至今日，至少这方面的情况已经大为改善，毕竟打电话带来的麻烦要少一些——除此之外，关于审判的各种谣言，也在我的企业界朋友们中间，甚至在我的亲戚们之间广为流传。审判已经对我造成了全方位的妨害，但却没有丝毫迹象表明他们将会在不远的将来对我进行初次庭审。无奈之下，我只好去找律师，向他抱怨如上种种。他给了我一大堆冗长复杂的解释，但却断然拒绝去采取一直在我脑海中酝酿的某项行动。他告诉我，任何人都无权通过请愿书对审判时间加以干涉——而我当时正想让他试着这样去做——他说，这样的事情根本闻所未闻，真这样去做，只会彻底毁掉我和他。当时我心想：既然这位律师不想做，或者不能做，那或许还有另一位律师想这样做，而且有能力去做。于是，我就去找了其他律师。而且，这也正是我马上要说的：我所请的律师，最终没有哪怕一个人成功要求过庭审时间，或者哪怕确认下具体日期，因为这当真是不可能做到的——不过，其中倒也发生过意外情况，对此我晚些还有话要说，现在暂且按下。所以，这里的这位律师先生至少在这一点上并没有欺骗我。可是，除了他之外再找其他律师这件事，我也并不后悔。你大概已经从胡尔德博士那里听了不少关于辩护员的事情了，聊起辩护员时，他恐怕总是会把他们描述得十分可鄙，实话实说，他们也确实如此。然而，每当他聊起辩护员，并把自己跟他的那些同僚相比较时，他总是会犯一个小错误，在此我也想提请你注意——他总是习惯于把自己圈子里的律师们称为'大律师'，以此来跟其他律师们区别开来。这样做当然是错误的。不管什么人，只要自己愿意，都可以在自己的名头前面加个'大'字，但是，对于律师这个职业而言，却只能依据法院方面的习惯来认定。在法院的那套体系中，除了辩护员之外，还有小律师和大律师的差别。这里的这位律师先生和他的那些同僚都只是小律师，至于大律师，我只听说过，从来没有亲眼见到过。相比小律师，他们的地位简直高不可攀，就好比小律师和辩护员之间的差距。"大律师吗？"K.问道，"他们都是些什么人呢？怎样才能联系上他们？""这么说，你连听都没有听说过大律师。"商人说，"几乎没有哪个被告人在知道有大律师存在后，不会对他们朝思暮想，不会花很长一段时间，妄图得到他们帮助的。你最好不要受这个念想的诱惑。究竟谁是大律师，我也不知道，而且很可能没办法主动去找他们。他们曾经真正介入过的官司，我也没听说过哪怕一起。确实，他们是会为某些人辩护，但这仅凭被告人自己的意志是无法实现的，因为他们只捍卫自己想要捍卫的人，只为自己选中的人辩护。问题在于，这些大律师愿意接手的案子已经超出了低阶法院的所辖范畴。实际上，最好的办法就是不要去想和大律师相关的东西，否则，你就会觉得那些并非大律师的律师的约谈咨询，他们的建议和帮助水平太过低劣且毫无用处。我本人已经体会过这种感觉了，那时简直就想把和审判相关的一切统统抛弃，直接回家躺到床上，什么都不想再听。不过话说回来，如果真那样去做的话，简直是愚蠢至极——哪怕你时刻躺在床上，也换不来多久的安宁。""也就是说，你当时并没有多想关于大律师的事情？"K.问。"没有想多久，"商人说着说着，又笑了起来，"不幸的是，完全不去想大律师也是不可能的，尤其在深夜里，总是不知不觉就想到要是有大律师的话该是如何如何。不过，当时我想要的主要还是立竿见影的效果，因此，我还是选择去找辩护员。"

"你们坐到一起了啊。"莱妮喊道，她端着盘子回来了，在厨房门口停住了脚步。此刻，他们确实坐到了一起，而且挨得那么近，哪怕只是稍微转动一下身体，脑袋就会碰到一起。商人不仅个子小，坐的时候还弯腰曲背，K.想听清楚他所说的每一句话，也不得不尽量弯下腰去。"还要一会儿。"K.朝莱妮喊道，语气里带着戒备。他的一只手仍旧按在商人的手上，手腕不耐烦地抖了抖。"他要我给他讲讲我自己的审判。"商人对莱妮说。"那就讲吧，尽管讲。"她回应道。莱妮对商人说话时，用的是一种很温柔体贴的语气，但同时也保有着高高在上的姿态。K.对此感到不满。面前这个男人有一定的价值——诚如他现在所认识到的那样——首先，他对审判有足够经验；而且，他很擅于分享经验。莱妮对他的看法可能并不正确。K.生气地看着莱妮把商人一直拿在手上的蜡烛挪开，并用围裙给他擦了擦手。然后又跪在他身边，仔细地将一些之前滴在他裤子上的蜡弄干净。"你刚才还打算跟我讲关于辩护员的事情呢。"K.一边说着，一边推开了莱妮正在商人裤子上忙碌的手。"你想干吗？"莱妮问道。她轻拍了一下K.，继续做起之前的事儿。"是的，打算讲关于辩护员的事。"商人回应道。他伸手揉了揉自己的额头，像是在努力回忆。K.希望能够帮到他，便说："你想要的是立竿见影的效果，所以才去找那些辩护员。""完全正确。"商人评价道，但却并没有继续说下去。"或许他不打算当着莱妮的面谈论这件事。"K.心想。他克制住自己的焦躁，克制住想要马上听商人继续讲下去的心情，没有再追问下去。

"你已经通报过，说我来了吗？"他问莱妮。"当然说了。"她说，"他正在等你呢。就让布洛克一个人留在这儿吧，你也可以晚点再跟布洛克聊，他又不会走。"K.还在犹豫。"你不会走？"他这样问商人，明显是希望商人亲口回答，不希望莱妮像谈论一个不在场的人那样谈论商人——不知为何，K.今天对莱妮充满了莫名的不满。尽管K.这样问了，回答的却还是莱妮："他常常在这里过夜。""在这里过夜？"K.嚷嚷道，他曾经以为，商人之所以暂时不离开，只是选择在这里等他。因为他会尽快结束与律师之间的谈话，然后，就可以不受任何干扰地继续跟商人一起探讨关于审判的林林总总。"没错，"莱妮说，"不是每个人都像你一样，约瑟夫，不是每个人都能在随便什么时间过来，想见律师就可以见到的。尽管律师生了重病，却还是愿意在深夜十一点时和你面谈，你似乎认为那是理所当然，一点都不感到惊讶。在你看来，你的朋友们为你做的任何事情都是理所当然的。好吧，你的朋友们——或者至少是我，其实还是心甘情愿地在帮你的。我不要任何的感谢，也不图其他什么，只要你喜欢我就好。""喜欢你？"猛地听到这三个字，K.不禁在心中错愕。当这三个字出现在自己脑海里之后，K.才意识到："欸，没错，我确实喜欢她。"尽管如此，他在回话时还是忽略了这一切，十分生硬地说道："他之所以愿意跟我面谈，不过是因为我是他的客户而已。要是连这样的事情都还需要做一些额外的事情来弥补，那岂不是我以后每一步都要求人，都要千恩万谢才妥当？""他今天可真坏啊，不是吗？"莱妮问商人。"现在我反而是那个不在场的隐形人了。"K.心想，而且几乎马上要迁怒于商人，因为商人也用莱妮那种不礼貌的态度接话道："律师之所以愿意随时跟他面谈，也有些其他方面的原因。毕竟他的案子比我的更有趣。而且，他的审判目前尚处于起步阶段，也就是说，到目前为止做错的事情可能并没有太多，所以律师也仍旧喜欢同他打交道。再过一段时间，情况就会有所不同了。""没错，没错，"莱妮说，眼睛注视着商人，笑了起来，"他可真会乱讲话！你可不能相信他。"她转头朝向 K.，对他说道："他这个人，有多招人爱，就有多会胡说八道。没准这就是律师不喜欢他的原因。不管怎样，律师也只有在自己心情好的时候才会跟他面谈。我已经付出了很多努力，想要改变这一状况，但这是不可能办到的。试想一下，有时我去向律师通报，说布洛克来了，但律师却非要等到三天后才肯见他，那会是个什么样的情况。如果律师说可以喊布洛克过来时，他恰好不在，那么一切的等待便付诸东流——登记，通传，全部从头开始。正因为此，我才会允许布洛克在这里过夜。毕竟，律师大半夜说要见布洛克的情况，之前也发生过。如今，就算是在深夜里，布洛克也准备就绪，随时可以跟律师面谈。可是，现在又经常会出现这样的情况，那就是一旦律师发现布洛克在这儿，偶尔又会让我取消原定的见面安排，回避与他相见。"K.看了一眼商人，试图向他确证莱妮所说的这番话语是否属实。那人点了点头。也许是因为对此感到自卑气馁，他又恢复到先前与 K.交谈时的那种谦卑真诚的语气了："是的，时间拖久了之后，被告人会变得十分依赖自己的律师。""他的抱怨徒具其表。"

莱妮说，"实际上，他很喜欢在这里过夜——他常常对我这么说。"说罢，她朝一扇小门走去，并把它推开。"你想看看他的卧房吗？"她问 K. 道。于是，K. 走过去，从门口看了看这个层高很低、没有窗子的房间：区区一张窄床，就已经占满了这里全部的空间。要想上床睡觉，必须先从床尾的护栏翻过去。床头边的墙上有一处凹进去的空间，里面局促地摆着一根蜡烛、一只墨水瓶和一支羽毛笔，除此之外，还有一摞纸，大概是和审判相关的文件。"你睡在女仆的房间里？"K. 转头望向商人，问道。"是莱妮安排我住在那里的，"商人答道，"那里十分便利。"K. 端详了他好一会儿。这个商人给 K. 的第一印象恐怕算是很不错的：对于审判，他的经验丰富，因为他的官司已经持续了很长时间。不过话说回来，他也为这些经验付出了高昂的代价。突然之间，K. 发现自己已经无法忍受商人的那副嘴脸了。"快把他带到床上去吧。"他朝莱妮吼道，不过，她看上去似乎完全不明白他说的是什么意思。实际上，他是想赶快到律师那里去——只要解雇了律师，他不仅能摆脱律师本人，连莱妮和眼前这个商人也能顺带摆脱掉。可是，K. 还没走到门口呢，商人又压低了声音问他："襄理先生，等一下。"K. 只好满脸怒气地转过头来。"你忘记你的约定了，"商人一边说着，一边从他坐的位置朝着 K. 屈身过去，那样子完全是在哀求。"你也要告诉我一个相关的秘密。""的确有这么回事，"K. 一边说着，一边瞥了莱妮一眼——此刻，她正专注地看着他，"既然如此，那就听好了：尽管这件事几乎已经谈不上是什么秘密，不过——我现在就要去律师那里，去

225

解雇他。""他要解雇他！"商人惊呼，他一下子从椅子上蹦了起来，双臂高举，在厨房里跑来跑去，一边跑，一边不停惊呼："他要解雇律师。"莱妮想要马上冲到 K. 的身边去，但商人却挡住了她的路，无奈之下，她伸手打了他一拳。在这之后，她更是双手握拳，紧跟在 K. 后面撵了上去。但是，由于方才的耽搁，K. 已经在前面领先了很大一段距离。等到莱妮赶上他时，他已经进到律师房间里了。此刻，K. 打算紧紧关上身后的门，但莱妮的一只脚已经插在了门缝里，不让他把门关死。不仅如此，她还伸手抓住了 K. 的胳膊，想把他拽回来。哪里知道，K. 突然使出很大力气，去捏莱妮抓住自己手的那只手腕。莱妮被捏得疼痛难忍，只好叹了口气，松开 K. 的胳膊。她不敢硬闯进律师的房间，犹疑之间，K. 已经用钥匙锁上了房门[1]。

"我已经等你很久了。"床上的律师说道，只见他把正借着烛光阅读的一份文件放在了床头柜上，戴上了一副眼镜，端详着 K.，目光很锐利。但是，K. 并没有为自己的迟到向律师道歉，反而对律师说："我很快就走。"因为 K. 说的这句话并非道歉，律师选择忽略，继续开口道："下次我不会再允许你在这么晚的时间过来见我了。""这倒是跟我的想法一致。"K. 说。律师满怀疑虑地打量着他。"请坐。"他说。"既然你希望这样，那我就照办好了。"K. 说罢，便

1　老式德奥卧室的钥匙一般都直接插在门上。

拉过一把椅子放在床头柜旁边，坐了下来。"从我这边看过去，你刚才似乎把门锁住了。"律师说。"没错，"K.说，"是因为莱妮。"他无意偏袒任何人。律师又问："她是不是又对你纠缠不休了？""纠缠不休？"K.反问道。"正是，"律师笑道，笑着笑着，他突然咳嗽起来，不过咳完之后又开始笑，"你应该早就注意到她的纠缠不休了，对吧？"他一边问，一边拍了拍K.的手。K.原本是心不在焉地把手撑在床头柜上的，律师一动作，他马上就把手给抽了回来。"看来，你并不怎么在乎这件事。"见K.沉默不语，律师便继续说道，"这样更好。否则，我估计还得为此专门向你道歉。纠缠不休——这正是莱妮的一个怪癖，好在我早就对此视若无睹了，如果不是你刚才将门锁上了，我也不想多谈这个。这个怪癖——既然你已经亲历过了，恐怕完全不需要我来多加解释。不过，既然你现在如此惊讶地盯着我看，那我还是解释一下好了：造成这一怪癖的根本原因，是因为莱妮觉得大多数被告人都很好看，她都喜欢。于是，她便主动去缠着他们，去爱他们，看起来似乎也被他们每个人所喜爱。在得到我许可的时候，她有时会把这些事情告诉我，供我取乐。对于在莱妮身上发生的这些事情，我可并不像你此刻看起来的那样吃惊。实际上，只要找准观察角度，被告人确实也经常会看起来很顺眼。并非空穴来风——这其实是一个值得注意的、几乎可以进入自然科学研究领域的广泛现象。作为承担被告人身份的后果，一个人的外貌当然不会立即发生明显的、能够准确指出的变化。毕竟接受这种审判还是跟其他一些司法案件不同，大多数被告人依旧过着他们习以为常的生活。如果有一个好律师来为他们操心的话，审判根本就不算是什么障碍。但是，有经验的人能够在一大群人当中把审判的被告人一个接一个地全部认出来。他们是怎么做到的？你应该会这样问。不得不说，我的答案恐怕不会令你满意：被告人恰恰就是那群人当中最好看的。令他们比寻常人好看的并非罪行，因为——至少作为律师的我必须这样说——他们不是每个人都有罪；令他们现在变得好看的也并非将要施加在他们身上的刑罚，因为他们不是每个人都会获刑。因此，变得好看的原因，只可能是施加于他们的诉讼流程，以某种形式与他们融为一体了。虽然在他们这些好看的人当中，也存在着那种出类拔萃式的好看。但总体而言，被告人都是好看的，甚至布洛克都不例外——这个可怜虫！"

律师说完这番话时，K.已经完全冷静了下来，甚至——当律师说到最后几个词时——他还使劲点了点头，以此来证实自己之前的想法：律师总是（包括这次）用一些根本不切题的泛泛之论让他分心，从而试图回避那个最主要的问题——作为律师，他究竟为K.的案子出了多少力？律师应该已经注意到，K.这次比以往更加抗拒他的做法：为了给K.一个发言的机会，他暂时不再说话了，但K.并不吃这套，继续保持沉默，所以律师只好问道："你今天过来见我，有什么特定的目的吗？""有的，"K.一边说，一边伸出一只手，把蜡烛的光遮住一部分，以便将律师看得更清楚些，"我这次来，是要对你说：从今天开始，我要正式撤销我与你之间的辩护委托。""你所说的，是我理解的那个意思吗？"律师问道，并且从床上半坐起身来，一只手撑在枕头上。"我认为是的。"K.说，他在椅子上坐得笔直，仿佛随时准备有什么动作。"既然这样，那我们现在也可以就这个计划来展开讨论。"停顿片刻之后，律师说道。"已经不再停留在计划阶段了。"K.说。"或许如此，"律师说，"就算这样，我们也不必太过匆忙行事。"律师用了"我们"这个词，似乎是在暗示，他并不想让K.就这样离去——即便不再能担任K.的代理人，至少也可以作为他的法律顾问，继续合作下去。"不算匆忙行事。"K.慢慢站起身，站到了椅子后面，"这是深思熟虑的决定，或许甚至可以说是考虑得太久了。这就是最终决定，没有回旋余地。""既然如此，那就请你允许我再多说几句话吧。"律师说。他把羽绒被掀开，起身坐到了床沿上。两条长着白毛的光腿露在外面，因为寒冷而瑟瑟发抖。他请求K.帮他把沙发躺椅上的毯子拿过来，K.照办了，并对他说道："你这样会着凉感冒的，完全没有必要。""在这个关头上，就算感冒也在所不惜了。"律师一边说，一边用羽绒被裹住自己的上半身，又用K.递来的毯子遮住下半身。"你叔叔是我的朋友，随着这段时间过去，我也渐渐觉得你这个人很不错——关于这点，我可以完全把话说开，不需要为此感到不好意思。"这一大段来自老男人的多愁善感式的发言，K.真是一点也不想听，因为这种发言会迫使他做一段具体而微的解释，但这种解释恰恰是K.想要避免的。除此之外，这样的一番话也令K.感到困惑，因为它完全不能说服他打消解雇律师的决定。"我很感谢你的和善态度。"他说，"我也承认，你确实已经竭尽所能，按照你认为对我有利的方式，对我的案子给予了相当的帮助。不过，在最近这段时间里，认为你所做的这些并不足以为我赢得审判的念头成功说服了我。我当然不会试着去说服你来接受我的这种观点，这是肯定的，毕竟你是一位比我年长那么多，而且也比我有经验得多的绅士。如果我有时在无意中已经这样做过了，那就请你原谅我。我所牵涉到的这个案子——正如你自己曾经表述过的——它实在是太重要了，重要到足够说服我去改变。相比截至目前所做的事情，必须对审判做出更有力的干预，这是很有必要的。"我明白你的意思，"律师说，"你感到不耐烦了。""我没有不耐烦。"K.说。此刻，他感到有些气恼，甚至因此不再怎么注意自己的措辞了。"早在我第一次过来拜访——跟我的叔叔一起到你这里来时，你就应该留意到，我其实并不把审判看得有多重要。如果不是因为总是有人想方设法让我或多或少地想起它，我早就忘得一干二净了。但是，我的叔叔却坚持要我委托你来当我的辩护代理人。我之所以这么做，完全是为了让他高兴。请过律师之后，人们通常会觉得，我应该会把审判看得更轻一些，因为相关的事情都交给律师去代理了，审判所带来的重压也会稍微减轻一些。可是，真正发生的事情刚好相反。自从你当了我的代理人之后，我反而比以往任何时候都更担心自己的审判。当我独自一人面对审判时，并不为自己的案子做任何事情，但我几乎感觉不到有什么问题；如今我有了代理人，一切都在为一个共同的目标做准备，未来肯定会有什么事情发生。所以，我一直都在等待着你的干预，整个人也变得越来越焦躁，但你却什么都没做，一直置身事外。尽管如此，我还是从你这里得到了关于法院的各种消息——除了从你这里之外，可能从其他任何人那里都得不到。可是，这些对于现在的我而言，根本就不足够。审判正在悄悄向我逼近，步伐时刻不停。"说罢，K.把手边的椅子推开，双手插进衣袋里，站得笔直。"实际上，从某个时间点开始，就再也没有新的事情发生了，"律师神态自若，轻声说道，"诉讼流程走到差不多这个阶段，不知道有多少人也跟你一样，站在我的面前，说着类似的话。""如此说来，所有这些与我相似的人，也同样做出了正确的选择。"K.说，"你这样说并不能反驳我的观点。""我不想反驳，"律师说，"不过，我倒是想要补充一句：相比其他那些人，我原本希望从你身上看到更多的判断力。因此，相比其他那些委托人，我想方设法让你对法院的各项事务和我自己的做法有更多的了解。哪里知道，现在我却不得不面对这样的结果：尽管我做得更多，所有这一切却无法赢来你对我足够的信任。你这是在为难我。"此刻，律师在K.面前是多么低声下气！他竟说出这样一番话，一点都没考虑到作为一名律师的职业荣誉感。要知道，在"将被委托人解雇"这样一个节骨眼上，作为律师的职业荣誉感肯定是最敏感的。所以，他究竟为什么要做到这个地步呢？他显然是一个业务繁忙的律师，而且也是个富有的人：他本身应该并不在乎损失收入或者失去客户。况且，他还身染顽疾，本来就该考虑减少工作量。然而，他却偏要紧抓住K.不放！为什么呢？是因为他与叔叔之间有私交，所以不得不帮忙吗？抑或K.的审判确实极不寻常，他希望能够在其中取得出类拔萃的表现，以便对 K.——或者对他那些在法院的朋友（这种可能性也绝对不能排除）有个交代？不管 K. 多么肆无忌惮地观察他，他的脸上都没有浮现出哪怕任何一点透露真相的迹象。几乎可以肯定的是，律师故意装出一副不动声色的模样，等待他刚说的话在 K. 的身上产生效果。可惜的是，他显然已经把 K. 此刻的沉默不语解读为"现状对自己十分有利"了，因为他又继续说道："你估计已经注意到了，虽然我拥有一家规模颇大的律师事务所，但却并没有聘请任何员工。在过去，这里的情况大不相同，是有一些法学专业的年轻人为我工作的；时至今日，这里就只有我一个人在做事了。其中部分原因，是由于我的业务范畴发生了变化——我越来越多地将自己局限在了像你这样的官司上。另一部分原因在于，我从这类官司中得到了一些更深入的认识。我发现，如果我不想辜负我的委托人，以及我对审判所承担的义务的话，就不能将这项工作交给其他任何人来做，必须亲力亲为。然而，独自完成所有工作的决定，也造成了一个理所当然的后果：不得不拒绝掉几乎所有的代理委托，只去接纳那些跟我的业务范畴特别吻合的官司——这么说吧，这世上有足够多的可鄙之人，甚至这附近就有不少，他们随时都会一拥而上，去争抢我随手抛弃掉的每一笔业务。另外，我也因劳累过度而患病……即便这样，我也不为自己的决定感到后悔。实话实说，我本应该拒绝掉比现在更多的代理委托，但我已经深陷到了找上门来的审判官司当中，只能全力以赴。不过，事实证明，这样做是绝对必要的，我也成功得到了回报。有次，我读到了这样一篇论文，它颇为精妙地概括了寻常的法务委托与审判类型的法务委托之间的区别。文章中提道：负责前者的律师用一条绳索来引导自己的委托人，直到做出判决；负责后者的律师在接受辩护委托之后，便立即将委托人驮在自己的肩膀上，一直背负着他，绝对不会放下，甚至判决之后都不会放下来。情况正是这样。但是，如果我说自己从来不曾为这项伟大事业而后悔，也不算完全正确。比如像你这样，对这项伟大事业给出了完全错误的判断，那么我差不多一定会后悔。"

相比被说服，K.对于这一大段演讲感到的反而是不耐烦。不知为何，他觉得自己可以听到律师在未来说话的声音——如果他放弃了坚持，律师将会对他说些什么——开始新一轮无用的安慰话，提示一下已经在逐步推进的请愿书情况，暗示法院官员们的心情已经有了改善，以及未来工作所面临的巨大困难……简而言之，一切令他深感疲倦的内容又会卷土重来，只为了用虚无缥缈的希望欺瞒他，用无限期的威胁折磨他。这一切必须杜绝！因此，K.开口道："如果你有机会保留我的辩护委托，那你将会为我的案子做些什么？"律师甚至连这个带有侮辱性的问题都忍受住了，他回答道："如果那样的话，已经为你做过的那些事情，也还会继续做下去。""这我早就知道了，"K.说，"既然如此，从现在开始，哪怕再多说一个字都是多余的了。""我还会再努力尝试一下。"律师这样说道，听那口气，仿佛让K.感到义愤填膺的事情其实是发生在他身上，而不是K.身上似的。"此刻，我心里有这样一种猜想：你作为一名被告人，由于受到了太好的对待——或者说得更准确一些，是被疏忽了，作为被告人，明显被疏忽对待了。因为他们的疏忽大意，你不仅对我在法律上的鼎力协助产生了误判，还造成了其他一系列异常行为。当然，他们的疏忽大意也有其内在原因：实际上，在很多时候，锒铛入狱反而比自由更好。不过，话说回来，我倒是想向你展示一下，其他那些被告人受到的都是怎样的待遇，也许你能从他们那里学到点东西。我现在要把布洛克叫过来，你去把门打开，然后坐到床头柜旁边吧。""乐意效劳。"K. 说罢，便按照律师的吩咐做了：如果是要学点什么新东西的话，他随时都是愿意的。不过，为了确保达到自己此行的目的，他还是追问了一句："我决定要撤销与你之间的辩护委托，这件事你应该已经了解了，对吧？""是的，"律师说，"不过，在今天之内，你还是可以撤销这个决定的。"他躺回到床上，把羽绒被往下盖到膝盖位置，面朝着墙，按响了电铃。

铃声才刚刚响起，莱妮就现身了，她往房间里匆匆瞥了几眼，想搞清楚这里究竟发生了什么事：发现 K. 此刻正在律师床边安静地坐着之后，她似乎稍微放心了些。她微笑着对 K. 点了点头，但 K. 只是面无表情地看了看她。"带布洛克过来。"律师说。但莱妮并没有去带他过来，而是径直走到卧室门口，朝外喊了一声："布洛克！到律师这儿来！"然后，或许是因为律师面朝着墙，看不到这边发生了什么事，莱妮趁势溜到 K. 坐着的椅子后面，整个人倚在椅背上。她要么身体前倾，与 K. 亲密接触，要么就是将双手温柔又小心地穿过他的头发，抚摸他的脸颊——这一系列小动作搅得 K. 意乱情迷，最后不得不紧紧抓住她的一只手，束缚住她的动作。

几次反抗之后，莱妮只好放弃。

　　布洛克一听到召唤，马上就过来了，但他走到门口时又停了下来，似乎在考虑是否应该进去。他扬起眉毛，低下头，似乎是想听律师再重复一遍命令。K.本来打算鼓励一下他，让他赶紧进来，但此刻 K.已经下定决心，不仅要跟律师断绝关系，还要跟这宅子里的一切划清界限，所以他选择一动也不动。莱妮同样沉默不语。这时，布洛克注意到，尽管没有人明确表示同意，至少也没有人过来撵他走，于是，他便蹑手蹑脚地走了进来，脸上的表情紧绷着，双手紧握在背后。为了给自己留一条可能的退路，他没有关门，保持着通路敞开。他甚至连看都没有看 K.一眼，双眼一直盯着那隆起的羽绒被。被子下面的律师已经把身体挪到了离墙很近的位置，很难看到他在哪儿。不过，他们却还是能听到他的声音："布洛克来了吗？"他这样问道。这个问题仿佛给了布洛克胸口一记闷棍，然后又在他背上狠狠揍了一下——他一连跨了好几步，走出颇长一段距离，跟跄着深鞠了一躬，说："悉听吩咐。""你[1]来做什么？"律师问，"你来得不是时候。""我不是被叫过来的吗？"布洛克反问道。他这番话与其说是对律师说的，倒不如说是对自己说的，只见他伸出双手来护住自己，已经准备好要从这里逃开了。"确实叫了你，"律师说，"尽管如此，你来得依旧不是时候。"稍微停顿一下后，他

1　此处德语原文中没有用敬语。相比之下，律师一直都对 K.用敬语。

又补充道："你总是来得不是时候。"自从律师开口说话后，布洛克就不再望向床那边了，他转而盯住房间角落的某个位置，大部分时候都望向那边，侧耳倾听律师讲话——仿佛这位说话者的眼睛余光太过耀眼，他根本无法直视。但实际上，光是倾听也十分困难，因为律师讲话时是贴着墙的，而且声音很轻，讲话的语速又很快。"你想让我现在就走吗？"布洛克问。"既来之则安之吧！"律师说。听到这句话，布洛克全身都开始颤抖起来，任谁看了他现在这副模样都会觉得，作为代理人，律师不仅没有满足布洛克的要求，还威胁说要狠狠揍他一顿。"我昨天去了第三法官[1]那里，"律师说，"他是我的朋友。我们聊着聊着，渐渐把话题转到了你的身上。你想知道他具体说了些什么吗？""噢，求你了，告诉我吧。"布洛克说。由于律师没有立即答复他，布洛克又央求了他一次，并且深深鞠躬，看那样子，似乎马上就要跪下了。K.见状，马上斥责他道："你在做什么？"莱妮想要阻止K.，不让他喊叫。于是，他干脆把她的另一只手也紧紧抓住了。K.抓得很用力，明显不是情人之间相互爱抚时会用的那种力道，她深深叹了口气，扭动双手，想方设法地要摆脱K.的控制。对于K.的这一声惊呼，受惩罚的反而是布洛克，因为律师此刻突然发问道："你的律师是谁？""是你。"布洛克说。"除了我之外呢？"律师又问。"除了你之外就再没别人了。"布洛克说。

---

1 比副法官级别还要低的法官。

"既然是这样，那你就不要再跟随除了我之外的任何人。"律师说。布洛克完全理解律师说这番话的意思，他狠狠地瞪了 K. 一眼，朝他猛地摇了摇头——如果有人能把这些动作转化为文字，那将会是很严重的侮辱。K. 竟然曾经想跟这样一个人一道，态度友好地讨论自己的案子！"我不会再打扰你了，"K. 整个人往椅背上一靠，说道，"你是要下跪，还是要四脚着地爬来爬去，什么都好，愿意做就去做，我根本一点都不在乎。"不过，布洛克心里多少还是有一些自尊心的，至少在 K. 面前是这样。只见他双手握拳，朝着 K. 走去，用难以想象的声音（仿佛只有在律师身边，他才敢叫这么大声）吼道："你不能这样跟我讲话，那是不允许的。你为什么要侮辱我？而且，侮辱我也就罢了，居然敢当着律师先生的面这样做。要知道，他完全是出于怜悯心，才会在这里容忍我们俩的胡闹。你这个人，并不比我好到哪儿去——你和我一样，也被控告了，也要接受审判。如果你觉得尽管官司缠身，自己也还是一位绅士，那我也是一样的，就算不比你更高级些，也不会比你差到哪儿去。而且，我也希望人们能够以对待绅士的态度来跟我交谈，尤其是你。但是，如果你认为自己比我优越，受到特殊待遇，当我像你刚刚所说的那样四脚着地爬来爬去时，还可以好端端坐在那里，心平气和地倾听，那我就要用一句法律上的老话来提醒一下你：对于犯罪嫌疑人而言，一静不如一动。因为原地静止不动的人永远都不知道，自己其实已经坐在了正义女神的天平秤盘上，女神正在称他身上的罪孽有几斤几两呢。"K. 目瞪口呆，什么也没多说，只是死死盯住这个已经昏了头的可怜人。在过去的这一个小时里，他的身上竟然产生了如此巨大的变化！岂不正是缠在他身上的那桩官司令他昏了头，已经分不清哪边是朋友，哪边是敌人了。他完全没有察觉到，律师其实是在故意羞辱他。这一次律师把他叫过来，并没有什么具体的事情，只是在 K. 的面前夸耀自己的权力，或许也希望借此让 K. 屈服于他？但是，如果布洛克无法看出这点——要么就是因为他太过害怕律师，乃至于就算看出这点也无能为力——如果是那样的话，那他又怎么可能会如此聪明（或者说如此大胆），竟然敢欺骗面前的这个律师，向他隐瞒了自己除了他之外，还有其他律师在为他工作的这个事实？而且，为什么他现在胆敢向 K. 发起攻击？ K. 一怒之下很可能马上透露他的秘密。哪里知道，他接下来的做法更加冒险，竟然直接跑到律师床边，开始抱怨起 K. 来。"律师先生，"他这样说，"你听到这个人是怎么跟我说话了吗？他的审判进行的时间还很短，甚至还可以用小时来计算。这样一个资历尚浅的被告人，居然想要对我这个已经在审判中沉浮了五年之久的男子汉指手画脚，想给我好好上一课！他甚至还侮辱我。明明自己什么都不知道，居然还在那儿冷嘲热讽。而我呢，只要是在我微薄力量所能触及的范围内，作为被告人的礼仪和责任，还有法院方面的惯例，每一样我都悉心研究过。""别去管其他人的闲事。"律师说，"做你自己认为正确的事就好。""一定的。"布洛克回应道，不像是在对律师说话，反而像是在鼓励自己。说罢，他匆匆往两边一瞥，便在床边跪下了。"我已经跪下了，我的律师先生。"他说。但是，律师并没有回应。于是，布洛克便伸出一只手，轻轻抚摸律师盖着的羽绒被。在此刻笼罩卧室的一片寂静中，莱妮突然开口说话了。她一边挣脱 K. 紧抓住自己的那双手，一边说道："你把我弄疼了。放开我。我要到布洛克那儿去。"就这样，她走过去坐到了床沿上。布洛克见莱妮过来，感到十分高兴。他立即通过生动但静默的手势向莱妮打招呼，请她帮忙向律师说情。他显然迫切需要从律师那里获得一些消息，但他想要消息的动机，或许也只是拿去转达给自己的其他律师，为他们提供参考。莱妮恐怕十分清楚应该如何取悦律师，只见她先指了指床上律师的手，然后噘起嘴唇，做出好像亲吻的样子来。布洛克立刻有样学样，去吻了律师的手，并且在莱妮的要求下，将这个动作重复了两次。但律师依旧保持沉默。于是，莱妮便俯下身去，隔着羽绒被，贴在了律师的身上。当她做这个动作时，可以清楚看见她伸展开来的曼妙身材。她朝着他的脸一路探过去，抚摸他长长的白发。莱妮的这一系列动作终于迫使他回应了。"我正在犹豫，不知道应不应该把消息告诉他。"律师说。律师说话时，从 K. 这边可以看到他稍微摇了摇头，或许是想让莱妮那只手的触摸在自己身上的反应变得更敏感些。布洛克低头聆听律师的回话，仿佛聆听这件事本身就已经违反了某条戒律似的。"你为什么要犹豫？"莱妮问。此刻 K. 有一种感觉，那就是他正在听一段之前已经重复进行过多次、排练好了的对话，而且未来还将多次重演，也只有布洛克这种人才不会失去对这种反复重演的新奇感。"他今天表现如何？"律师没有回答，而是又问了一个新问题。莱妮在说话之前，先低头观察了一会儿布洛克，只见他双手合十，高高举起，以反复搓手的动作在哀求她。最后，她终于郑重地点了点头，转头向律师说道："他今天很平和，也很勤快。"这样一位上了岁数的商人，一名蓄着长胡子的绅士，竟然需要通过恳求一个年轻女孩的方式，来为自己争取一两句有利的证词。虽然他这样做可能也有别的考虑，但是，在 K. 这样一个同行者眼里，他是无法为自己的行为辩解的。这样的行为不仅令他自己受辱，甚至连旁观者都受到了侮辱。原来如此，律师的手段就是这样的——幸好他的那套方法没有在 K. 的身上作用足够长的时间——委托人最终会忘掉整个世界，把全部的希望都寄托在一条错误的道路上，背负重压，蹒跚前行，指望着在路的尽头看到审判的结束。这样的人，已经不再称得上是委托人了，他们根本就是律师养的狗。如果律师命令他像狗一样窝在床底下，并且在那里学狗叫，他也会饶有兴味地照办。K. 以审慎且带有优越感的态度倾听着他们的交谈，就仿佛已经得到了某种指示，务必完全掌握这里的一切动向，以便向上级汇报并提交书面报告。"他今天一整天具体干了些什么？"律师问。"为了避免他在我工作的时候打扰到我，"莱妮说，"我把他锁在了他平时住的那个女仆房间里。透过门上的缝隙，我可以时不时地观察一下他，看看他正在做什么。我看到他一直跪在床上，把你借给他的那些文件放在窗台上，仔细阅读。这给我留下了很好的印象：女仆房的窗户是跟天井相通的，几乎没有多少光线能够照射进来。在这样的条件下，布洛克仍然坚持阅读。在我看来，这样的行为表示他很听话。""听你这样说，我感到很高兴。"律师说，"但是，他读虽读了，有没有理解呢？"在莱妮和律师对话的这段时间里，布洛克的嘴唇也一直动个不停，显然是在默念他希望莱妮能够直接照搬的回话。"这个问题当然没办法由我来做出肯定的回答。"莱妮说，"无论如何，我可以确定的是，他已经很仔细地读过了文件：整整一天，他都在反反复复读那几页纸，读的时候还把手指放在页面上，一行一行细读。我每次过去观察他时，他都会叹气，似乎是在表示，对他而言读这些文件太费劲了。你借给他的那些文件似乎很难理解。""没错。"律师说，"那些文件确实很难理解。我也并不指望他能够读懂其中的多少内容。给他读那些文件，只是想让他有个概念，知道我是如何努力在为他辩护的，审判这场战争又是多么困难。我是在为谁打这场困难战争的呢？说出来几乎都让人觉得好笑——我完全是为了布洛克才去打这场硬仗的。这意味着他应该学会理解。他是一直不间断地在研习那份文件吗？""几乎从未间断过，"莱妮答道，"有一次，他停下来问我要些水喝。我就从门缝里给他递了一杯水。大概八点钟的时候，我放他出来，给了他一些东西吃。"莱妮讲到这里时，布洛克偷偷朝 K. 瞟了一眼，看他那样子，似乎是觉得莱妮说的这番话是在表扬他，K. 肯定也会对此留下深刻印象。布洛克现在恐怕觉得自己希望很大，不再那么拘谨，身体相比刚才动得更频繁，跪着的膝盖也开始不停挪动了。正是因此，律师接下来说的这段话在布洛克身上产生的效果看起来才会更加明显——他听完这段话后，吓得一动都不能动了。"你在表扬他。"律师说，"但这恰好就是我此刻有话想说却难以启齿，一直犹犹豫豫的原因。实际上，法官说的话并不太妙，无论是对布洛克这个人，还是对他的审判，都是如此。""不太妙？"莱妮问，"怎么会这样呢？"布洛克用十分紧张的眼神盯着莱妮，仿佛相信莱妮有一种神力，可以赋予法官已经说出口的话以一种新的含义，将原本不利的话语转变得对他有利。"确实不太妙，"律师说，"当我开始提到布洛克时，他甚至感到有些不适。'请你不要再提布洛克了。'他说。'可他毕竟是我的委托人啊。'我说。'你完全是在白费工夫。'他说。'我认为，他的案子还不至于输掉。'我说。'你完全是在白费工夫。'他又重复了一遍。'我不觉得是这样。'我说，'为了赢得审判，布洛克一直都很勤奋努力，时刻关注案情，了解案子的进展。他几乎一直住在我那里，以便随时知道最新情况。这种热情可不常见。当然，他这个人并不太招人喜欢，行为举止令人讨厌，也不怎么注意个人卫生，但至少在审判相关的事情上，他的表现是无可指摘的。'我当时用了'无可指摘'这个词，显然有些言过其实。对此，法官回应道：'布洛克确实很狡猾。他在审判上积累了很多经验，知道应该如何延迟审判，拖延判决。但是，他的无知更甚于狡猾。如果他发现自己的审判根本就没有开始——如果有人告诉他，审判正式开始的铃声还没有摇响，他又怎么说？'安静点，别乱动，布洛克。"律师突然中断了讲述，因为跪着的布洛克竟然抬起抖个不停的膝盖，站了起来，显然想要向律师澄清些什么。这是律师第一次看着布洛克发话：那双疲惫的双眼，目光朝下，用半看不看的眼神打量着布洛克。在如此目光的注视下，布洛克又慢慢重新跪了下来。"法官的这段陈述，对你而言没有什么实际意义。"律师说，"不必为每个细枝末节感到震惊。如果你再这样，我就什么都不告诉你了。如果我每讲一句话，你都把这句话当作盖棺论定的最终判决，那我还怎么讲下去。而且，你还当着我其他委托人的面做这样的事，你真应该感到羞耻！要知道，你的此行此举也会动摇他对我的信任。你到底想要怎么样？你现在还活得好好的，还处在我的妥善保护之下。所以，恐惧是毫无意义的！你应该已经在某处读到过这样的话：在某些情况下，最终判决的下达往往出乎意料，它会从随便哪个人的嘴里，在随便哪个时间点讲出来。在有许多先决条件限定的前提下，这句话是千真万确的。尽管如此，同样千真万确的另一件事是：你的恐惧令我感到厌恶，这显然表示你对我缺乏必要的信任。我刚才说了些什么？我所说的不过是在转述一位法官的原话而已。你应该很清楚，围绕着诉讼流程的各种不同观点堆积如山，已经到了不可能简单看透的地步。比如说，这位法官和我就在'审判开始的具体时间点'这个问题上存在着意见分歧，他所认定的开始时间点和我是不一样的。不过是意见分歧罢了，仅此而已。当审判进行到某个特定阶段时，根据自古以来流传下来的习惯，需要在法庭上摇铃。与我对话的那位法官，便是依据这习惯来判断审判开始的时间点的。此时此刻，我无法把所有与此观点相关的反对理由向你逐一解说一遍，即便说了，你也没办法理解。对于你而言，只需知道反对这种观点的理由有很多，这样就足够了。"布洛克尴尬地用手指拨弄着床前那块小地毯上的兽毛，法官对律师所说的那些话令布洛克感到极为恐惧，并因此暂时忘记了自己对律师的唯命是从。此刻，他考虑的只有自己——他在心里反复琢磨着法官说的那些话。"布洛克，"莱妮拉了拉他的外套领子，用警告的语气对他说道，"别再拨弄地毯上的毛了，认真听律师的话。"K.完全搞不明白，律师为什么会想到要通过这样一出表演来赢回自己的信任。如果他不是早就因为其他事情失去了 K. 的信任，表演完这一幕后，K. 对他的信任也已经土崩瓦解了。

第九章

在大教堂

K.接到一份工作安排，由他接待银行方面的一位意大利生意伙伴。这位生意伙伴对银行非常重要，而且也是第一次来到这个城市，K.需要带他游览本城的名胜古迹。如果是在其他时候，K.当然认为这是一项十分光荣的任务。可是，在目前的情势下，K.只有付出巨大努力，才能勉强维持自己在银行里的声誉，所以他接手得很不情愿。不在办公室里的每一个小时都令他感到忧愁困苦，更糟糕的是，就算在办公室里也一样——他不能再像以前那样充分利用办公时间了：有时甚至一连花费好几个小时，也只能最低限度地装出正在工作的样子。然而，当K.不在办公室里时，内心的焦虑还要更严重一些：他会疑神疑鬼，觉得那个总是暗中窥视的副行长，不知什么时候就悄悄潜入了他的办公室，坐在他的办公桌前，搜查他的文件，接待那些多年来几乎已经成为K.的朋友的客户们，把他们从K.的身边抢走。或许，他还会揭发K.在工作中犯下的错误——K.自己也能很清楚地看到，今时不同往日，如今他在工作时正受到来自四面八方的数千种潜在错误威胁，而且，这些错误他根本没有能力去避免。因此，一旦他被要求做公务接待，甚至短途出行——最近这段时间里，这种类型的任务碰巧特别多——他心里无论如何都会生出如下假设：有人故意想把他从办公室里支开一段时间，方便调查他的工作，或者至少证明办公室里就算少了他也无关痛痒。K.本可以毫不费力地拒绝掉绝大多数此类任务，但他并不敢这么做，因为如果他的恐惧本身并没有切实根据，拒绝接受任务就意味着承认自己的恐惧。因此，他便看似泰然自若地接受了这一系列任务。甚至在授命参加一场为期两天且要求严格的商务旅行时，还特地隐瞒了自己正身患严重感冒的事实，为的只是不想让当前普遍存在的秋季多雨天气，成为其他人借口不让他出差的口实，从而使自己不得不暴露在"滞留办公室"的危险之中[1]。哪里知道，当他带着令人愤怒的头痛结束这次两天的旅行归来时，却发现他们已经提前安排好，隔天他就必须去陪同接待这位意大利商业伙伴了。至少这一次的任务，K.是特别想拒绝掉的，最重要的一个理由在于，这次给他的任务并不直接与业务相关。尽管带商业伙伴去景点游玩也是在尽社交义务，从工作角度而言毫无疑问也是足够重要的事情，但对 K.来说却并非如此——他只认可业务上的成功。

1　一旦 K.说自己患了重感冒，可能就会有人以此为理由不让他出差，然后他就会被迫陷入"有差不能出"的，似乎因为审判而被隔离开来的嫌疑之中。

如果没有在业务上取得成绩，哪怕他在游览接待过程中让这个意大利人玩得忘乎所以，也是完全没有任何价值的。K.连哪怕一天也不想离开银行相关业务，因为在他心中，一旦拉开距离就再也赶不上的恐惧感实在太强烈了。尽管他自己也知道这种恐惧有人为夸大的成分，却已使他感到处处掣肘。可是在目前的状况下，想出一个可以被银行接受的推辞理由几乎是不可能的。K.的意大利语水平尽管不是很高，但也足够日常交流使用。无法拒绝的决定性因素在于，K.早年曾经学习过艺术相关的课程，这件事在银行里广为人知，而且，他的艺术知识水平也被严重夸大了。除此之外，因为生意上的原因，K.还一度是城市古迹保全协会的注册成员。根据传闻所说，即将到来的那位意大利人恰好是一位艺术爱好者，因此，选择K.作为陪同人员简直就是顺理成章。

这是一个风雨飘摇的早晨，K.对即将来临的这一整天感到十分沮丧，他七点钟就来到了办公室，打算在跟来访者一同离开之前，至少先完成一些本职工作。此刻的K.十分疲惫，因为他昨天花了半个晚上的时间钻研一本意大利语语法书，多少为今天做一些准备。最近，他经常坐在办公室的窗边，那个位置的诱惑力比办公桌大得多，但他最终还是抵抗住了窗边的诱惑，老老实实坐下来工作。不幸的是，就在这时，有个勤杂工走了进来，说行长先生派他过来看看襄理先生是否已经到了：如果到了，那么就请行个方便，直接到接待室去——那位来自意大利的先生已经在那里了。"我马上就去。"K.说罢，将一本袖珍字典塞进口袋里，拿起他专门为外乡人准备的城市地标导览手册，夹在胳膊下面，穿过副行长的办公室，去了行长办公室。多亏这么早就到了办公室，如此一来，行长一吩咐，他马上就能到位——这一点恐怕其他人都不太能想得到。副行长办公室当然还是空荡荡的，跟在夜深人静时一样，行长可能也派了勤杂工去找副行长，让他也到接待室去，但却并没有找到人。当K.走进接待室时，两位先生马上从法式圈椅上起身迎接。行长笑得很开心，显然对K.的到来感到高兴，他立即为K.和意大利人做了介绍。意大利人猛地和K.握了握手，并且大笑着说"某人是个早起者[1]"。K.不大明白他具体是在指谁，"早起者"也是个颇为奇怪的词语，它的具体含义，也是在经过一段时间之后才从前后对话中猜出来的。于是，K.便圆滑地回应了几句不痛不痒的话，听了这些话之后，意大利人再次笑了起来，而且还伸手捻了捻自己特浓密的灰色胡须。意大利人显然在胡子上喷过香水，那香味惹得旁人都要忍不住凑上前去，好好闻上一闻。当在场所有人都正式就座，开始初步交流时，K.非常不安地注意到，意大利人说的话，他只能够断断续续地听懂一部分：当意大利人平心静气、慢条斯理地讲话时，K.差不多可以全部听懂，但这只是非常少见的情况；大部分时候他说话都是噼里啪啦一股脑出来的，而且还不停摇头晃脑，似乎格外高兴。讲着讲着，他还经常往句子里加塞某种意大利方言。这种方言极其难懂，对于K.而言，已经不能算是意大利语了，但

1　Frühaufsteher

行长却不仅听得懂，还能侃侃而谈——关于这一点，K.其实早就可以预料得到，因为面前这位意大利人来自意大利南部，行长本人也在那里住过好几年。无论如何，K.已经清楚地认识到，他与意大利人之间用语言沟通的机会已经基本上不存在了：连这个意大利人讲的法语都很难听懂，他蓄的浓密胡须遮掩了嘴唇的动作，同时也断绝了通过读唇来帮助理解他所说话语的些微可能性。K.开始预见到稍后将会产生诸多不便，干脆暂且放弃去听懂意大利人说的话了——况且，在行长那么容易就能听懂的前提下，他的努力完全没有必要——K.将自己的行动限制为表情严肃地盯着他看，观察他如何逍遥自在地坐在法式圈椅上，如何时不时地扯一下自己短而挺括的衣领，以及他有次是如何双臂高举，手腕放松，让双手摆来摆去，想尽办法解释某种K.当时并不太能领会的东西。尽管K.身体前倾，目不转睛地观察意大利人双手做出的每一个动作，却还是没办法弄清楚他到底是什么意思。终于，由于K.除了呆坐在那里，目光随着那两人的对话如机械般地来回移动之外，其他什么事情都没有做的缘故，先前的疲惫感卷土重来，K.感到恹恹欲睡。恍惚之间，K.猛地发觉，自己竟鬼使神差地想要站起身来转身走开。幸好他及时发现，克制住了这种无意识的行为。最后，意大利人看了看时间，一下子跳起来，迅速同行长告别，起身走到了K.的身边。因为他挨得实在太近，K.不得不把法式圈椅往后挪了挪，才能勉强站起来。行长肯定是已经从K.的眼神当中看出了他面对这个意大利人时的窘迫处境，特地在两人此时的交谈中不断插话。行长插的话看似无心，实际上却非常高明，对 K. 十分体贴：听起来好像是在就对话内容补充一些小建议，但其实已经向 K. 简明扼要地概括了仿佛不知疲倦的意大利人所说的一切内容。在行长的帮助下，K. 总算弄清楚了：意大利人临时有几笔业务需要处理，此次到访整体上而言时间也很不充裕，对此他感到十分遗憾。尽管如此，意大利人也并不打算走马观花地浏览一遍这里的所有景点，相比之下，他更倾向于只去参观大教堂这一个景点，但要游玩得细致彻底——不过，这个主张只有在 K. 也同意的情况下才会执行，决定权由 K. 来掌握。他说，有这样一个学识渊博又体贴和蔼的人陪伴，令他对这趟游览感到无限期待——他所指的这个人正是 K.。不过此刻，K. 却选择完全忽略掉意大利人说的话，迅速记住行长的插话，其他任何事情一概不理——意大利人请求 K.，如果他这边方便的话，那就在两个小时内，十点左右的时候在大教堂碰面。他会尽量在约定的时间抵达。K. 回应了一些得体的话，于是，意大利人先跟行长握手，然后又跟 K. 握手，最后又跟行长握了握手就动身离开了。K. 和行长跟在他后面送行，走到一半时，意大利人又侧过身来继续说了一些话——他就这样滔滔不绝着一直说到了银行门口，这才离开。意大利人离开之后，K. 继续在行长那里逗留了一段时间：今天的行长看起来似乎特别没有精神。他表示，某种程度上而言，自己必须向 K. 道歉，他说——此刻，他们两人正肩并肩靠在一起聊天，关系特别好——实际上，他原本打算亲自陪意大利人外出游览的，可是后来却改了主意，觉得还是派 K. 去陪同会比较好——行长虽然这样说，但却没有给出任何具体理由。如果 K. 刚开始时没办法理解意大利人说了些什么，也不必为此感到惊慌失措，因为这种语言上的理解总是来得特别快。就算到头来还是有很多内容根本理解不了，情况也没有那么糟糕，毕竟对意大利人而言，理解他说了些什么并不是那么重要，他也根本不在乎。况且 K. 的意大利语水平好得出人意料，肯定能够找到好的着眼点，完美解决问题。说完这些之后，两人就道别了。剩下来的时间里，K. 把稍后自己进行教堂导览时需要用到的一些生僻词从意大利语词典上逐一摘录了下来。摘录生僻词是一件格外麻烦的事情，K. 抄词的时候，勤杂工拿来了当天的邮件，同事们也带着各种业务的跟进需求过来找他，见 K. 正在忙，便纷纷等候在门口。尽管 K. 并没有要见他们的意思，但他们也不打算在得到明确答复前散开。副行长更是不愿意放过这个干扰 K. 的机会——他陆陆续续进来了好几次，故意把意大利语词典从 K. 的手上拿过来，随手乱翻，显然根本就没看其中的内容。K. 办公室的门一经开启，在半亮不亮的办公室前厅里守候着的人们便纷纷探头，犹犹豫豫地朝里面鞠躬，希望能够引起里面的人注意，但又不确定自己这样做是不是能被看见——上述的一切都在围绕着 K. 为中心打转，与此同时，K. 却耐着性子将自己导览时所有要用到的词统统罗列了出来，在意大利语词典里逐一找到，然后摘抄，反复练习这些词语的发音，并且试着将它们全部背下来。K. 的记忆力本来一直都很好，可是此刻，那优秀的记忆力仿佛完全抛弃了他。他时不时地会对给自己造成这种麻烦局面的意大利人感到愤懑，心里一生气，就把意大利语词典压在各种文件下面，发誓不再多做一点准备。可是气着气着，又觉得在大教堂里进行艺术导览时，总不能一言不发地带着意大利人走来走去，便只好更加愤懑地把字典抽出来。

九点半，当 K. 正准备动身赴约的时候，刚好有电话打进来。来电话的是莱妮，她向他道了早安，并且询问他的近况。K. 匆匆感谢过她之后，马上告诉她自己现在没办法聊天，因为他必须去大教堂。"去大教堂？"莱妮问。"嗯，没错，去大教堂。""为什么要去大教堂呢？"莱妮说。K. 本来想向她简单解释几句，但他还没来得及开口，莱妮却突然来了句："对你，他们可真是咄咄逼人。"同情——这种同情他完全没有主动要求，甚至根本就不曾料到——对此，K. 感到无法忍受。他简单说了两个字"再见"，便同莱妮道了别。但是，在将听筒挂回原位时，K. 却半是自言自语，半是对那已经听不见他说话的远方女孩回应了一句："没错，对我，他们可真是咄咄逼人。"

挂完电话后，时间已经晚了，按时到达恐怕有点危险。于是，他马上乘汽车赶过去。临出行的最后一刻，他还来得及想起自己准备的那本城市地标导览手册：在此之前，他没有找到任何把它交给意大利人的机会，因此，他就把这本手册也随身带上了。坐在汽车上时，K. 把手册放在自己膝盖上，一路上，由于心情烦躁，他不停地用手指敲叩着手册的封面。雨势渐弱，但四周仍很阴湿、阴冷且阴暗，人如果站在大教堂里，实在看不到什么东西；而且，在那湿寒的教堂石板砖上站的时间久了，也会使 K. 的感冒加重。

　　大教堂广场上空无一人。K. 突然想起来，自己早在还是孩子的时候就已经注意到，这个狭小广场周围的那些屋子，所有窗户后面的窗帘几乎总是放下来的。不过，在今天这样的天气下，这种情况相比平常更容易被人理解。大教堂里面看起来似乎也是空无一人，这样的时候当然没有人会想到要来这里。K. 在大教堂的两侧翼廊[1]走了一圈，只见到一位老妇人，裹着一条暖和的围巾，跪在圣母玛利亚的画像前，注视着圣母。站在这边远远望过去，K. 还来得及见到一个瘸腿的杂役消失在墙上的一扇门里。K. 是准时抵达的，他走进大教堂时，钟楼正好敲响十点，但意大利人还没有来。于是，K. 走回到教堂正门处，在那里犹豫不决地站了一会儿，然后又冒着雨，绕着大教堂走了一圈，看看意大利人是不是在某个侧门那边等着他。然而，哪里都找不到意大利人。难道是行长听错了意大利人说的时间？毕竟，有哪个人敢担保自己明白无误地听懂了那个人所说的全部话语呢？不过，不管怎样，K. 还是不得不继续待在这里，至少得等他半个小时。K. 实在是很累了，想要找个地方坐下休息，所以又回到了大教堂里。他在某处台阶上找到了一小块像地毯一样的破布，用脚尖把它挑到最近的一处教堂长椅旁，裹紧外套，竖起衣领，坐了下来。为了消磨时间，他打开那本导览手册，随便翻了

1　德奥大教堂多循拉丁十字架构，以正殿穹顶为中心，四向伸展的空间即为翼廊。两侧翼廊多设相对较小的礼拜堂，供奉圣像和宗教画等。

几页，但很快就被迫停下来，因为周遭实在是太暗了。当他抬起头时，甚至都看不清较近那侧翼廊里究竟有些什么了。

远处，主祭坛的烛光组成了一个闪烁发光的大三角形，K.不确定自己是否刚才就已经见过这个场景。没准这些蜡烛是刚刚点燃的——教堂的杂役全部都是相当专业的潜行者，走路做事不会让任何人注意到。K.无意识地转了个身，发现身后不远处，也有一根高高固定在教堂廊柱上的蜡烛正在燃烧，而且烧得很旺。这场景虽然美妙，但烛光却不足以照亮悬挂在翼廊祭坛内的那些宗教画像，它们大多潜藏于昏暗之中，蜡烛的光线反而加剧了昏暗的感觉。对于意大利人而言，他没有来这件事虽然失礼，但同样也很明智，因为他即便来了，也实在没什么可看的，最多只能借助K.从口袋里取出的手电筒的光亮，如管中窥豹一般地瞧瞧这里挂着的几幅画。不过，为了试试用手电筒究竟能看到什么，K.走到不远处的小礼拜堂，爬上几级台阶，来到一处低矮的大理石制栏杆旁边，倚着栏杆，俯身向前，试着用手电筒去照亮那里挂着的画像。礼拜堂长明灯[1]的光线摇曳不停，干扰着K.的电筒光。K.最先看到的（一部分也是猜测），是绘画最边缘处所描绘的一位身覆重甲的高大骑士。骑士用巨剑支撑住自己的身体，巨剑插在他面前荒芜的土地上，只有少许几根野草尚在顽强生长。他似乎正在全神贯注地见证着眼前

发生的某起事件：令人感到惊讶的是，骑士竟然只是站在那儿，并没有朝着事件的核心挺进。或许他被赋予的任务，便是坚守。K. 已经很长时间没有看过画了，因此，他花了格外长的时间来端详这位骑士——尽管手电筒那幽幽的绿光令他感到难以忍受，使他不得不反复眨眼。等到他用电筒光线扫过画作的其余部分时，才发现这其实就是一幅很常见的基督葬礼[1]主题宗教画，而且，这还是一幅新近完成的作品。他把手电筒放回到口袋里，回到了自己的座位上。

如今，恐怕已经没有必要再去等待意大利人了，不过外面显然正在下着大暴雨，而且这里面也没有 K. 之前预想的那么冷，因此他决定在这里稍作停留。主布道台[2]就在离他不远的位置，台座圆形的小穹顶上看得到两只斜置的鎏金十字架，最尖端处彼此交错。十字架上是空的，没有耶稣受难的雕塑。台座的外墙，以及与华盖支撑柱相接触的过渡部分用绿色的树叶状雕塑装饰，彼此之间又有小天使雕塑相互勾连，整体看上去活泼而不失恬静。K. 走到布道台前，仔细打量它的每一面：石材的雕工极为细致，树叶之间的暗色和叶底的暗色栩栩如生，仿佛被雕工捕捉并凝聚在那里似的。K. 把手伸进以阴刻表现暗色的一处石缝中，仔细摩挲了一番内部的凹陷处——此前，他从来都不知道这里竟有这个布道台存在。不经意间，

---

1 Grablegung Christi，历史悠久的宗教画主题，画面描绘的通常是众人合力搬抬耶稣尸体的场景。

2 Kanzel，即英文的 pulpit，又称讲坛，通常为木质或石质。

K.发现离自己最近的那排长椅后面站着一位教堂杂役，他身上穿着一袭遍布皱褶的黑色教衣，左手攥着一只鼻烟壶，正在打量着K.。"那个男人想干吗？"K.心想，"在他看来，我会不会是个可疑人士？他是不是想要找我捐献善款？"不过，当那教堂杂役发现K.已经注意到了自己时，便举起右手——右手的两根手指之间还夹着一小撮鼻烟——指了指某个方向。对于K.而言，他的这种行为几乎就是不可理解的。无奈之下，K.只得静观其变，又等了一小会儿，但那教堂杂役并没有就此罢手，还是不断用手势示意着什么，并且还用点头来加强自己这一连串动作的效果。"他到底想干吗呢？"K.轻声嘀咕道。毕竟是在大教堂里，他不敢大声喊叫。然后，K.取出自己的钱包，从那排长椅后面挤过去，打算走到教堂杂役旁边，直接跟他沟通。哪里知道，此人立即做了个"拒绝"的手势，耸了耸肩，便一瘸一拐地走开了。K.小时候曾经试着去模仿骑手骑马时的姿势，教堂杂役快速跛行时的样子，就跟当年K.模仿骑手时的步态一模一样。"真是个孩子气的老家伙，"K.心想，"瞧瞧，他的智力水平也就只够当个教堂杂役了。我一站住，他就跟着站住，鬼鬼祟祟地观察我，看我是不是还要继续走下去。一点主见都没有！"K.脸上带着微笑，跟着那老家伙一起横穿整条翼廊，差不多快要走到跟主祭坛齐平的位置。老家伙一路不停地做手势，指指点点，向K.展示某样东西，但K.故意没有转过身去看他指的方向——比画来比画去，除了想把K.引开，不再跟着自己外，恐怕就再没有什么其他目的了。最后，K.真的停下脚步，放那人走了：K.毕竟不想让他太过担惊受怕。

况且，万一意大利人来了，这里完全没有其他人也不好。

当K.进到教堂正殿，想找到自己之前放导览手册的那个位置时，他发现这里的一根柱子上还设置着一个小型的辅布道台，几乎紧挨着唱诗班座席。这个辅布道台造得特别简单，是由完全不加装饰的石材拼砌而成的。而且还很小，以至于从远处看去就像是一处造来供奉圣像用的空置神龛。如果此时布道者站在上面，只能紧挨着栏杆，显然连后退一整步的余地都没有。而且，这个布道台的石制华盖曲度很大，外沿收在了特别低的位置。因此，即便它本身并没有添加任何装饰，如此低矮的华盖设计，也使得即便是中等身材的人都没办法在布道台上站直身体，而是不得不长期保持屈身倚靠在栏杆上的姿势。这整个结构简直就是为了让布道者难受而量身定制的，大教堂里究竟为什么需要这样一个辅布道台呢？那边明明还有另一个空间很宽裕，装饰也极为华丽的主布道台可用——总之，辅布道台的存在令人感到难以理解。

另外，如果不是有一盏亮着的灯被固定在这个辅布道台的顶端，恰如神父开始布道前需做的准备的话，K.肯定也不会留意到它。所以，现在这里莫非即将开始举办一场布道会？莫非就在这空荡荡的教堂里？K.低头望向辅布道台的阶梯，它紧贴着柱子盘旋而上，一直通往台座。阶梯很窄，窄到会让看到的人觉得，它实际上并不是造来让人通行的，而是仅仅起到装饰的作用。哪里知道，此刻，就在这辅布道台的下方，竟然真站着一个神父——K.因为对此感到太过惊讶，反而笑了起来——只见那神父用手扶住阶梯的护栏，打算往上走，目光则投向 K. 这边。见 K. 正看着自己，神父便轻轻点了点头，K. 则在胸前画了个十字，鞠了个躬：他早就应该这样做了。只见神父小跳一步，踏上台阶，然后用短促而迅速的步伐，三步两步就登上了布道台。莫非真的要开始举行一次布道？或许之前那个教堂杂役并不蠢，他之所以做那些事，其实是想把 K. 引到神父这边来——在这座空无一人的大教堂里，教堂杂役的做法显然是非常有必要的。不过在某处的一幅圣母玛利亚画像前还有一位老妇人呢，她也应该要过来。话说回来，如果真要举办布道会，为什么开始之前没有管风琴演奏呢？管风琴现在始终保持着沉默，只从它所在的昏暗高处投来若隐若现的微光。

K. 正在考虑自己是不是应该赶紧离开：如果他现在不走，等到布道正式开始之后，就没有机会了，只能一直逗留到布道结束。他在办公室里浪费了太多时间，继续等待意大利人到来也不再有必要。K. 看了一眼怀表，刚好十一点。可是，真的要开始布道吗？仅仅 K. 一个人在场，就可以代表全体会众吗？如果他只是个碰巧来参观大教堂的外国人呢？这样的话，布道会也要举办吗？实际上，他目前的情况基本上跟这也差不多了。在现在这样一个时候——上午十一点整，天气糟糕透顶的工作日里开布道会，简直就是无稽之谈。因此，神父——那个人无疑就是神父，一个五官模糊、面色黝黑的年轻男人——他之所以会走上布道台，显然只是为了去熄灭之前被错误点燃的华盖灯。

但事实并非如此，神父仔细检查了华盖灯之后，反而在原先的基础上将油阀又松开了些[1]。然后，他慢慢转过身来，面朝布道台的护栏，用两只手抓住护栏两侧边缘的棱角。神父就这样在布道台上面站了好一会儿，眼睛望向四处，脑袋却一动也不动。K.后退了一大段距离，手肘支撑在最前面的一排教堂长椅上。在一番扫视中，他依稀瞧见那个教堂杂役正蜷缩在某个地方休息，背脊弓下去，看起来很平和，仿佛已经完成了自己该完成的任务。此刻，支配大教堂的是怎样一种静籁啊！但K.却不得不去打破这种静籁，因为他无意在此久留：如果大教堂的神父确实需要履行这样的职责，必须在某个特定的时间点、在不考虑任何客观条件的情况下布道的话，那就尽管这么做好了。即便K.不在场，布道也能顺利完成——就好比K.的在场也不会让布道完成得更好一样。因此，K.开始慢慢行动起来：他踮起脚尖，沿着长椅方向，逐渐挪到了宽敞的正殿主通道上。来到主通道上之后，他也依旧保持着十分安静的走路姿势，除了在石板路上发出小得不能再小的脚步声，以及从教堂穹顶反射出的回声。单次脚步声的回声很微弱，但由于K.步履不停，回声从不间断，积累下来之后，声音也理所当然地变得越来越大。当K.独自走过那一排排空荡荡的长椅时（或许那位神父正在目送他离去），心中蓦然升起少许遗世独立的感觉。在他看来，大教堂的宏大体量，几乎已经要超过人类个体的忍耐极限了。他走过自己之前放下导览手册的那个位置，直接拿起手册收好，没有多作停留。当

1　松开煤油灯的油阀可以让灯更亮——这与K.在之前的推论完全相反。

K.几乎要走过摆放长椅的区域，来到长椅区域和大教堂出口之间的那块空地时，他第一次听到了神父说话的声音。神父说起话来铿锵有力，明显经过专门的训练。大教堂早已准备好要接受这声音了，且听这声呼喊在大教堂里的回响，那是多么洪亮！但是，神父却并不是对预计会在教堂里聆听布道的全体教徒们发出了这声呼喊，他的这声呼喊意义明确，毫不掩饰："约瑟夫·K.！"

K.错愕地停下了脚步，看着眼前的空地。就目前情况而言，他仍然是自由的，可以继续朝前走，从他前面不远处三个小黑木门[1]的其中一个穿过去。如果他这样做了，就意味着他并没有理解神父的那声呼喊是什么意思，或者他理解了，但却并不在意。但是，如果他选择转过身去，那就彻底没有回旋余地了——因为一旦转身，就表示他承认自己已经很正确地理解了那声呼喊的意思，表示他确实就是神父正在呼唤的那个人，而且也愿意听他的话。如果神父此时再喊一声，K.肯定会直接走掉；但正因为一切都继续保持着静默状态，K.才会继续站着不动。他等了好一会儿，终于忍不住稍稍转过头去看了一眼，因为他很想知道神父现在正在做些什么：只见那神父安静地站在布道台上，姿势跟之前完全一样，但他显然已经注意到K.转过来看他了。假使此刻K.并没有完全转过身去，那么两人之间倒也还可以继续进行一场幼稚的捉迷藏游戏[2]，但

---

1 大教堂一般不会敞开大门，平时只开小门。

2 这句话的意思是：K.可以假装自己其实并没有转过身，神父则需要进一步确证K.已经转身看到了自己。

是，K.选择完全转过身去面对神父，神父便也向 K.摆了摆手指，示意 K.到自己身边来。既然现在一切都已开诚布公，K.便干脆朝着布道台大步流星地跑过去——他之所以会选择这样做，一方面是出于好奇，另一方面也打算缩短整件事所需要消耗的时间。到达前几排长椅的位置后，K.停了下来，但那神父恐怕还是觉得距离太远，他伸出手，食指朝下，指了指布道台正前方的一个位置。和之前一样，K.也顺着他的指挥过去了。到了神父指定的位置之后，他不得不把脑袋朝后高高仰起，才能勉强看得到神父。"你是约瑟夫·K.。"神父说，同时举起之前放在栏杆上的一只手，做了个意味不明的动作。"是的。"K.说。他不由得想到，过去他提起自己的名字时是多么坦然，可是，这一段时间以来，名字对他而言已经变成了一种负担。如今，竟然连他第一次遇到的人都知道他叫什么名字了——能够先进行自我介绍，再被别人认识是一件多么好的事情啊。"你[1]被控告了。"神父用很轻的声音说道。"没错，"K.说，"他们确实是这样对我说的。""既然如此，那你就是我要找的人。"神父说，"我是监狱神父[2]。""原来如此。"K.说。"是我专门托人把你唤到这里来的。"神父说，"为了跟你谈一谈。""我可不知道有这么回事。"K.说，"我之所以会到这里来，是为了给一个意大利人做大

---

1 在这段对话中，虽然是初次见面，但 K.与神父之间彼此都没用敬语。这种情况在本书中极为罕见。

2 专为监狱服务的神父，负责组织礼拜活动，聆听告解，也为死刑犯做最后祷告。

教堂导览。"细枝末节之处就别管了。"神父说，"你手里拿的是什么？是一本祈祷书吗？""不是，"K.回答道，"这是一本介绍城市景点的导览手册。""手里别拿那种东西。"神父说。于是，K.便狠命把那本手册甩开。因为太过用力，手册直接被摔得翻开，倒扣在地上，中间有好几页都被压折了，在地上滑了好一段距离才停住。"你知道吗，你的审判情况不太妙。"神父问道。"我自己也这么觉得，"K.说，"我尽了全部努力，但迄今为止没有取得任何进展。不过，我的请愿书倒也还没有完成。""你自己觉得这一切将会如何收场？"神父问。"我曾经认为，我的审判必定有好的结果。"K.说，"如今我自己有时也会怀疑这点——我已经不知道它会如何收场了。你知道吗？""不知道，"神父说，"不过，我恐怕这场审判的结果会很糟糕——他们认为你有罪。你的案子可能出不了低阶法院。至少目前你确实被认定有罪。""可是，我是无辜的。"K.说，"这是诬陷。一个自然人，怎么可能会是戴罪之身[1]？我们全部都是自然人，每个人都是一样的。""话虽如此，"神父说，"不过有罪之人才会这样说，以此来照顾自己的情绪罢了。""你这样说，莫非也是对我有偏见？"K.问神父。"我对你没什么偏见。"神父说。"那我可要感谢你了。"K.说，"可是，所有参与审判的人都对我怀有偏见。不仅如此，他们还把这种偏见散布到了那些原本与案子无关的人那里。如今，

1　1811年《奥地利民法典》16条规定了自然人（Mensch）所应具有的权利。K.的这种说法在法理上有诡辩之意，其基础为审判本身的不合理。

我的处境变得越来越困难了。""你对相关事实产生了一些误解。"神父说，"终审判决并非是立即下达的。实际上，诉讼是会逐渐过渡到判决的[1]。""原来如此。"K.低下了头。"接下来，你打算为自己的案子再做些什么？"神父问。"我打算继续寻求帮助。"K.答道，同时抬起头来，想看看神父如何评判他的这一决定，"显然还有一些可能性，目前我尚未加以充分利用。""你寻求了太多外人的帮助。"神父说，语气中带着不满，"尤其是来自女人的帮助。你是否已经意识到，这些其实并不能算是真正的帮助。""我有时——或者甚至可以说是常常这样觉得，"K.说，"但也并不总是认同这点。这些女人拥有强大的力量。只要我能说服我认识的几位女性，让她们齐心协力地为我奔走，我肯定就能闯过这一关。尤其是在目前的低阶法院里，所有成员几乎都是好色之徒。只要向预审法官指一指，说那边来了个女人，他就会马上直冲过去。为了快一步到达女人身边，哪怕撞倒审判台和被告人都不在乎。"神父躬下身，把脑袋垂到了护栏边，仿佛直到此刻，布道台的华盖才令他感到了些许压抑。不知外面的暴风雨情况如何了，现在已经不能说是晦暗的白昼，根本就是深夜时分的光景了。大教堂巨大花窗上的玻璃彩画，甚至连一丝外面的光芒都透不进来，教堂内部的墙壁完全是漆黑一片。恰恰

---

1 神父之所以这样说，其实是在否认K.前述的那段话。因为判决是逐渐下达的，所以诉讼过程中并不存在绝对无罪之人，也即不存在K.所认为的"偏见"。

在这样一个时候，教堂杂役却开始行动起来，一支接一支地扑灭主祭坛上的蜡烛。"你是在为我说的话气恼吗？"K.问神父，"或许连你也不太清楚，自己是在为怎样的一个法院服务。"K.的这番评语并没有得来任何回应。"当然，这也不过我的个人经验罢了。"K.又说。但是，高高在上的神父仍旧保持着沉默。"我并不想冒犯你。"K.继续说道。就在这时，神父突然朝着下面的K.大声喊道："你就不能把目光放长远些吗？"这是震怒之下的狂呼，但同时又像是一个人看见别人跌倒，因为害怕而发出的失声尖叫。

神父吼完这句之后，两人之间迎来了长久的沉默。布道台下方被黑暗所占据，神父显然无法看清K.的面容。但借助布道台上的华盖灯，K.却完全可以看清楚神父。神父为什么不下来呢？他并没有开布道会，只是向K.传达了几条信息。如果K.能够仔细推敲一下这些信息，他可能就会发现，这些信息给他带来的害处反而比好处还多。不过，K.依旧觉得神父的好意是毋庸置疑的。如果神父能从布道台上走下来，与他达成一致意见也并非不可能；然后，再从他那里取得一个具有决定性意义的、可以接受的解决方案，同样是有可能的——比如，他可以给K.指明，不要想着去对审判施加影响，而是要从如何摆脱审判这个角度来着手：应该怎样去回避它，怎样在审判无法触及之处生活。这种可能性必定存在，最近这段时间里，K.常常在考虑这个问题。如果神父知道有这样一种可能性，那么，只要有人在他面前反复哀求，他可能就会把自己知道的情况透露出来——哪怕他自己也属于法院体系，哪怕他曾经在K.攻讦法院的时候，压抑住了自己温和的本性，甚至还冲着 K. 大吼大叫。

"你难道不想下来吗？" K. 说，"既然不用办布道会，那就下到我这儿来吧。""嗯，看现在这情况，我确实可以下来了。"神父说。对于之前的那一番大吼大叫，他可能感到有些后悔。在把那盏灯从华盖的吊钩上取下来时，神父又说："是这样的——刚开始时，我不得不站在比较远的地方和你对话。我是个很容易受人影响的人，如果不那样做的话，就会忘记自己该尽的职责。"

K. 站在阶梯的尽头处，等着神父下来。神父还走在上面的某一级台阶上时，就已经向 K. 伸出了手。"你能稍微给我点时间聊聊吗？" K. 问神父。"你需要聊多久，我们就聊多久。"神父说着，把手里拿着的那盏小油灯递给了 K.。即便两个人之间已经离得这么近了，神职人员特有的庄严仪式感也没有从神父身上消失。"你待我十分友善。" K. 对神父说道。此刻，他们正在昏暗的翼廊里并排往前走着。"在所有从属于法院体系的人当中，你是个例外。在我看来，相比体系内其他那些我已经认识了的人而言，我对你的信任都要更多一些。因此，我可以同你开诚布公地聊一聊。""可别被迷惑了。"神父说。"我怎么会被迷惑了呢？" K. 问道。"在关于法院的事情上，你就被迷惑了。"神父说，"法典的引言中，恰恰提到过这种迷惑。在法律的大门前，站着一位看门人。一天，有个自乡间来的男人走到看门人面前，求他放自己进去。但是看门人却说，现在还不能放他进去。那男人思考了一番，接着问看门人：'那么，晚一点就能进去吗？''进去是有可能的。'看门人说，'但不是现在。'

因为通向法律的大门一如既往地敞开着，而且看门人已经站到一边去了，男人便弯下腰，试图通过那道大门一窥里面的究竟。当看门人察觉到男人的企图之后，大笑了几声，说道：'如果门里的东西那么吸引你的话，尽管我这边已经明令禁止了，你还是可以试着进去看看。但请记住，我是很有权力的。而且，我只是最低阶的看门人。在法律的大门里，从一个大厅到另一个大厅的通路上，每道门前都有一个看门人，且每一个都比前一个更有权力。仅仅是看第三道门的看门人一眼，就已经令我感到难以忍受。'来自乡间的男人没料到会有这些困难，照他看来，法律应该是无论什么人，在无论什么时候都能够触及得到的。可是如今，当他仔细打量过看门人身上穿的毛皮大衣，看过他那大大的尖鼻子，还有稀疏的鞑靼人黑胡须之后，男人觉得相比之下还是耐心等待为妙，等到获得批准之后再进去。于是，看门人给了他一把凳子，让他坐在了大门旁边。男人在那里坐了好多天，好些年。其间多次尝试进入，反反复复央求看门人，使他感到疲惫不堪。看门人也经常对他进行一些无关痛痒的盘问，调查他家乡的情况，以及其他许多事情。然而，看门人问问题时采取的完全是漠不关心的态度，就跟那些大人物提问时的态度一样。而且，不管说些什么，看门人最后总是会说同样的话：目前还不能放他进去。男人出发时随身准备了很多东西，如今也都拿来贿赂看门人，不管是多么宝贵的东西也不吝惜。无论男人送他什么，看门人照单全收，但总是会说这样一句话：'我之所以收下它，不过是让你不要误认为自己有什么该做的事情没有做而已。'多年以来，男人对这个看门人的观察几乎从不曾间断过。他已经忘了还有其他看门人，误认为眼前这个看门人就是进入法律大门的唯一阻碍。在最初几年里，他会大声诅咒自己不幸的命运，后来，当他变老之后，哪怕诅咒也只能一个人在那儿嘟嘟嚷嚷了。他开始变得幼稚起来，在针对看门人的多年研究中，他甚至跟看门人毛皮衣领上的跳蚤都成了朋友，还专门去恳求跳蚤们帮忙，求它们去为自己说情，企图改变看门人的想法。最后，连他的目光都变得模糊起来：他不知道周围是不是真的变暗了，或者仅仅是他的眼睛在欺骗他。但是，现在的他已经能够于一片黑暗之中，在法律的大门那里看到一道永不消逝的耀眼光芒了。现在，他也活不了多久了。临死之前，一生中全部的经历在男人脑海中积聚起来，化作了一个之前还从来没有问过看门人的问题。于是，男人便朝着看门人挥了挥手，招呼他过来——因为他那衰老僵化的身体已经连动都动不了了。看门人不得不将整个身体俯下去听他说话，因为如今他们之间的身高差距已经变化了很多，男人已经萎缩得不像话了。'都到现在这个时候了，你还想知道些什么？'看门人问道：'你可真是不知足啊。''明明所有人都在追逐法律。'男人说：'可是，为什么在这许多年的时间里，除了我之外，就再没有任何人到这里来请求进入法律的大门内呢？'看门人察觉到，面前这个男人的生命已经快走到尽头了，为了照顾这个垂死之人已然衰弱的听力，他用很大的声音喊道：'因为除了你之外，其他任何人都无法取得进入这道大门的许可，这道大门是专为你而设的。而我，现在就要过去把门给关上了。'"

"如此看来，看门人哄骗了这个男人。"已经被这个故事深深吸引了的 K. 不假思索地说道。"不要那么急于下判断。"神父说，"不要不加审视地接受自己并不了解的主张。刚才，我把这个故事逐字逐句、原原本本地讲给了你听——整个故事里可都没有出现'哄骗'二字。""尽管如此，这却是不言自明的。"K. 说，"而且，你讲完故事之后所说的第一句话，也是完全正确的：看门人的判断下得很迟——只有当他确信自己说出来的话对于那男人已经一点帮助都起不了的时候，他才把那条可以让男人得到救赎的信息说出口。""那男人之前又没有问。"神父说，"而且你也要考虑到，他只是一个看门人而已。作为一个看门人，他履行了自己的职责。""你凭什么断定他已经履行了自己的职责？"K. 反问道，"实际上，他并没有尽到自己的责任。他的职责恐怕是阻拦一切外人，不让他们进入法律的大门。但是，这道法律的大门本身就是专门为故事里的这个男人而设的，看门人理应让他进去。""你对原文缺乏足够的尊重，随随便便地就篡改了故事情节。"神父说，"这个故事当中，包含了看门人对于进入法律大门这件事的两条重要陈述：其一在开头，其二在结尾。其中有一处说：现在还不能放他进去；另一处说的则是：这道大门是专为你而设的。如果这两条陈述之间存在着任何矛盾，那么你说的就是对的：看门人哄骗了这个男人。但事实上并不存在矛盾。相反，第一条陈述甚至还呼应了第二条陈述。我们几乎可以说，当看门人向那男人提出，他的未来存在着进入法律大门的可能性时，便已经僭越了自己的职责。要知道，在那个时候，看门人的唯一职责就是拒绝那男人的请求。事实上，许多法典诠释者都怀疑看门人是否真的向男人给出了这一暗示，因为看门人本身似乎十分忠于职守，一直在严守着自己的岗位。多年以来，他都不曾擅离职守，直到男人死去这个最后关头，才最终关上法律的大门。看门人很清楚自己岗位的重要性，因为他曾经对男人说：'我是很有权力的。'他同样很尊敬上级，因为他也说过：'我是最低阶的看门人。'他的话并不多，因为在这许多年里，他向男人提出的也仅仅是如文中所说的'一些无关痛痒的盘问'。看门人也不是个贪图贿赂的人，因为对于那男人送的礼物，他是这样说的：'我之所以收下它，不过是让你不要误认为自己有什么该做的事情没有做而已。'而且，只要是和履行职责相关的事情，看门人处理起来都是一丝不苟，既不会被花言巧语所感动，也不会因为恶语相向而愤怒，因为那个男人自己也说过，他'反反复复央求看门人，使他感到疲惫不堪'，但看门人也没有因此而松口半分。最后，看门人的形象也暗示了他迂腐保守的性格：大大的尖鼻子，还有那稀疏的、黑色的鞑靼人胡须。还能到哪里找一个比他更负责的看门人呢？不过话说回来，在这个看门人的性格中也包含了其他一些因素，这些因素似乎对那个要求进入法律大门的男人十分有利。而且，由于这些因素的存在，也至少让人容易理解，看门人为何会向那男人暗示进入大门的可能性，为何会僭越自己的职责。实话实说，看门人确实有点头脑简单，并且也因此而有些自负。他针对自己的权力，还有其他看门人权力的那一番表达，以及他那'仅仅是看第三道门的看门人一眼，就已经令我感到难以忍受'的说法——即便这些表达本身并没有什么问题，但看门人给出陈述的方式本身，就已经表明他的观念被头脑简单和自负给遮蔽了。法典诠释者们对此的评论为：'正确理解某一事物与误解同一事物——这两件事之间并不是相互排斥的。'无论如何，我们都不得不去认同这样一个观点：尽管看门人的头脑简单和自负问题可能是微不足道的，但总归是削弱了他对法律大门的防护力。这些恰恰是看门人性格上的缺陷。除此之外，看门人的天性似乎相当友善，并不会一直表现出公务人员的样子来。在故事刚开始的时候，尽管他已经明确表达了明令禁止的态度，但还是半开玩笑地邀请这个男人试着进去看看。在此之后，看门人也并没有把那人赶走，而是像故事中说的那样，给了他一把凳子，让他坐在了大门旁边。多年以来，他都要忍耐那男人的哀求，还要对他进行无关痛痒的盘问，还要接受那人送出的礼物，允许他当着自己的面大声诅咒自己不幸的命运——诅咒命运竟然会在法律的大门前安排看门人。上述一切都能够让我们感受到因为同情而孳生的情感。并非每个看门人都会这样做。到了最后，看门人竟然还要将整个身体俯下去听他说话，让他有机会问出那最后一个问题。仅仅只表现出些许的不耐烦——看门人很清楚，一切都结束了——因为他说出了这样一句话'你可真是不知足啊'。有些人甚至在这种解释方式上更进一步，说'你可真是不知足啊'这句话实际上表达了一种友善的赞美，尽管其中并非不包含居高临下的意味。总之，看门人的形象和你所认为的大不相同。""关于这个故事的种种，你比我了解得更加详尽。当然，你钻研这些事的时间也比我长。"K. 说道。他们之间彼此沉默了一小会儿。然后，K. 又说："换句话说，你认为那男人没有被哄骗吗？""不要误会我的意思。"神父说，"我只是向你展示了一下关于那个故事的不同观点。你也不必过分关注这些观点，毕竟故事本身的文本是确凿的，不同的观点往往只是对文本的一种绝望表达。具体到这个故事上，甚至存在这样一种观点：他们认为实际上是看门人受了那男人的哄骗。""这个观点也太离经叛道了。"K. 说，"这样说有什么根据？"神父答道："根据是看门人那简单的头脑。人们普遍认为，看门人对于法律的大门里面究竟有些什么缺乏了解，唯一清楚的只有自己每天不得不巡逻的门前道路。他对于法律大门内部的观念是颇为幼稚的，他所讲的那些想让男人感到害怕的话语，实际上连他自己都害怕。没错，他比那男人更害怕法律大门里的看门人，证据就是：那男人在听看门人讲过法律大门里面那些看门人的恐怖之处后，并没有改变自己的想法，还是想要进到门里去。与此相对应的，看门人自己反倒不打算进去了——至少我们从未听说过看门人自己也想进去的证据。还有一些人主张，看门人之前肯定已经进去过了，因为他毕竟受到法律的任命，担任看门人这一职务，这件事不在法律大门里面的话，是不可能完成的。对于此种主张也有一种解释，说他恐怕是经由门里的一声呼喊被任命为看门人的。就算他曾经进去过，至少也没有进去得太深，毕竟他连看第三道门的看门人一眼都忍受不了。况且，除了针对法律大门里面那群看门人的这番言论之外，这么多年里，他再也没有说过任何关于门

271

内的事。或许，对于看门人而言，这件事是被禁止的，但他同样也没有透露关于这项禁令的任何内容。综合上述内容，能够得出这样的结论：看门人对于法律大门内部的表象和存在意义一无所知，他是在这方面受了哄骗。实际上，关于那个来自乡间的男人，看门人应该也是受到了哄骗：因为看门人事实上是从属于这个男人的，但他并不知情。他反而把男人当作比自己低一等的人来看待了：关于这点，可以从文本中的许多细节当中看出来，你应该也还记得。总之，看门人绝对是从属于男人的，这个观点的逻辑也十分清晰。首先，自由人肯定比受束缚的人高等，这是肯定的。在故事当中，男人事实上就是自由的，他想去哪儿就可以去哪儿，唯独法律的大门禁止他入内。而且，禁止他入内的只有一个人，那就是看门人。男人坐在大门旁边的凳子上，一直待在那里，这也是自愿的，故事里没有任何人去强迫他这样做。另外，看门人却被他这个职位给彻底绑定了：哪怕他想离开，也不能走；而且，上述种种迹象表明，他也不能进到法律的大门里去——即使他想进去。此外，尽管他服务于法律，事实上也只是在为这一个入口服务。换句话说，他只为这一个男人服务，因为这道大门是专为这一个人而设的。看门人从属于男人，正是基于这一原因。由此也可以这样设想，看门人在很多年时间里，在他作为成年人的一整个漫长时期内，从某种意义上讲，都是在做徒劳无功的工作。因为故事中提到的是——有个男人来了，这意味着来的是个成年人。因此，看门人在真正履行职责之前，必须等很长时间。况且，等待的时间长短还必须由那个男人来决定，因为他是自愿前来的。除此之外，看门人职责的结束，也是由那男人生命结束的时间点来界定的，直到最后一刻，看门人仍然从属于那个男人。故事里一次又一次地强调，看门人似乎对这一切都一无所知。但这也称不上有多奇怪，因为根据上述观点，看门人在另一件更严重的事情上同样受了哄骗，而且，这种哄骗与他所担任的职务密切相关。故事的最后，他在提及法律大门的时候说过这样一句话：'而我，现在就要过去把门给关上了。'可是，故事一开始时却提到：通向法律的大门一如既往地敞开着。既然说那道门'一如既往地敞开'——所谓的'一如既往'，也就是说，门的敞开与否和那男人的寿命之间是不相关的。在这个推论的作用下，看门人其实也没办法把门关上。至于看门人为何向那男人宣称自己要去关闭大门，人们抱持着几种不同的看法：可能只是为了给男人提出的问题一个答案；要么就是在强调自己的职责；要不就是想在生命的最后时刻让男人感到悔恨和悲伤。虽然这方面看法不一致，但很多人都认可一点：看门人实际上并不能关闭大门。他们甚至认为，至少在故事结尾时，看门人在对法律的认知上也是不如那个男人的。因为男人能够在法律的大门那里看到一道耀眼光芒，而看门人本身受限于职务要求，理应背对着大门，显然没办法看到那道光芒。况且，故事中也没有任何描述能够证明看门人留意到了什么变化。""还真是有理有据……"K. 评价道。他用不大的声音复述了一遍神父刚才那一长段解释中的几个要点，然后继续说道："真是有理有据。我现在也觉得看门人被哄骗了。但是，我也不会背弃自己曾经的主张——毕竟这两个主张之间有部分内容也是互相重合的。实际上，看门人是否清楚了解状况，抑或受到了哄骗，这是无法断定的。我曾经说那男人被哄骗了。假使看门人清楚了解状况，知道那男人是被骗的——人们当然可以对这一假设表示怀疑，可以像你所说的那样进行驳斥论证；但是，假使看门人本身就受到了哄骗，如此一来，他所受的哄骗必定会蔓延到那男人身上，令他也受到同样的哄骗。在这种情况下，看门人虽然不是骗子，但却太过愚蠢了，蠢到不得不立即被解除职务。因为你必须考虑到这样一个事实：看门人尽管被哄骗了，却并不会对他本人造成什么伤害，但却会对那男人造成千百倍的伤害。""针对你这种说法，也有对应的驳论。"神父说，"有些人认为，这个故事本身并没有给予任何人肆意评判看门人的权力。不管看门人在故事中给我们留下了怎样的印象，他始终都是法律的仆人，也就是说，他是隶属于法律的，自然也就不必符合寻常人的评判了。在这一前提下，我们也无法认同看门人是从属于那男人的。看门人所履行的是法律相关的公职，哪怕他只是被束缚在法律的入口处，也远远比自由生活在世界上要高等。要知道，男人才刚来到法律的门前时，看门人早已经守在那里了。他的职责是由法律直接安排的，怀疑他的存在价值，就是在怀疑法律本身。""我并不同意这种看法，"K. 摇头道，"因为，如果要认同这种看法，就必须以'看门人所说的每一句话都是真话'为前提条件。可是，这个条件本身是不可能成立的——你自己就已经详细论证过。""不对。"神父说，"不必认同他所说的每一句话都是真话，只需要认同他说这些都是有必要的，这样就够了。""这看法可真令人感到沮丧。"K.评价道，"谎言被当作了世界秩序的基石。"

K.以这句话来作为这场讨论的总结陈词，但这实际上并非他的最终结论。他实在是太累了，累到没办法去综观由这个故事中引申出来的全部观点。而且，故事还将他引入到各种各样的异常思维方式之中，其中还包含种种并不真实的事物——这些东西最好还是由大大小小的法院公务员们聚集起来讨论，而不是由他来妄言。如今，这个简单的寓言故事已经变得面目全非，K.很想把它彻底抛在脑后。于是，神父便也十分体谅地容忍了K.的任性：他默默接受了K.的总结陈词，尽管他自己的观点肯定跟K.的南辕北辙。

他们一言不发，继续一起走了一段时间。周围一片黑暗，K.紧紧跟在神父身边，不知自己身处何方——他手里提着的那盏小油灯早就熄灭了。走着走着，在K.的面前，有座圣徒银雕突然闪现出一道银光，但那光亮又即刻消失了，一切重归于黑暗。K.不希望一直保持这种完全依靠神父来带路的状态，便开口问道："我们现在是不是已经走到大门进出口附近了？""没有，"神父说，"我们离那里还有很长一段距离。你已经想离开了吗？"尽管K.本来并没有这样想，他还是马上答道："当然，我必须赶快离开这里。我是一家银行的襄理，他们在等我呢。我之所以到这里来，只是为了陪一位外国来的业务伙伴参观大教堂。""哦，这样啊，"神父说着，朝K.伸出了手，同他握手道别，"那你就走吧。""可是，这儿一片漆黑，我找不到出去的路。"K.说。"朝左拐，一路走到墙边。"神父说，

"然后继续沿着墙走，不要离开墙，一直走下去，你就会找到一扇出去的门。"神父才刚走开几步远，K.已经在大声朝着他喊道："请再等一等。""我等着呢。"神父说。"你不需要我去做什么吗？"K.问他。"不需要。"神父答道。"刚开始时，你对我特别和善，向我说明了一切。"K.说，"现在又随随便便让我离开，仿佛对我根本就没有半点兴趣似的。""你不是说自己必须赶紧离开吗？"神父说。"话虽如此。"K.说，"不过，你瞧瞧现在这个状况。""你倒应该先瞧瞧看我是谁。"神父说。"你是监狱神父。"K.一边回答，一边又走得离神父近了一些。实际上，马上返回银行这件事并不似K.方才声称的那般紧要，他大可以继续留在这里。"因此，我是隶属于法院的。"神父说，"我又怎么可能需要你去做些什么？法院对你无欲无求。当你来时，法院便接纳你；当你离去，法院便放开手。"

第十章

结局

在他将过三十一岁生日的前一天晚上——时间大概是晚上九点，大街小巷皆已寂寥无声之时——两位先生来到了 K. 的住处。他们穿着双排扣长礼服，看上去苍白又肥胖，戴着似乎完全不会滑脱的高顶丝质礼帽。在公寓大门前，他们为了谁先进去这件事稍微客套了一番；来到 K. 的房门前时，同样的客套又重复了一遍，这次持续的时间更久一些。尽管没有任何人向 K. 告知这次拜访，K. 也还是穿了一身黑色衣服，坐在靠近门口的扶手椅上，慢慢戴好一副手指位置绷得很紧的新手套。看他那样子，完全就是在等候客人到访。他立即起身，好奇地端详着面前的这两位先生。"你们肯定是来找我的。"他问道。两位先生点了点头，手里拿着自己礼帽的那位先生，专门伸手指了指另一位先生。K. 在心里嘀咕着，因为他所期待的登门拜访，跟眼下这种状况完全不一样。他走到窗前，又看了一眼窗外漆黑的街道。街对面差不多每扇窗户里面都是漆黑的，许多窗户里的窗帘都被放了下来。在某一扇灯光明亮的窗户里，看得到几个幼童正在栏杆后面玩耍，因为他们还不能凭自己的力量挪动身体，只好伸出小手来互相触碰抚摸。"竟然派了些上年纪的三流演员到我这儿来。"K.一边在心里嘀咕着，一边四处张望了一番，试图进一步说服自己，"打算用一钱不值的方式来打发我。"K.突然冲着他们转过身去，问道："你们在哪个剧场表演？""剧场是什么意思？"其中一位先生嘴角抽搐着询问另一位先生的意见。另一位先生拼命打着手势，简直就像个正在跟狂野生物搏斗的哑巴。"他们根本就没有做好会被人质问的准备。"K.一边想着，一边取来了自己的帽子。

才走到楼梯上，这两位先生就已经伸出手来，打算一左一右架住K.，但是K.却说："等走到街上再说，我又不是病人。"可是，一走出公寓大门，他们马上就架住了K.——K.之前从来没有以这样的方式跟别人一起走过路。那两个人用肩膀紧紧顶住K.的后背，没有弯曲手臂，直挺挺地绕过K.的胳膊，然后又以受过严格训练、灵巧熟练且不可抗拒的方式紧抓住K.的双手。K.的身体被架得笔直，走在这两个人中间。此刻，这三个人组成了一个严密的单位，如果有人跑过来击倒了他们当中的一个人，三个人全部都会一起倒下。几乎只有那种无生命的物质才能组成这样一种严密的单位。

走在路灯下时，K.一再尝试要把这两位同行者看得更真切些——在这种彼此贴紧的状态下，要做到这点相当困难——因为刚才在自己房间里时，光线比较昏暗，他没来得及看清楚。当K.瞥见他们厚实的双下巴时，心里想着，他们或许是唱男高音的。K.对他们过分洁净的脸庞感到厌恶。仿佛还能看到某只专门负责给脸部做清洁的手，一路揿压过这两个人的眼角，又替他们按摩上唇，最后再用力挤掉下巴上的皱纹。

当K.注意到这点时，便停下了脚步，结果他们两人也停下来了。此刻，他们正站在一处空无一人的、有植被装饰的广场边缘。"怎么会派你们来呢！"K.这句话，叫喊感慨的成分要多于询问。那两位先生显然不知道应该如何回答，他们各自把空出来的那只胳膊垂下来，等待着，就像病人打算稍作休息时，在旁边守候待命的护士一样。"我不会再继续走下去了。"K.试探性地说道。对于这句话，那两位先生根本不需要给出任何回应：眼见K.不打算继续配合，他们便各自抓紧了K.的手，尝试在不至于松脱的前提下，将K.整个人彻底架起来，然后继续走下去。但是，K.见他们这样做，也开始了挣扎反抗。"如今哪怕保留再多体力，以后我也用不上了。所以，我现在就要把力气全用上。"K.心想。此刻，他想到了那些被黏在捕鸟胶棒[1]上的苍蝇，死命挣扎，连细小的腿都被生生撕扯开了。"这两位先生肯定要费上好一番工夫了。"

刚好这时候，布尔斯特纳小姐现身了。她从他们前方一处地势较低的小巷里，走一小段阶梯进了广场。不能完全肯定那就是布尔斯特纳小姐，但相似度确实很高。不过，那究竟是不是布尔斯特纳小姐，K.其实并不在乎，反倒是"抵抗根本就毫无意义"这件事，立刻引起了K.的注意。即便奋力反抗，即便给这两位先生增加各

---

1 欧洲传统捕鸟陷阱，其历史可以上溯至中世纪。在树枝上涂满黏胶，鸟一停上去便被粘住，几乎无法挣脱。

种麻烦，即便试图通过抵抗来享受最后一缕生命之光，也称不上是什么英雄之举。因此，他又重新开始走了起来。K. 的重新配合令两位先生如释重负，他们此刻的喜悦之情多多少少也传达到了他的身上。一番折腾之后，他们决定容忍 K.，允许 K. 来决定行进的方向。于是，他便选择跟在前面那位小姐的后面走：不是因为他想要追上她，也不是因为他想尽可能再多看她两眼，仅仅是因为 K. 不想忘记她刚才的现身给他带来的警醒。"我现在唯一可以做的事情——" K. 在心里说道，而此刻他自己与那两位先生完全一致的步调，也坚定了他的这一想法，"我现在唯一可以做的事情，就是直到最后也要保持能够进行冷静分析的理智。一直以来，我都想尽办法对周遭一切进行全盘控制，恨不得自己能够长出三头六臂来。当然，我这样也并非是为了多么崇高的目的。只是，在目前这种状态下，难道我要表现得像是持续整整一年的审判竟然完全没有教会我任何东西？难道我要作为一个'理解力迟钝的人'上路，迎来自己生命的终局？难道我希望有人在我身后指指点点，说我在审判一开始时就想让它马上结束，在它如今真要结束之时，又想令它重新开始？——这些显然是不正确的。我可真不想被人那样说。因此，安排这两位半哑不哑、无法沟通的先生来陪我走最后一程，我真是心存感激，因为如此一来，那些有必要说的话，就只需要在心里说给自己听了[1]。"

1　如果K.在最后这一段路程中表现得不够理智，或者处刑人跟他一样理智，可以与他进行沟通，那他就很难掩饰自己内心的悔恨——原文的这一逻辑不易理解，故有此注。

思考这些的时间里，那位小姐拐入了一条小巷，但K.已经不需要她了。此后，K.便由着那两个同行者带着他走了。如今，三个人的步调已经完全一致，他们在月光照耀下，走上了一座桥。两位先生心甘情愿地配合着K.的动作，哪怕动作再小，他们也奉陪到底。比如，当K.将身体稍微转向桥上的栏杆时，他们便立即展开行动，将这个三人单位的正面完全转向那里，并且停下了脚步。桥下的流水在月光下闪闪发光，光影随着水的流动颤抖不停。水在一座小岛前一分为二，小岛上树木生长茂密，大量树叶和灌木，仿佛被人为堆积起来一般，黑压压的密不透风。在那些树木下方铺设有一条条砾石小径，通往舒适的公园长椅，但此刻完全看不见：K.的一些夏日时光，就是在那些长椅上消磨掉的——他曾经在那里的长椅上好好舒展、放松过身体。"我刚才其实根本就不打算停下来。"K.对同行者们说道。此刻，他们的心甘情愿令K.感到很不好意思。在K.的身后，其中一位先生似乎因为"停下脚步"这个错误判断而指责了另一位先生——指责的态度颇为温和。然后，他们便继续走了下去。

　　他们一连走过好几条上坡的街道，这些街道上四处都有警察。有的警察站在那里，有的则四处走动，有的能够远远望见，有的则近在身边。有个蓄着浓密八字胡的警察，一只手放在了佩剑的手柄上，似乎是故意走近了这个看起来不无可疑的小团体。见到有警察过来，两位先生一下子止了步，警察看起来好像马上就要开口讲话了，不过这时，K.突然用力拽住先生们朝前走，于是他们就又走了起来。走的过程中，K. 小心翼翼地转头观察了多次，确认警察是不是没有跟上来。等到他们走到和那个警察相隔一个街头拐弯的位置时，K. 开始跑了起来——尽管两位先生已经气喘吁吁，也只得跟着他一起跑。

就这样，一行人迅速离开了城区。在他们走的这个方向上，城区几乎和荒野直接相连，没有什么过渡区域。一处被废弃的、荒无人烟的小型采石场旁边，是一座相当有市中心感觉的房子。两位先生在采石场这里停了下来。或许，这个地方从一开始就是他们选好的目的地；或许，他们只是累到筋疲力尽，没办法继续走下去了。这时，他们放开了静静等待着的 K.，摘下高顶礼帽，一边用手帕擦去额头上的汗水，一边环视整个采石场。月光洒遍了整座采石场——月光所特有的自然与祥和，是其他任何种类的光线都不具备的。

到底由谁来执行接下来的任务？先生们又互相客套了一番——照此看来，他们在接获命令时，似乎并没有具体指派由谁来担任哪一部分工作——然后，其中一位走到 K. 的身边，替他脱掉了外套和马甲背心，最后连他穿的衬衫也脱掉了。K. 的身体不由自主地颤抖起来。这位先生见状，便在他的后背上轻拍了一下，以此来安抚他的情绪。随后，他十分仔细地把脱下来的衣物收拢在一起，仿佛它们就算现在暂时不需要，以后也还用得到似的。夜晚的空气毕竟很冷，为了让 K. 不至于一动不动地站在冷空气中，这位先生伸手挽起 K. 的胳膊，领着他来回走了走；与此同时，另一位先生则负责在采石场里寻找合适下手的地方。找到合适位置后，他朝他们挥了挥手，挽着 K. 胳膊的先生见状，便带着他走了过去。那人选的地方靠近采石崖壁，有一大块被开采下来的石头。两位先生让 K. 直接坐到地上，背靠那块石头，后脑勺抵在石头上。可是，尽管两位先生费尽了心思，尽管 K. 向他们展示了最大限度的配合，K. 摆出的姿势看起来还是十分别扭，无法令人信服。因此，其中一位先生便向另一位提出请求，希望暂时由他来全权负责 K. 的姿势。可是，尽管这样做了，却也没办法让 K. 的姿势变得更理想些。最后，他们只好让 K. 维持一个即便在已经做过的全部姿势当中也称不上是最好的姿势。然后，其中一位先生解开自己的双排扣长礼服，从固定在马甲背心处的皮带上挂着的刀鞘里，抽出一把刀身又长又细、两面都磨得极为锋利的屠夫刀。他把屠夫刀举高，在月光下试了试刀锋。接下来，两人之间又一次的客套开始了，这种客套真是令人厌恶：其中一位在 K. 的头顶上把刀递给另一位，另一位又在 K. 的头顶上把刀递回去，如此反复。实际上，K. 对眼下的状况了解得一清二楚：当那把刀在自己头顶上被他们传来传去时，他应该直接伸手抓住那把刀，一刀捅死自己——这正是他在这件事中应尽的职责。可是，他并没有这样做，而是转动他那仍然自由的脖颈，环顾了一下四周。K. 已经没办法完全做到自己想做的事情了，对于相关机构安排的任务也没办法面面俱到。他犯下的最后一个错误，责任应该归咎于那个耗尽他最后一点必要体力的人[1]。此刻，他的目

_____

1 指那个蓄八字胡的警察。

光落在毗邻采石场的那座房子的顶层——那边有一道光线闪过，其中一扇窗户的窗叶开启了。有个人猛一下俯身探出窗口，并且还将双臂朝外全力伸展开来。那人在那么远、那么高的位置上，显得弱小又单薄。那是谁？一位朋友？一个好心人？一个同情者？一个想要提供帮助的人？仅仅是人类个体？还是全人类呢？莫非还会有转机？还存在着早已被遗忘的抗辩可能？这样的可能性显然是有的。逻辑本身固然不可动摇，但也并不会为难一个想要活下去的人。他从未见过的那个主审法官，到底身在何方？他从未前往过的高阶法院又在哪里？K.高举起双手，并且张开了全部的手指。

然而，其中一位先生的双手已经牢牢掐住了K.的脖颈，与此同时，另一位先生将那把刀刺入K.的心脏里，并且在里面转了两下。K.的目光逐渐模糊，但还来得及看到那两位先生是怎样脸挨着脸凑过来，观察这场审判的最终结果的。"像一条狗！"K.这样说道，仿佛耻辱于他身故之后，尚可苟且偷生。

（完）

284

译后记

末法的温床

"末法"通常作为佛教术语来使用，指佛法衰退后，宗教上乱象丛生的漫长时期。这原本是有着严格用度要求的词语，连年限长短都有明确的界定。然而随着时间流逝，一切词语的边界都开始变得模糊不清，不同的人可以有不同的解释，甚至完全按自己希望阐明的观点来定义"末法"，这成为很常见的情况。比如《隋书》中提到："正法五百年，像法一千年，末法三千年"都是很明确的数字，属于直接转述佛陀话语，完全针对宗教状况来展开评述。到了清朝，龚自珍、梁启超和章炳麟也都在文章里说自己居于"末法时代"。龚自珍是针对《禅源诸诠》进行议论的，佛学教义只是幌子，本质上还是针砭时弊，颇有些含沙射影的意味在。梁启超和章炳麟所处的年代比龚自珍更晚，他们笔下的"末法"，虽然还是借用佛语的名头，但实际上跟宗教之间已没什么牵连，想说的无非是身处清末乱世，社会上的一切正道、正信都衰微、沦丧了而已。

弗兰茨·卡夫卡与前述的梁、章是同时代人，他们对"末法时代"的观感也大致相同。

佛教之外，"末法"在中文世界里还有另外一层寓意。引据是《晋书·吕光载记》里的"奈何以商申之末法，临道义之神州"句中的"商申"指的是商鞅和申不害，两人都是战国时期法家的代表人物。此处的"末法"是站在儒家的角度来批判法家，"末法"的"末"不再指末期，而是取微不足道之意，表示一种蔑视，认为以法律来治理国民殊不可取。

相比佛教语境下的"末法"，这层涉及法律的寓意，似乎更接近卡夫卡创作本书时的主旨。但《审判》实际上并非单纯的法律故事，它在立意上同时糅合了多种对"末法时代"的思考。书中的"末法"是法律、社会、历史与哲学层面的共同体现。某种意义上讲，卡夫卡的《审判》描绘的正是末法时代的荒诞与悲凉——这部醒世书般的小说，详尽地论述了"孳生"出末法的温床是如何运作的。

撇开作者所处的环境，孤立地去剖析一部作品不能说是谬误，但难免会遗漏可供推理的重要论据，得出的结论通常不会太清晰。在对创作者缺乏了解的前提下阅读那些伟大的作品，或许也能够凭借摆脱琐碎信息后的纯粹追求收获灼见，然而收获更多的，兴许也只是相对模糊的情感共鸣。我初次阅读《审判》是在1991年，读的是1987年上海译文出版社的中文版。当时年纪太小，译本也不理想，只感到极端晦涩难懂，也不知作者究竟想讲些什么。随着年岁渐长，又陆续读了几遍，仍旧云里雾里。十多年后，2003年冬天在慕尼黑度假时，第一次阅读原版，突然觉得原先各种堵塞的思路统统清晰了，第一次真正融入 K. 的故事当中，简直要为他字里行间满溢而出的绝望着魔。

除了所有能够找到的正式出版内容外，为了更深刻地理解卡夫卡，我还仔细阅读了 Ernst Pawel 所写的《理性的梦魇》德文版，并且在捷克首都布拉格和意大利的梅拉诺陆续居住了不少于一个月时间（2005年，布拉格的卡夫卡博物馆开业之际，我还专程去过一趟）。产生"似是故人来"的熟悉感觉后，我再次阅读了他的三部长篇（包括未完成的《失踪者》）和分为五本小册出版的20世纪70年代旧版短篇集。他的日记和书信我抽空读了一些，后世议论和所谓的"手稿补全版"则完全没碰——我坚信自己选择的做法，更能还原一个原教旨式的卡夫卡。

完成上述工作无疑需要耗费颇为漫长的一段时光。在此期间，我很幸运地得到了本书出版方的信赖和支持，受托翻译《审判》的全新中译本。从签署委托翻译合同，到本书付梓，中间历时五年多。正文是以章节为单位逐步完成的，每次译完新章节后，都会重新阅读全部已完成的部分，进行修改润色。前九章译毕，静置了差不多一年时间，才一口气译完并不算长的结局。译稿校订花费的时间，因为还要按照 Die Schmiede 社出版的原书进行逐行审校，甚至比翻译工作本身还要长久。卡夫卡习惯使用长段落，为了描绘连贯的情绪和场景，密密麻麻的整段文字横亘数页纸是很常有的事，这无疑也增加了逐行审校的难度。感谢责编老师长久以来的鼓励和体谅，才让这本我曾经数次认为不可能完成的译著得以完成。

那么，还是将注意力重新放回到书本身。说有趣也有趣，在《审判》的中文化进程中，面对的第一道难关就是书名：有部分中文译本的书名并非《审判》，而是《诉讼》。本书德文原名为 Der Prozess，单从语义上讲，确实也可译为"诉讼"。从小说内容来看，K. 在各个方面的努力——至少从政府官方的角度而言——是没有任何正式结果的。K. 最终迎来了可以形容为凄惨的结局，和故事中的其他人一样，没有等来法庭宣判的那一天。定名《诉讼》的译本，便是抓住了上述事实作为论据，认为全书描述的尽是没有结果的过程，最后也没见到审判，还是停留在诉讼阶段上，所以称为"诉讼"或许更合适些。但是，在德语语境中，强调过程时其实更倾向于使用 Das Verfahren，毕竟世上少有悬而未决的 Prozess。起诉后撤诉，没有正式判决的情况，通常使用的就是 Verfahren。

实际上，卡夫卡本人选择 Prozess 而非 Verfahren 为题，是有充分理由的：第九章"在大教堂"中有这样一个细节，当神父与 K. 对话时，神父说"诉讼是会逐渐过渡到判决的"。从法理角度而言，这句话毫无疑问是错谬之言。任何稍有常识的读者都知道，法庭判决是即时下达的，并不存在"漫长的判决"。然而，请参考本文开头时的叙述——卡夫卡试图描绘的是"末法时代"。在书中世界里，法律不再是明确无误的概念，而是晦暗不明、难以界定的浑浊物。法律并非局限在法庭内——正如小说临近结尾时神父所讲"法律的大门"寓言给出的暗示——法律是无处不在的。K. 的结局岂不正是漫长判决的最终结果？两位行刑者岂不是审判结束后才会登场的角色？要知道，本书的审判是既不需要法庭，也不需要公开的。从画家提托雷利到商人布洛克，从老律师到神父，角色的身份统统错位，乃至符合人类既往认知的概念、方法、过程也全都错位——这正是末法时代的重要特征之一。

即使不去考虑涉及"末法"观念的这一层理解，结论也不会发生多少改变。因为，卡夫卡本人在为自己的作品命名时，也惯用"错位"的方式来达到暗讽的效果。诚如《城堡》一书中 K. 最终并未进入那座城堡一样，《审判》也不必具体而微地去描绘某一场法庭审判。类似的手法，贝克特在其悲喜剧《等待戈多》里也用过。在卡夫卡的创作生涯中，尼采、海德格尔、克尔凯郭尔等存在主义哲学先行者都曾对他施加过影响，他能够成为存在主义文学的先驱，可说是顺势而行，不足为奇。

甚至，不去管本书是否卡夫卡作品，单单考虑 Prozess 一词在中文语境内的一些约定俗成用法，也可以找出书名应为《审判》而非《诉讼》的例证。比如，二战后著名的 Nürnberger Prozesse，就使用了"纽伦堡审判"这一译法。其中的部分原因，是因为相比"诉讼"，"审判"一词更具有仿佛一锤定音般的严肃性。对于卡夫卡的小说而言，这种严肃性恰恰是不适合随意消解掉的。

讲完定名，我们不妨再来探究一下本书的成书背景。

1883年，卡夫卡出生于奥匈帝国统治下的布拉格，是犹太商人赫曼·卡夫卡的孩子，其家族来自捷克南波西米亚州一个名为 Wosek 的乡村小镇。《审判》的写作开始于1914年夏季，结束于1915

年1月。内容的完成并非如寻常小说般以线性推进，而是先完成开头和结尾的章节（即本书的第一章和结局），然后再同步创作中间章节。实际上，早在1914年11月时，卡夫卡本人已经在日记中表示，"我写不下去了。我目前的创作已到达极限，或许要将这部小说静置多年后，才能继续下去"。而后，到1916年时，他曾经短暂尝试过继续写作《审判》，但还是很快就中止了。《审判》手稿是密密麻麻写在共计十本练习簿上的，以页面为划分，除了属于《审判》的内容外，还有其他方方面面的文字。1915年，《审判》的写作大体结束后，卡夫卡将所有相关页面撕下来，按照章节分卷存放，每一章都是只有标题，没有章节数字的。那些还没有写完或者废弃不用的章节，并未与已完成的章节放在一起。1924年卡夫卡去世后，马克思·布罗德整理了好友遗留下来的《审判》书稿，并按照卡夫卡生前给自己朗读过的顺序，给章节排了序。1925年4月26日，《审判》在柏林的 Die Schmiede 社首次出版——这个版本可说是世所公认的《审判》定本，是卡夫卡钦定的"一个暂时完成"的版本。我仔细审阅过总计六节的未完成章节，其篇幅无一例外的短小，全部累加起来恐怕还不足本书正文的二十分之一，而且文字相对粗糙，明显是未经推敲润色的草稿。

在无数个作家身后出版的《审判》版本中，有些按照所谓卡夫卡研究专家的权威成果，调整了章节顺序和各种文字细节，将六节残章穿插其中，构成所谓的"完整版"甚至"手稿终极版"。不过，作为本书译者，我始终认为这是违背作家初衷的画蛇添足之举。因此，本书在翻译时使用的，依旧是 Die Schmiede 社1925年印刷的初版，即卡夫卡从头到尾亲自朗读过并且亲自整理好的版本，包括结尾一共是十个章节。

布罗德在负责《审判》初版的定稿时，也并非完全没对手稿内容进行修订。比如第九章"在大教堂"中，卡夫卡手稿原文写的是"K. 是准时到达的……钟楼正好敲响十一点"，这似乎与前文中K. 与意大利人约定"大概十点左右的时候在大教堂碰面……他会尽量在约定的时间抵达"在逻辑上相悖。有鉴于此，布罗德将原文中的"十一点"改成了"十点"。对此，卡夫卡研究界还存在着另一种理解：由于审判相关的一系列事件，K. 对时间的量度产生了错位，坚持认为"十一点"才是准点。意大利人或许没来，或许已经因为K. 的迟到而离开了——这才是卡夫卡真正想要表达的意思。

类似这样不太好缕清的情节，本书中还有不少。每次遇到这种情况，我都会尽量给出简短的注释，以方便读者理解。比如第七章"律师-工厂主-画家"中的"谨慎细致的辩护"两次重复，以及第九章"在大教堂"K. 对自己感冒状况的分析等，以尽量不干涉到阅读为准。部分德语中显而易见但中文却难于察觉的细节，比如敬语的使用与否，一旦涉及对内容的理解，我也一定会专门注释，避免译文本该传达的信息量出现衰减。

翻译界对于《审判》的中译存在一种我认为并不恰当的思路：部分译者认为，既然本书有着如叔叔、副行长、莱妮、看门人等诸多各具特色的角色，在翻译对话时，应该注意区分一下各人的语气，适当调整语序和句子长短，以免读者在阅读时产生"千人一面"的感觉。可是，书中这种"千人一面"的感觉，却也正是卡夫卡原文试图呈现的——原文本身就是这种趋近于梦境的、自言自语的风格。甚至可以说，作家本人就不希望这些人物有区分度。作为新版卡夫卡全集的译者，我甚至觉得所谓的"译者风格"都是完全没有必要的东西，因为我想做的是尽量将卡夫卡的原文还原，接近直译，但是又要让中文读者能够很好理解卡夫卡本人的表达。

比如，英译本《审判》中有这样一句"He would come to understand very quickly"，直接译为中文应该是"他很快就能听懂的"。但是，这句话的德语原文却是"Das Verständnis komme sehr rasch"，即"这种（语言上的）理解来得特别快"。英译本译者为了不让语句显得绕口，想当然地缩减了原文的信息量，甚至人为改变了句型。部分直接从英译本转译为中文的版本，内容相比德语原文将会出现多少偏差，可想而知。

真实的卡夫卡是纯粹到令人绝望的，真正的《审判》是只属于孤独者的自白。

写作《审判》的那个夏天，1914年8月2日，卡夫卡在自己的日记中写道："德国对俄罗斯宣战了。下午在游泳池。"约一个月前的7月11日——《审判》真正开始动笔之前——卡夫卡在柏林的一间酒店里私设的"地下法庭"接受了一场"审判"，他是唯一的被告人、法官和处刑人。审判的结果，是强制解除他与菲利斯·鲍尔之间的婚约。

这场亲历的"审判"就是小说《审判》的原型：至少也是原型中

很重要的一个部分。

婚约是在同年的四月份订下的，订婚启事分别刊登在21日的《柏林日报》和24日的《布拉格日报》上，相当郑重。卡夫卡与菲利斯之间的相识是在1912年8月，地点是布罗德位于布拉格的家中。卡夫卡对菲利斯一见钟情，在日记中对两人初次见面进行了详细描绘，特别提到了她的脖子，以及坐在桌边"像个女护士"的形态。五周后，卡夫卡开始频繁地给菲利斯写信，展开攻势，也顺利得到了对方的回应。卡夫卡甚至在日记中写下了"没有她，我活不下去；和她在一起，我也活不下去"这样的话语。

热恋一番后，卡夫卡向菲利斯求婚。哪知菲利斯答应婚事又使卡夫卡陷入了恐慌。1913年9月，在出公差的时候，他与一个年轻的瑞士女孩发生了关系。之后，他刻意疏远菲利斯。觉察出异样的菲利斯托朋友格蕾特·布洛赫到维也纳会见卡夫卡，向他打听情况。怎料格蕾特也与卡夫卡产生了些许不可道破的感情。此后，菲利斯与卡夫卡间的感情辗转反复，时而火热，时而冰冷。格蕾特也介入其中，情况一发不可收拾，也影响到了卡夫卡的写作，以及他与布罗德之间的关系。两人长期悬置的状态最终令卡夫卡无法忍受，他在1914年1月给菲利斯写的信中说"看来，结婚是唯一能够维系我们关系的方式了"，并再次进行了求婚。然而，卡夫卡的判断错了，问题并未得到解决，他反而陷入到了更深的恐婚情绪当中。

时间重新回到1914年7月11日。这天，在柏林的酒店房间里，菲利斯，作为朋友的格蕾特，还有菲利斯的两个妹妹组成了地下法庭，对目瞪口呆的卡夫卡展开了激烈的"控诉"。卡夫卡一言不发地听眼前的四位女性列举自己的各种"罪行"。最后，她们彻底"抛弃"了他。

真实发生的事件，与本书的情节何其相似。若将订婚视作"陷入官司"，那么7月11日发生的酒店审判，以及随之而来的解除婚约，岂不正是本书的结局？小说的最后一句"仿佛耻辱于他身故之后，尚可苟且偷生"所描绘的，正是他在这场绝非正式的审判中所感受到的屈辱。

如果只是现实中爱情失败的映射，《审判》当然不足以称为伟大经典。7月28日，奥地利发布宣战通告，这件事给了卡夫卡极大的触动。人类历史上最大的战争，令布拉格人民的生活陷入了震荡。本书的绝大部分内容，是卡夫卡从柏林返回布拉格之后写下的。奥匈帝国的盟友和敌人在8月的第二周里陆续确定，末法时代的巨大阴影笼罩在犹太人卡夫卡的头顶上，他同时处于战时恐慌、身份焦虑和被前未婚妻"审判"的复杂情绪中，花了一周的时间，完成了《审判》的第一章。

末法在定义上就是全方位的、以凡人视角望不到时空尽头的崩坏。可以说，《审判》正是末法的温床上孳生出的花朵。它来自一个刚失去婚约的男人崩溃的意志，来自身份岌岌可危即将失去家园的犹太人崩溃的身份认同，来自对战争近在眼前、社会秩序岌岌可危的恐慌。卡夫卡几乎所有的朋友和熟人都参军了，这也使正在写作《审判》的作家产生了难以明说的负罪感。保险公司的上司认为卡夫卡的工作非常重要，两次拒绝了他的服役申请。参军者众多造成公司员工减少，卡夫卡的工作量也显著增加，几乎每天都需要加班。1914年冬，卡夫卡与本该决裂的菲利斯之间又鬼使神差地恢复了联系。因为战争的发生，一切似乎又产生了变化。但是，正如我们之前提到过的，《审判》的写作在1915年1月基本上可以说是结束了。他与菲利斯小姐在此之后的关系起伏挣扎，已经与本文内容无关。我们能够知道的是，1914年冬，每当《审判》的写作陷入困顿时，卡夫卡都会以近乎狂热的激情去阅读斯特林堡的作品。如果您也熟悉斯特林堡，那恐怕也能猜到如此的行为会带来怎样的后果：卡夫卡在日记中写道"我与菲利斯在一起时，感受不到一丝爱情的甜蜜"。斯特林堡的厌女症深入膏肓，卡夫卡在一段时间极度密集的关注下，难免也会使文字挟带的诅咒沾染到他的情绪和创作上：莱妮手上之所以会生出蹼来，很难说不是挣扎在厌恶与伦理下的一种隐喻。

篇幅有限，写到这里，应该已经能对读者们阅读本书起到一些帮助，提供一两种深入思考的思路，这样就足够了。卡夫卡是一座高山，攀登的路径各不相同。高山仰止，我并非专业的卡夫卡研究者，只是一个人生差不多一半时间都在德语国家生活、写作的卡夫卡小说迷而已。陋见愚言，难免挂一漏万。无论如何，新的译本在此，希望大家喜欢。

文泽尔

审判

作者 _ [奥] 弗兰茨·卡夫卡　　译者 _ 文泽尔

编辑 _ 朱琳　　装帧设计 _ 朱镜霖　　主管 _ 何娜

技术编辑 _ 顾逸飞　　责任印制 _ 刘淼　　出品人 _ 王誉

营销团队 _ 毛婷　阮班欢

果麦
www.goldmye.com

以 微 小 的 力 量 推 动 文 明

图书在版编目（CIP）数据

审判 / (奥) 弗兰茨·卡夫卡著；文泽尔译. -- 天津：天津人民出版社, 2019.4（2025.7重印）
ISBN 978-7-201-14370-5

Ⅰ.①审… Ⅱ.①弗… ②文… Ⅲ.①长篇小说－奥地利－现代 Ⅳ.①I521.45

中国版本图书馆CIP数据核字(2018)第299972号

审判
SHEN PAN

出　　版	天津人民出版社	
出 版 人	刘锦泉	
地　　址	天津市和平区西康路35号康岳大厦	
邮政编码	300051	
邮购电话	022-23332469	
电子信箱	reader@tjrmcbs.com	

责任编辑	王　玙
特约编辑	朱　琳
书籍设计	朱镜霖

制版印刷	北京盛通印刷股份有限公司
经　　销	新华书店
	果麦文化传媒股份有限公司
开　　本	880毫米×1230毫米　1/32
印　　张	9.5
印　　数	44,001-47,000
字　　数	175千字
版次印次	2019年4月第1版　2025年7月第10次印刷
定　　价	49.80元